व्यंग्य- संग्रह

अमरकृति और बतासा

(51 व्यंग्य रचनाएं)

भगवान वैद्य 'प्रखर'

डायमंड बुक्स

www.diamondbook.in

प्रकाशक : डायमंड पॉकेट बुक्स (प्रा.) लि.
X-30 ओखला इंडस्ट्रियल एरिया, फेज-II
नई दिल्ली - 110 020
फोन : 011- 40712200
ई-मेल : sales@dpb.in
वेबसाइट : www.diamondbook.in
संस्करण : 2023
मुद्रक : रेप्रो (इंडिया)

---

51 Vyangya Rachnayen Amarkriti Aur Batasa
by : *Bhagwan Vaidya 'Prakhar'*

समर्पण :

उन हजारों-हजार पाठकों को
जिन्होंने अपनी प्रतिक्रियाओं से
मुझे व्यंग्य-लेखन के लिए
लगातार प्रोत्साहित किया।

भूमिका

मेरी पहली व्यंग्य-रचना 'पुरुष मुक्ति आंदोलन' दिनांक 7 जून 1973 को 'युवक' में प्रकाशित हुई थी। प्रकाशित होने वाली पहली पुस्तक व्यंग्य-संग्रह ही थी, 'बिना रीढ़ के लोग।' वर्ष 1986 में,अमर पब्लिशिंग हाऊस, नई दिल्ली से प्रकाशित हुई। केंद्रीय हिंदी निदेशालय, भारत सरकार,नई दिल्ली द्वारा वर्ष 1986-87 के 'हिंदीतर-भाषी हिंदी लेखक पुरस्कार' से सम्मानित की गयी। पुरस्कार समारोह में व्यासपीठ से बोलते हुए माननीय प्रभाकर जी माचवे ने कहा था, 'मुझे बिना रीढ़ के लोग' पढ़ने में अधिक समय नहीं लगा क्योंकि उसकी अधिकांश रचनाएं मैं पत्र-पत्रिकाओं में पहले ही पढ़ चुका था।' वह धर्मयुग, साप्ताहिक हिन्दुस्तान, नवभारत टाइम्स, दैनिक हिन्दुस्तान, कादम्बिनी जैसी पत्र-पत्रिकाओं का जमाना था। व्यंग्य के लिए निर्धारित पृष्ठों पर हरिशंकर परसाई, शरद जोशी, के. पी. सक्सेना, रवीन्द्रनाथ त्यागी, लतीफ घोंघी जैसे व्यंग्य-सम्राट छाये रहते थे। उनकी मौजूदगी में, इन पत्र-पत्रिकाओं में स्थान पाना। कोई 'बड़ा पुरस्कार' पाने के समान था। लेकिन मैं भाग्यशाली हूँ कि इन पत्र-पत्रिकाओं में गाहे-ब-गाहे मेरी रचनाएँ स्थान पाती रहीं और मुझे ऐसे 'पुरस्कार' मिलते रहे।

प्राय: कहा जाता है कि 'व्यंग्य' समय-सापेक्ष होता है। आज जो रचना 'जबर्दस्त कटाक्ष' मानी जाएगी, कल परिस्थिति बदलते ही वह 'दगा हुआ कारतूस' साबित हो जाएगी। कुछ हद तक यह बात सही भी है। मेरा अपना एक अनुभव यहाँ बयान करना चाहता हूँ। 'खामोश, स्थिति नियंत्रण में है' शीर्षक से एक व्यंग्य-रचना धर्मयुग में स्वीकृत हुई। दिनांक 6 जनवरी 1987 का स्वीकृति पत्र मिला। लेकिन देश में राजनीतिक घटनाक्रम तेजी से बदल गया। नतीजतन दिनांक 10 मार्च 1987 को एक पत्र के साथ रचना वापिस आ गयी। लिखा था, 'क्षमा करें, हम आपकी रचना वापिस कर रहे हैं। चूँकि इसमें उल्लिखित कुछ घटनाक्रम बदल चुका है इसलिए 'पूर्व-स्वीकृति' के बावजूद इसे प्रकाशित करना संभव नहीं है।'

लेकिन ऐसा उन रचनाओं के साथ होता है जो व्यक्ति-परक या सामयिक विषयों पर लिखी होती हैं। मैंने ऐसी रचनाएँ बहुत कम लिखी हैं। मेरी अधिकतर रचनाएँ मनुष्य में

परंपरागत रूप से पायी जानेवाली विसंगतियों, विडंबनाओं एवं विकृतियों पर कटाक्ष हैं। इस कारण वे लंबा समय व्यतीत हो जाने के बावजूद ताजातरीन बनी हुई हैं।

मैंने कोई 300 व्यंग्य रचनाएँ लिखीं। इनमें से 170 रचनाएँ चार व्यंग्य-संग्रह यथा, बिना रीढ़ के लोग, माटी कहे कुम्हार से, चलती चाकी देख के और एक बीमार सौ अनार में संग्रहित हैं। शेष सामयिक विषयों पर होने से संग्रहों में स्थान नहीं पा सकीं या कुछ अगले संग्रह की प्रतीक्षा में हैं। मैंने इनमें से कुल 51 सदाबहार रचनाएँ व्यंग्य-संग्रह 'अमरकृति और बतासा' के लिए चुनी हैं। संदर्भ में सहूलियत के लिए रचना के अंत में रचना-प्रकाशन तिथि भी दी गयी है।

साहित्य-क्षेत्र में मेरा पदार्पण कवि के रूप में हुआ लेकिन शीघ्र ही मेरी पहचान व्यंग्यकार के रूप में स्थापित हो गयी। तत्कालीन परिस्थितियाँ, मेरे अनुभव, मेरी अनुभूति और मेरा स्वभाव व्यंग्य-लेखन के लिए अनुकूल साबित हुए। भारतभर की प्रतिष्ठित पत्र-पत्रिकाओं में रचनाएँ प्रकाशित होने लगीं। मंचों पर भी व्यंग्य-कविता के साथ-साथ गद्य में व्यंग्य-पाठ करता रहा। पाठकों की सकारात्मक प्रतिक्रियाएँ प्राप्त होने लगीं। इनसे प्रोत्साहन मिला और प्रतिष्ठा भी। कुछ वर्षों बाद, मैं कहानी की ओर आकर्षित हुआ। हंस, कथादेश, जागरण सखी, भाषा, नवनीत, वीणा आदि पत्र-पत्रिकाओं में मेरी कहानियाँ स्थान पाने लगीं। तीन कहानी-संग्रह प्रकाशित हो गये। दो संग्रहों को महाराष्ट्र राज्य हिंदी साहित्य अकादमी द्वारा मुंशी प्रेमचंद पुरस्कार से सम्मानित किया गया। कविताएँ साथ-साथ चल ही रही थीं। दो काव्य-संग्रह प्रकाशित हुए। उनमें से एक, 'अंतस का आदमी' को म. रा. हिंदी साहित्य अकादमी द्वारा संत नामदेव पुरस्कार प्रदान किया गया। लघुकथाएँ 'कभी-कभार' उपजती थीं, कागज के मेरे खेत में। वे बढ़ती गयीं। प्रतिष्ठित पत्र-पत्रिकाओं में स्थान पाने लगीं। अब तक हजारों हजार बीज और बोनसाई शीर्षक से दो लघुकथा-संग्रह प्रकाशित हो गये हैं और तीसरे की तैयारी चल रही है। इस बीच लघुकथा संग्रह बोनसाई को किताबघर प्रकाशन का राष्ट्रीय 'आर्य स्मृति साहित्य सम्मान 2018' प्राप्त हुआ तो लघुकथा और गतिशील हो गयी। मौलिक साहित्य- सृजन के इस पचास साल से अधिक के लंबे सफर में, किसी समय 'अनुवाद-कार्य' साथ हो लिया। छह पुस्तकें और प्रतिष्ठित लेखकों की चुनी हुई चालीस से अधिक कहानियाँ मराठी से हिंदी में अनूदित होकर प्रकाशित हो गयीं। म. रा. हिंदी साहित्य अकादमी, मुंबई ने अनुवाद के लिए दिया जानेवाला 'मामा वरेरकर पुरस्कार' प्रदान करके सम्मानित किया।

-कहना न होगा, इस सफर में व्यंग्य पीछे छूट गया। या कहूँ, मैं अन्य विधाओं से गुफ्त-गू करता रहा और व्यंग्य-विधा आगे बढ़ गयी!

'अमरकृति और बतासा' का विचार मन में आते ही पूरी व्यंग्य-रचनाएँ पुन: एक बार पढ़ीं तो व्यंग्य-रचनाओं के कितने ही पाठक याद आये। सोचा, क्यों न उन्हें अपनी चुनी हुई, सदाबहार व्यंग्य –रचनाएँ उपलब्ध कराई जाएं! 'डायमंड-बुक्स' से फोन पर बात हुई। वहाँ से जो प्रोत्साहन मिला उसी का प्रतिफल है, यह व्यंग्य-संग्रह। विश्वास है, व्यंग्य-प्रेमी, सुधी पाठक इसे अवश्य पसंद करेंगे। अस्तु।

अमरावती **भगवान वैद्य 'प्रखर'**

विषय सूची

1. अज़ब पड़ोसी, गज़ब पेड़

मेरे पड़ोस में एक नींबू का पेड़ है। होने को तो पड़ोस में और भी बहुत कुछ है। मसलन, बात-बात में झगड़े पर उतारु कुल आधा दर्जन मानवी आत्माएं, सागौन के पंद्रह-बीस वृक्ष, लगातार भौंकते रहने वाला एक कुत्ता, केवल अधिकतम आवाज में ही चलनेवाला टी.वी., पड़ोसियों की खिड़कियों पर अचूक निशाना साधनेवाले तीन बच्चे, आस-पास के घरों से चुराए हुए पुष्प पसंद करने वाले भगवान इत्यादि। पर अब उनसे कोई शिकायत न रही। वो कहते हैं न कि दर्द जब ला-इलाज हो जाता है तब दवा हो जाता है! वही बात है। कुत्ता जब नया-नया था तब उससे जरूर कुछ उम्मीद की थी मैंने। हालांकि ऐसा करना पूरी तरह बेमानी था। जो पड़ोसी आजतक किसी के काम नहीं आया उसका नमक खानेवाला कुत्ता किसी के काम क्या आएगा! लेकिन सोचा था, कुत्ता जरा अलग किस्म का प्राणी है इसलिए कुछ तो अलग चरित्र होगा उसका। पर नहीं। मेरे घर में चोर घुसे। कुत्ता अपने घर की छत से देखता रहा पर क्या मजाल कि एक 'भौं' तक मेरी खातिर खर्च करता! जी हाँ, यह वही कुत्ता है जो उसके मालिक के घर में सड़क पर खेलने वाले बच्चों की गेंद भी आ जाए तो तबतक भौंकता रहता है जब तक बच्चे अपनी गेंद को पूरीतरह भूला न दें। मुझे इससे भी शिकायत न थी। शिकायत है तो उसकी इस हरकत से कि वह सेवा अपने घर में देता है और गंदगी मेरे घर के ठीक सामने करता है।

सागौन के वृक्ष हैं। उनसे सिवा थोड़ी-सी छाया के भला और क्या उम्मीद की जा सकती थी! मेरा घर पश्चिम दिशा की ओर है। सूरज जब ढलान पर होता है तब मेरे धनिया और मेथी के नन्हे पौधों को छाया की दरकार होती है। पर सागौन के पेड़ की छाया पूरब की ओर बिछती है। इन्हीं सागौन के पेड़ों के पत्ते जब झड़ते हैं तो क्या चमत्कार होता है पता नहीं कि इनके साढ़े-निन्यानबे प्रतिशत पत्ते हमारे घर में गिरते हैं। बीवी पहले दबी जुबान से शिकायत करती थी। फिर जोर-जोर से बोलने लगी। पर, न पेड़ों को सुनाई देता न उनके मालिक को। पंद्रह साल बीत चुके। पेड़ पच्चीस फ़ीट ऊंचे हो चुके हैं। सूखे पत्तों से हमारा घर चारों ओर से छा जाता है। पर, हमने किसी भी प्रकार की शिकायत करना छोड़ दिया है। आखिर नीचे उतरने की भी तो अपनी एक सीमा होती है! किसी की हो न हो, पर अपनी तो है भाई साहब।

तो बात नीबू के पेड़ की चल रही थी। जब पड़ोसी ने लगाया था तब शत-प्रतिशत उनकी हद में था। पर जब कम्पाउंड-वॉल से ऊंचा हुआ तो आधे से अधिक हमारी सीमा में आ गया। बल्कि 'आ गया' की बजाए 'छा गया' कहना अधिक उपयुक्त होगा। फल अभी

नहीं थे पर उम्मीद पूरी थी। इसलिए आते-जाते उसके कांटे चुभने पर भी हम चिल्लाते न थे। पत्ते उसके भी झड़ते थे हमारी सीमा में पर चुपचाप बुहार लिए जाते, इस उम्मीद से कि कभी इसी प्रकार फल भी टपकेंगे। और आखिर वह दिन भी आ गया जब हमारी कामवाली ने उल्लसित होकर श्रीमती जी को यह समाचार दिया कि बाई जी, आपके कम्पाउन्डवॉल के इधरवाले हिस्से में दो नींबू दिखाई दे रहे हैं। इसके पहले पड़ोसी का पपीते का पेड़ हमें कई बार दगा दे गया था। वह भी आधा उधर था और आधा इधर। बल्कि हमारी सीमा में कुछ अधिक ही था। हमारे हिस्से में फ़ल लगते थे। पकते हुए भी दिखाई देते थे। लगता था कि शायद दो-एक दिन में टपक पड़ेगा कोई-न-कोई। पर अगले दिन सुबह देखो तो पेड़ से नदारद! हाँ, छीन-झपट में गिरे पत्ते जरूर मिलते हमें। पत्ते देखकर क्रोध आता। क्रोध में गालियां देते हम। पहले धीरे-धीरे, फ़िर जोर-जोर से कि अन्य दिशाओं के पड़ोसी भी सुन लें। कालांतर से हमारे ध्यान में आया कि तीन तरफ़ के पड़ोसी सुनते हैं हमारी गालियां। बल्कि उनमें से एक तो इतने तेज हैं कि हमारी वे गालियां भी सुन लेते हैं जो हम नहीं देते। -पर जिस पड़ोसी के लिए हम कहते हैं वे महाशय बिल्कुल नहीं सुनते। कहीं पढ़ा हुआ याद आया कि आप सोए हुए को जगा सकते हैं पर जिसने सोने का स्वांग रचा हो उसे नहीं जगा सकते। बहरहाल, एक दिन हमें आत्मबोध हुआ कि हम इसलिए नहीं क्रोधित होते कि पपीते के सूखे पत्ते हमारी ओर गिरते हैं बल्कि हम इसलिए क्रोधित होते हैं कि वे फ़ल हमारी ओर नहीं गिरते जिनकी हम आस लगाए बैठे रहते हैं।

तो, दो नींबू को हम पेड़ पर शुक्ल-पक्ष के चंद्रमा की तरह आकार लेते हुए देखने लगे। हमारी सारी दिनचर्या नींबू के इर्दगिर्द घूमने लगी। हमारा आना-जाना सामने के दरवाजे की बजाए पीछे के दरवाजे से आरंभ हो गया क्योंकि नींबू का पेड़ उसी ओर है। पहले एक मर्तबा नींबू के पेड़ का कचरा उठाना जानपर आता था। पर, नीबू दिखे तबसे नींबू देखने के बहाने सुबह-दोपहर-शाम कचरा उठाया जाने लगा। कांटे पूर्ववत चूभते, जलन भी होती। पर यह सोचकर सब सहते रहे कि फ़ल खाने हैं तो यह सब तो बर्दाश्त करना ही पड़ेगा।

आखिर एक दिन आसमान में चांद चौदहवी का हुआ और पड़ोस के नींबू...! लगा कि अगले दिन खुद-ब-खुद टपक पड़ेंगे। ताजे नींबू के शरबत का स्वाद हमारे घर में हर किसी की ज़ुबान पर तैर गया। अगले दिन अल्स्सुबह, हमारा पूरा घर नींबू के पेड़ के पास मौजूद था और हर कोई यह देखकर हैरान था कि दोनों नींबू हमारे हिस्से में नहीं बल्कि पड़ोसी की सीमा में टपके हैं।

क्या कहें सिवा इसके कि गजब हैं वे पेड़, जो कचरा हमारे घर में गिराते हैं और फ़ल अपने घर में। तथा अजब हैं वे पड़ोसी, जिनके घर में ऐसे पेड़ होते हैं!

(लोकमत समाचार : दिनांक 9.9.2008)

--***--

2. अथ् ऑडिट पुराणम्

कहने वाले कहते हैं कि ऑडिट के बीज हिसाब-किताब में है। जिस दिन हिसाब-किताब लिखना आरंभ हुआ, ऑडिट के बीज उसी दिन बोये गये। कहने वाले तो और भी पता नहीं क्या-क्या कहते हैं। ऑडिट के विषय में भी और ऑडिट करने वालों के विषय में भी! पर सत्य कोई नहीं कहता। सत्य यह है कि ऑडिट की कल्पना ने उसी दिन जन्म लिया जिस दिन मनुष्य के मन में, मनुष्य के प्रति अविश्वास पैदा हुआ।

अ ने ब से कहा, फलां काम करो। अ कहता गया। ब करता गया। सब कुछ व्यवस्थित चलता रहा। पर जब कई दिनों तक इसी प्रकार चला तो अ के मन में शंका पैदा हो गयी कि कहीं न कहीं कोई गड़बड़ी अवश्य है! दरअसल, यह हमारे स्वभावानुरूप ही था। किसी परिवार, समाज या शहर में लगातार कई दिनों तक सब कुछ व्यवस्थित चलता रहे तो हमें शंका होने लगती है। हमें लगता है हमारे होते हुए यह सब कैसे संभव है! कहीं कोई गड़बड़ी नजर न आयी तो हम में से कुछ लोग स्वयमएव आगे आकर यह 'पुनीत' कार्य कर देते हैं।

पर अ पढ़ा लिखा व्यक्ति था। और पढ़ा लिखा व्यक्ति स्वयं आगे आकर कुछ नहीं करता। वैसे भी, जैसे- जैसे अधिक पढ़ो-लिखो, खुलकर कुछ करने का साहस जाता रहता है। अ के साथ भी यही हुआ। उसने स से कहा, "यार, तुम जरा देखो, ब मेरा काम ठीक-ठीक कर रहा है या नहीं और अगर कर भी रहा है तो तौर-तरीके मेरे हैं या उसके अपने इजाद किये हुए!" इस प्रकार तीसरा व्यक्ति घुसा, रियासत और रिआया के बीच। स ने देखा, काम हो रहा है। बराबर हो रहा है। पर सोचा अगर इस प्रकार सच-सच कह दें अ को तो अ के मन में ब के प्रति विश्वास स्थापित हो जाएगा और स की छुट्टी हो जाएगी। इसलिए उसने अ को रिपोर्ट दी कि आपका काम तो हो रहा है पर 'ढंग' ठीक नहीं है। रफ्तार भी धीमी है। जहाँ तीन दिन लगना चाहिए वहाँ साढ़े-तीन दिन लग रहे हैं। पैसों का भुगतान किया गया है पर रसीदें नहीं हैं। रसीदें हैं तो उन पर तारीख नहीं है। तारीख है तो पैसे पानेवाले के हस्ताक्षर नहीं हैं। हस्ताक्षर हैं तो अटेस्टेड नहीं हैं। अटेस्टेड हैं तो अटेस्ट करनेवाले की मुहर नहीं है। मुहर है तो तारीख नहीं है।... अ ने यह सब सुना तो उसे लगा, स बड़े काम का व्यक्ति है। अगर अपना कारोबार ठीक ढंग से चलाना है तो स की निगरानी

नितांत आवश्यक है। इस तरह अ के मन में ब के प्रति पैदा हुए अविश्वास की जमीन पर स की जड़ें जमने लगीं।

इधर ब समझ गया कि उसे अपनी रोजी-रोटी सलामत रखने लिए क्या करना आवश्यक है और क्या आनावश्यक। भुगतान हो न हो, पर फाइल में रसीद अवश्य लगी हो। मजदूर वैसे चाहे निरक्षर हो, पर रसीद पर हस्ताक्षर हो, हस्ताक्षर अटेस्टेड हो, अटेस्ट करनेवाले की बाकायदा मुहर लगी हो और यह सब चाहे न हो, पर ऑडिट-पार्टी की खातिरदारी का खासा इंतजाम अवश्य हो। सुबह- दोपहर- शाम चाय नाश्ता, नाश्ते में काजू, किसमिस आदि सूखे मेवे। डिनर में चिकन तंदूरी, कीमती शराब इत्यादि, इत्यादि...। आसपास के दर्शनीय स्थलों के सैर- सपाटे का प्रबन्ध!

मिसिर जी ब की तरह कुशल अफसर है। वह यह जान गये हैं कि कार्य का निष्पादन नहीं, दिखावा आवश्यक होता है। इसलिए उनकी शाखा की रिपोर्ट हर वर्ष उत्कृष्ट रहती है। जबकि सुकुल जी परेशान हैं। वे नहीं जानते कि ऑडिट की दृष्टि में क्या आवश्यक है और क्या अनावश्यक। बस, बन्धुआ मजदूर की तरह काम करते रहे हैं। पूरे वर्ष भर कार्यालय की नियम -पुस्तकों में से खोज-खोज कर नियम निकालते हैं। हर नियम का पूरी मुस्तैदी से पालन करते हैं। पर ऑडिट वाले आकर उन्हें दो दिन में निकम्मा साबित कर देते हैं। सुकुल जी की तरक्की ऑडिट रिपोर्ट से बिदककर कुलांचे मारती फिर दूर निकल जाती है।

मैं सुकुल जी से कहता हूँ, "आप भी वैसा क्यों नहीं करते जैसा मिसिर जी करते हैं ?" सुकुल जी कहते हैं, "मैं यह तो नहीं जानता कि मिसिर जी किस तरह 'मैनेज' करते हैं। पर मैं तो सब कार्य नियमानुसार ही करता हूँ। चार कुएं खोदे जाते हैं। चारों की रसीदें बाकायदा फाइल में लगाता हूँ।" दरअसल, सुकुली जी से यहीं गलती होती है। कुएं और रसीदें दोनों का मिलान हो जाए तो ऑडिटवालों के लिए बचता ही क्या है करने को, सिवा सुकुल जी को निकम्मा साबित करने के! वैसे भी, रिकार्ड के अनुसार कार्य होता इस भारत- भू पर तो अबतक वृक्षारोपण के लिए इंच भर भूमि शेष न होती। सड़कों, नहरों का जाल बिछा होता। खेत के हर कोने में एक कुआँ होता। और यह सब होता तो 'ऑडिट' की कब्र पर कब की घास उगी होती!

मेरी इच्छा होती है, सुकुल जी से कहूँ कि काम की चिंता छोड़ो और 'ऑडिट' की चिंता करो। ऑडिट-पार्टी की खुशामद, खातिरदारी की चिंता करो। सप्ताह भर आसपास के दर्शनीय स्थलों की सैर कराओ और अंतिम दिन खुद होकर उन्हें बता दो कि कौन-कौन सी रसीदों पर मुहर उल्टी लगायी गयी है। या तारीख लिखने की छोड़ दी गयी है। वे अपनी रिपोर्ट बना लेगे। आपको दिखाएंगे.... "हें...हें... आखिर कुछ-न-कुछ तो लिखना ही पड़ेगा

न!'' आप कहिए, "जी हाँ... जी हाँ.... यह तो हम भी 'रिअलाइज' करते हैं। इसीलिए तो छोड़ दी हैं तारीखे लिखने की। अन्यथा पचासों रसीदों पर लिख डालीं, दो-चार और न लिख देते!" वे कहेंगे, "मि. सुकुल जी, आप बड़े चालाक हैं!" आप कहिए, "नहीं सर, आपसे अधिक नहीं। आपके सामने तो बस, एक तुच्छ सेवक हूँ।" इसी के साथ सूटकेस, होलडाल में लदने लायक कुछ पैकेट-पैकिंग्स थमा दीजिए। ऑडिटवाले खुश हो जाएंगे। आप भी खुश हो जाइए। इसलिए कि आप बेर थमाकर पूरा पेड़ छिपाने में कामयाब हो गये। वे इसलिए कि अ को दिखा सके कि देखो, हम कितने कर्तबगार हैं। आपका नमक खाते हैं तो आपके बेर तक की रखवाली करते हैं। बेचारा अ क्या जाने कि पेड़ हड़प लिये जा रहे हैं। सड़कें सिमट रही हैं। पुल उखड़ रहे हैं। बांध बह रहे हैं। नहर सिमट रहे हैं। पर यह सब महत्वपूर्ण नहीं है। महत्वपूर्ण हैं, बेर! बेर की हिफाजत होनी चाहिए! हिफाजत में तमाम नियमों का पालन किया जाना चाहिए! हिफाजत न भी हुई तो चलेगा पर नियमों का पालन अनिवार्य है! ऑडिट कि सार्थकता इसी में है! दफ्तरों में कार्यरत कर्मचारियों का रवैया और दिन ब दिन बढ़ते जा रहे ऑडिट फाइलों के ढेर यही तो कह रहे हैं न!

(साप्ताहिक हिन्दुस्तान : 23 मार्च, 1986)

--✻✻✻--

3. अफसोस, साला एस.पी. न हुआ

गणेशीलाल जी अक्सर ऑफिस देर से आते हैं। और जब आते हैं तो इस प्रकार आते हैं मानो उन्हें ऑफिस तक आने में प्रदीर्घ और जबर्दस्त संघर्ष करना पड़ा हो। अपने स्थान पर पहुँचते ही एक गहरी सांस के साथ टेबिल पर डायरी पटकते हुए वे इस प्रकार नजर आते हैं मानो कोई पुरानी एम्बस्डर गाड़ी लंबी चढ़ाई पार करके 'विश्राम-गृह' के दालान में दाखिल हुई हो! टेबिल पर डायरी पटक कर वे अपने इर्द-गिर्द नजर डालते हैं। इस चाहत के साथ कि उनसे कोई उनके 'संघर्ष' के विषय में प्रश्न करें। विलंब से ऑफिस पहुँचने के कारणों की बड़ी लंबी सूची है, उनके पास तथापि उनके विलंब से उपस्थित होने का कारण जानकर आजकल किसी को भी आश्चर्य नहीं होता क्योंकि ऑफिस के चपरासी को भी पूरी सूची कंठस्थ हो चुकी है।

पर उस रोज जो कारण बताया गणेशीलाल जी ने विलंब से ऑफिस आने का वह बिल्कुल नया था। साथ ही, नितांत मौलिक और सुननेवाले को हैरानी में डालने वाला भी था। मैं तो 'कारण' सुनकर क्षणभर के लिए गणेशीलाल जी के प्रति चिंतित हो गया। मैंने उनसे ज्यों ही 'विलंब' का कारण पूछा, उन्होंने तपाक से उत्तर दिया, "अरे आपको पता नहीं, मेरे घर एस.पी. साहब आए हुए हैं?'' गणेशीलाल जी का यह प्रतिप्रश्न मेरे मन में अनेकानेक शंका-कुशंकाओं को जन्म दे गया। मैंने अधीर होकर पूछा, "एस.पी.साहब और आपके घर! आखिर मामला क्या है?''

उन्होंने बड़ी सादगी से उत्तर दिया, "मामला यही है कि वे मेरी बीवी के भाई हैं और अपनी इकलौती बहन का 'कुशलक्षेम' जानने के लिए मेरे घर पधारे हैं।'' मैंने कहा, "बन्धुवर, आप यह भी तो कह सकते हैं कि आपके घर आपके साले साहब पधारे हैं।'' गणेशीलाल जी ने स्पष्ट किया, "अरे भई, साले साहब आये हैं-ऐसा कहने में विशेष उल्लेखनीय क्या है? हर साला कभी-न-कभी अपने बहनोई के घर आता ही है। मेरे अपने ही कुल आधा-दर्जन साले हैं और हर महीने कोई न कोई आकर चक्कर लगा जाता है। पर, उनमें यह इकलौता साला एस.पी.है और चूंकि यह एस.पी. है इसीलिए उल्लेखनीय है।'' कहते-कहते गणेशीलाल जी की ग्रीवा गर्व से ऐंठ गयी और सीना फूलकर कुप्पा हो गया

था। उनके चेहरे पर जिस दर्प के दर्शन हो रहे थे उसके समक्ष वीर चक्र अथवा पद्मविभूषण पाने पर होनेवाले गर्व की अनुभूति बौनी थी। मेरे मन में मेरे अपने सालों के प्रति करूणा उभर आयी। कल तक मैं उन्हें अत्यंत आदरणीय और अपने लिए भूषणावह समझता था। पर आज वे सब दो कौड़ी के नजर आने लगे। दरअसल आज मुझे इस बात का तीव्रतम अहसास हो गया कि मेरे एक साले का यशस्वी डॉक्टर होना, दूसरे का इंजीनियर होना और तीसरे का बैंक अधिकारी होना कितना क्षुद्र है! काश, मुझे इन तीन-तीन सालों की बजाए सिर्फ एक साला होता जो एस.पी.होता।

दोपहर तक पूरे ऑफिस को पता चल गया कि गणेशीलाल जी के घर एस.पी.साहब पधारे हैं जो उनके साले हैं। शाम तक पूरे शहर में अजान हो गयी कि गणेशीलाल जी जिस पुलिसिया-वर्दीवाले के साथ बाजार में कॉलर ऊँची करके घूम रहे हैं वह उनका साला है और पड़ोस के नगर में एस.पी. के पद पर तैनात है।

जब कभी आते हैं, मैं भी घूमता हूँ शहर में अपनी बीवी के भाइयों के साथ। ऐसे वक्त एक हसरत तड़पती रहती है दिल के किसी कोने में कि कोई पूछे और मैं बताऊँ कि अमुक श्रीमान जो रिश्ते में इस नाचीज के साले हैं, एक मशहूर डॉक्टर या कुशल इंजीनियर या वरिष्ठ बैंक अधिकारी हैं! एक तमन्ना है कि इस तरह की पूछताछ से और कुछ न हो तो कम-अज-कम शहर के दो-एक अच्छे डॉक्टरों की निगाह में उठ जाऊँ ताकि वक्त-जरूरत पर वेटिंग-हॉल की लंबी लाइन से निजात पाकर उनके गर्भ-गृह में सीधे प्रवेश पा सकूं अथवा किसी बैंक के काउंटर की कतार फांद कर बैंक-मैनेजर के कक्ष में सीधे घुस सकूं। पर उनकी वर्दी न होने के कारण न उन्हें कोई पूछता है, न मैं किसी को बतलाता हूँ। जबकि एस.पी.साहब की बात कुछ और ही होती है। जब भी गणेशीलाल जी के घर पधारते हैं, गणेशीलाल जी उन्हें घर में कम रखते हैं और शहर में अधिक घुमाते हैं। कभी एस.पी. साहब का मन करता होगा (ऐसा मेरा अनुमान है, क्योंकि एस.पी.साहब भी आखिर हैं तो मनुष्य ही न!) कि सिविल ड्रेस पहनें ताकि शरीर की पसलियों को तनाव से कुछ मुक्ति मिले। पर गणेशीलाल जी तो उन्हें प्रात: मिल्क-बूथ पर भी पूरी वर्दी में ही ले जाते हैं। संक्षेप में, एस.पी.साहब के मात्र डेढ़ दिन के मुकाम में, गणेशीलाल जी का कद दो-गुना और सीना चार-गुना हो जाता है - जिसकी हवा शहर में महीनों तक बरकरार रहती है।

सोचता हूँ, कितने भाग्यशाली होते हैं वे लोग जिनके साले एस.पी.होते हैं! बात-बात पर उल्लेख होता रहता है कि एस.पी.साहब आनेवाले हैं, एस.पी.साहब आ चुके हैं, पूरे डेढ़ दिन रहेंगे एस.पी.साहब इस बार। 'जी नहीं, मीठा बिल्कुल नहीं भाता एस.पी. साहब को। सिवा नॉन-वेज के 'डिनर' नहीं लेते एस.पी. साहब। सस्ती शराब और घटिया सिगरेट

को छूते तक नहीं हैं वे।... शहर के एक होटलवाले को ठोक दिया कल एस.पी.साहब ने।... टैक्सीवाले का तो सिर ही फोड़ डाला कल उन्होंने।... बिना मूँछों को खिजाब लगाए बेड-रूम से ड्राइंग-रूम में नहीं आते एस.पी.साहब।... इस बार अपने वेतन से चार-गुना कीमती साड़ी लेकर आए हैं एस.पी.साहब अपनी सिस्टर के लिए।' -कुल मिलाकर ब्रश करने से लेकर खर्राटे भरने तक की हर बात उल्लेखनीय होती है एस.पी.साहब की, गणेशीलाल जी के लिए।

कभी लगता है, मैंने भारी भूल की। रिश्ता पक्का करने के पूर्व मुझे अपने होने वाले ससुर जी से पूछताछ कर लेनी चाहिए थी कि क्या आपकी कोई संतान एस.पी.है? अगर फिलहाल नहीं तो क्या उसके निकट भविष्य में एस.पी. होने की कोई संभावना है! और जहाँ से इन प्रश्नों के सकारात्मक उत्तर मिलते वहीं रिश्ता पक्का करना चाहिए था- चाहे इसके लिए मुझे और दस वर्ष क्यों न प्रतीक्षा करनी पड़ती।

पर अब चूँकि चिड़िया खेत चुग चुकी है इसलिए ईश्वर से यही प्रार्थना है कि अगले जनम में बीवी भले ही काली-कलूटी अथवा अनपढ़ हो लेकिन उसका एक तो भी भाई यानी कि मेरा साला एस.पी. जरूर हो।

--✲✲✲--

4. अमरकृति और बतासा

यकीनन् भद्र जी स्थानीय स्तर के श्रेष्ठ कवि थे। उनके पास हर वक्त, हर प्रकार की कविताएं तैयार रहती थीं और तैयार न भी रहीं तो आर्डर 'प्लेस' करने के चौबीस घंटों के भीतर तैयार करके अखबार के कार्यालय में पहुँचा दी जाती थीं। जाहिर है, उनकी इस 'प्रॉम्प्ट तथा होम-डिलेवरी सर्विस' के कारण शहर का शायद ही कोई अखबार ऐसा हो जिसमें उनकी कविताएँ न छपती हों। इस छपास-तुष्टि के बावजूद एक दु:ख भद्र जी को हमेशा सालता रहता था। गली कूचे के तमाम नामी गुमनामी (!) अखबारों में उनकी कई कविताएँ, मय-फोटो के, छपने के बावजूद अबतक कोई माई का लाल प्रकाशक उनका काव्य-संग्रह प्रकाशित करने को तैयार न था और बिना पुस्तक रूप में कुछ प्रकाशित हुए संस्थाएं भद्र जी को साहित्यकार मानने को तैयार न थीं। आखिर एक दिन भद्र जी ने अपनी 'काला आखर, भैंस बराबर' दर्जे की साहित्यिक समझ रखनेवाली बीवी से इस संबंध में सलाह-मशविरा किया और अपनी प्रथम पुस्ताक का प्रकाशक खुद बनने का दुस्साहसी निर्णय ले लिया।

अगले ही दिन से भद्र जी का 'पुस्तक-प्रकाशन-यज्ञ' प्रारंभ हो गया। भविष्य-निधि और सोसायटी ऋण की आहुति दी जाने लगी। दुकान-दर-दुकान जाकर भद्र जी ने स्वयं कागज खरीदा। आँखों में तेल डालकर प्रूफ-रीडिंग की। बाइंडिंग में हाथ काले किये और अपनी चौकस देखरेख में 'अमरकृति' नाम से अपना अनोखा काव्य-संग्रह तैयार कर डाला।

भद्र जी को पूरी उम्मीद थी कि उनका काव्य-संग्रह छपते ही पूरे शहर में तहलका मच जाएगा। लोगों की भीड़ उमड़ पड़ेगी। तमाम अखबारों के संवाददाता, बगल में फोटोग्राफरों को दाबे, घर के दरवाजे पर धूल फांकते खड़े रहेंगे। उम्मीद तो यह भी थी कि पुस्तक की प्रथम प्रति तैयार होते ही प्रैसवाला खुद दौड़कर अखबारों के कार्यालय में यह गुप्त खबर दे आएगा कि शहर में 'न भूतो, न भविष्यति' कवि की एक महान कृति ने मेरे प्रैस में अभी-अभी जन्म लिया है। पर हुआ कुछ और ही। पुस्तक के गट्ठर रिक्शे पर लादते ही प्रैसवाले ने भद्र जी की 'चलती कम और हिलती अधिक' मार्का साइकिल में अपनी टांग अड़ाकर कहा, "महाशय, पुस्तक तो छप गयी और पूरी प्रतियाँ भी रिक्शे पर लाद लीं आपने। पर

बिल का भुगतान नहीं किया। पहले पूरा बिल चुकता कीजिए तभी रिक्शा आगे बढ़ेगा।" भद्र जी ने अपनी दुचाकी को कुछ रिवर्स लेते हुए कहा, "यार, जरा तो शर्म खाओ। यह तुम्हारे छापखाने में छपे चुनावी पोस्टर या साड़ियों के रिडक्शन सेल के पैंपलेट नहीं हैं। यह साहित्य की सर्वोत्तम विधा 'कविता' की पुस्तक है। और वह भी मेरी कविताओं की।.... कुछ दिन सब्र करो बन्धु। मेरी पुस्तक तुम्हें वह ख्याति दे जाएगी जो बीस साल की तुम्हारी टनों कागज की छपाई न दे सकी। न केवल तुम बल्कि तुम्हारी अगली सात पीढ़ियाँ भी यह बताने में गर्व महसूस करेंगी कि 'अमरकृति' तुम्हारे प्रैस में छपी थी। रही बात 'बिल' की तो मैं महीने भर में सब चुकता कर दूंगा।... किताब दुकानों पर रखने भर की देर है। प्रतियाँ हाथों हाथ बिक जाएंगी। छह माह में अगर दूसरा संस्करण न छापना पड़ा तो मेरा नाम भद्र नहीं अभद्र रख देना।"

प्रैसवाले ने कहा, "तुम्हारा साहित्य गया भाड़ में और चाहो तो तुम भी चले जाओ। पर जाने के पूर्व मेरा 'बिल' चुकता कर जाओ।... अरे, तुम कविता छपवानेवालों से तो छात्र-संघ के चुनाव के परचे छपवानेवाले बेहतर हैं जो हजार पाँच सौ छापे और गट्ठर फेंका नहीं कि पैसे हाजिर।" भद्र जी ने चुनावी परचों की तुलना में कविता की महत्ता प्रतिपादित करने के लिए लाख सिर फोड़ा पर जब उन्हें लगा कि सारी गीता 'भैस के आगे बीन' साबित हो रही है तब उन्होंने तैश में आकर अपनी इकलौती बीवी के प्रथम और अंतिम प्यार की निशानी के रूप में तर्जनी में टंगी अंगूठी और अपनी कलाई में बंधी घड़ी उतारी और प्रेसवाले पर लगभग फेंकते हुए कहा, "आज तुमने इस भद्र की कद्र नहीं की। पर देखना, किताब मार्केट में जाने भर की देर है। आठ दिन में ये अपने प्यार की निशानी तुमसे छुड़ाकर ले जाऊंगा तब शायद जान पाओगे कि भद्र भी कोई चीज है।"

किताबें रिक्शे पर लादकर ले जाते समय भद्र जी को संदेह था कि कहीं ऐसा न हो कि प्रैसवाले से बहस करते समय लोगों को भनक लग गयी हो कि भद्र जी पुस्तक- रूप में छप गये हैं। लोग हाथों से रुपयों की बौछार करते रिक्शे पर टूट पड़े और घर पहुँचते-पहुँचते रिक्शा किताबों की जगह नोटों से भर जाए। पर ऐसा कुछ भी अघटित नहीं हुआ। आम-दिनों की तरह सड़क पर आमदरफ्त जारी रही। लक्ष्मी जी राहगीरों की जेबों में और सरस्वती की अस्मिता रिक्शे पर सुरक्षित रही। भ्रद जी अपनी किताब की पूरी छह-सौ प्रतियों के साथ सही सलामत घर पहुँच गये। दरवाजे पर बीवी ने किताबों के गट्ठर देखे तो चकित होकर भद्र जी से कहने लगी, "हाय दय्या, आप तो कह रहे थे कि एक ही पुस्तक लिखी है आपने। पर यहाँ तो इत्ती सारी दिख रही हैं। क्या ये सब आपने लिखी हैं, मेरे स्वामी! बीवी की इस 'पांडित्यपूर्ण' प्रशंसा को भुनाते हुए भद्र जी ने अवसर का लाभ

उठाया और बीवी से 'पुस्तक-विमोचन' कार्यक्रम के लिए सम्मति ले ली। तीसरे ही दिन एक 'साधारण किन्तु गरिमापूर्ण' कार्यक्रम आयोजित किया गया। कार्यक्रम 'साधारण' इस अर्थ में था कि आर्थिक दृष्टि से 'गरीब की गुदड़ी' लग रहा था और 'गरिमा-पूर्ण' इस दृष्टि से था कि जिस पुस्तक का विमोचन आयोजित था वह कविता की पुस्तक थी और 'गरिमा' शब्द उन दिनों पूरी तरह कवियों की गिरफ्त में था। इसलिए उसे चाहे जहाँ और चाहे जैसे इस्तमाल किया जा सकता था। खैर, तो भद्र जी को पूरी उम्मीद थी कि विमोचन होते ही कम-अज-कम सौ- दो- सौ प्रतियाँ तो हाथों-हाथ बिक ही जाएंगी। गोया, कविता की पुस्तक नहीं रिलायंस कंपनी के शेयर हो! इसीलिए उन्होंने चालू महीने का पूरा बजट विमोचन- समारोह पर कुर्बान कर दिया था। विमोचन की रस्म के बाद पुस्तक की कुछ प्रतियाँ मंच पर बँटी तो उपस्थितों ने समझा कि बतासे बँट रहे हैं। इसीलिए हर किसी ने हाथ आगे बढ़ा दिया। एक साथ कई हाथ किताब की ओर बढ़े देखकर भद्र जी भावविभोर हो उठे और मुक्त हस्त से पुस्तकें बांटने लगे। कुछ समय बाद जब भाव-जगत कुछ कमजोर पड़ा और भद्र जी यथार्थ की जमीन पर लौटे तब उन्होंने किताब बांटते-बांटते किताब के उस हिस्से की ओर उपस्थितों का ध्यान आकर्षित करना आरंभ किया जहाँ किताब का मूल्य छपा था। पर लोग थे कि पूरी किताब समझने को बेताब थे पर उस नामुराद कीमतवाले हिस्से की ओर आँख उठाकर देखने को भी तैयार न थे।

समारोह के बाद भद्र जी ने हिसाब लगाया। कोई दो -ढाई- सौ प्रतियाँ बँट चुकी थीं। उन्होंने इसे अपना 'इन्वेस्टमेंट' मान लिया और सोचने लगे, 'दो- ढाई- सौ लोग जब एक साथ मेरी 'अमरकृति' पढ़ेंगे तब शहर में एक हंगामा बरपेगा, हर ज़ुबान पर किताब के चर्चे होंगे, गली-कूचे में लोग मुझे सलाम ठोकेंगे और नतीजा यह होगा कि पुस्तक विक्रेता खुद-ब-खुद मकान ढूंढते मेरी गली में आएंगे और 'अमर-कृति' की शेष प्रतियाँ मुंह माँगी रायल्टी पर घर से उठाकर ले जाएंगे।'

पर हाय रे नसीब! न हंगामा बरपा, न धूल उड़ी। जिस शहर ने बड़े-बड़े सूरमाओं को उनकी तीरंदाजियों समेत पचा लिया और डकार तक न दी, उसी शहर ने 'अमरकृति' की दो- ढाई- सौ प्रतियाँ बड़ी सहजता से हजम कर डालीं।

इस घटना को भद्र जी ने बड़ी गंभीरता से लिया। उन्होंने पहली बार अपने भीतर के तथाकथित महान साहित्यकार का कद तराशकर अपनी ऊंचाई को कुछ कम किया और स्वयं पुस्तक विक्रेताओं के पास जाकर अनुनय विनय करते भये कि आप मेरी अभिनव पुस्तक 'अमरकृति' की कुछ प्रतियाँ अपनी दुकान में रख लीजिए। बिकने पर मूल्य का तीस प्रतिशत आपका और सत्तर प्रतिशत मेरा। पर यहाँ भी भद्र जी की तकदीर ने उनका

साथ नहीं दिया। कोई भी दुकानदार तीस/सत्तर तो क्या, सत्तर/तीस प्रतिशत पर भी पुस्तक दुकान में रखने को तैयार नहीं हुआ।

भद्र जी को शायद पहली बार अपने इस शहर में रहने का दु:ख महसूस हुआ। उन्होंने सोचा, 'काश, मैं दिल्ली, बनारस या इलाहाबाद, लखनौ में होता! अगर अमरकृति वहाँ से प्रकाशित होती तो अबतक पता नहीं कहाँ से कहाँ पहुँच गयी होती!' मनुष्य ने खुद बनायी हुई अपनी मनोहारी प्रतिमा जब खंडित होती है तब वह इसका दोष अपने आसपास के परिवेश पर डालता है। भद्र जी ने भी यही किया और हताश होकर एक दिन रात को सोने से पूर्व पुस्तकों का गट्ठर बांधकर अपनी खाट बनाम सोफा, बनाम दीवान के नीचे जमा कर दिया तथा अगले दिन से यह गम भुलाने की कोशिश करने लगे कि उन्होंने भी कोई पुस्तक प्रकाशित की है जिसकी चार-सौ प्रतियों का एक गट्ठर उनकी कुल बारह बाई दस बाई दस फीट की गृहस्थी में चार बाई चार बाई तीन फीट की जगह घेरकर दुबका पड़ा है। पर भद्र जी की बीवी थी कि भद्र जी को यह याद दिलाने का कोई मौका नहीं चूकती थी कि पुस्तक की प्रतियाँ अब भी शेष हैं और घर में ही पड़ी हैं। दरअसल, श्रीमती भद्र का दर्द यह था कि वह सुबह शाम जब भी झाड़ू लगाती थी, पुस्तकों का वह गट्ठर उसके सरसराती झाड़ू के रास्ते का रोड़ा नजर आता था। वह उसे कुछ पल घूरती, फिर उठाकर इस कोने से उस कोने में पटक देती। कभी उसपर बैठकर चौकी-सा प्रयोग करती तो कभी मुलाकात के लिए घर आने-जाने वालों के नन्हें मुन्नों के लिए 'सिंहासन' बना देती।

'भद्र-निवास' स्थित इस पूर्णत: उपेक्षित वस्तु (अमरकृति का गट्ठर) को प्रथम बार जिस बाहरी व्यक्ति ने 'जौहरी' की नजर से देखा वह एक रद्दी खरीदनेवाला था। उसने भद्र जी की उस एकमात्र साहित्यिक उपलब्धि को मन-ही-मन तौला और भद्र-निवास से गुजरते हुए रद्दी की बढ़ी हुई ताजा दरें घोषित कर दीं। भद्र जी जब शाम को घर लौटे तब बीवी ने अर्थपूर्ण जिज्ञासा प्रकट की, "सुना है, रद्दी के भाव आजकल काफी बढ़ गये हैं।"

"तुम्हे कैसे पता!"

"आज रद्दी खरीदनेवाला आया था। उसी ने बताया।"

"रद्दी खरीदनेवाला यहाँ क्या करने आया था!...अमरकृति के प्रकाशन के बाद से तो तंगी के कारण हमने अखबार खरीदना भी बंद कर दिया है।"

"इस मुए गट्ठर को देखकर आया था। सुबह कमरा साफ किया तब इसे बाहर दरवाजे में धूप दिखाने के लिए रख दिया था।... बीस-तीस किलो तो होगा ही।..... बिल्ली का गू, लीपने के काम का न पोतने के...!"

अमरकृति की शेष प्रतियों के विषय में श्रीमती भद्र की बेबाक राय और उसी में छिपा 'गट्ठर-निवृत्ति प्रस्ताव' सुनकर भद्र जी का मन खिन्न हो गया। उन्होंने भरे गले से बीवी से

कहा, "भानुमति, चाहे जो हो जाए पर मैं अपनी कविताओं को रद्दी के भाव कभी नहीं बेचूंगा। मेरी अमरकृति के साथ जमाने ने जो सलूक किया है वह हर महान साहित्यकार की महान कृति के साथ होता आया है। इसीलिए मुझे उम्मीद है कि वह दिन अवश्य आएगा जब लोग मुझे ढूंढते हुए इस गली में आएंगे और खाट के नीचे पड़े अमरकृति के इस गट्ठर को कार में लादकर ले जाएंगे।"

भानुमति के लिए भद्र जी की अन्य बातें तो खैर समझ के बाहर की थीं पर उसने 'चाहे हो जाए' यह वाक्यांश अवश्य पकड़ कर रख लिया और अगले दिन से उस पर अमल भी आरंभ हो गया। भानुमति ने घर की सिगड़ी का किताबों के गट्ठर से परिचय करा दिया। शनैः शनैः यह परिचय घनिष्ठता में बदलता गया और शीघ्र ही सिगड़ी और अमरकृति एक दूसरे की जरूरत बन गये। एक दिन भद्र जी ने अपनी आंखों से अमरकृति के पन्नों को सिगड़ी में अग्निबाणों की तरह उपयोग में आते देखा तो उनकी आँखें छलछला उठीं। उन्हें इस कल्पना से अत्यंत दुख हुआ कि उनका अमर साहित्य उनके अपने ही घर में, उनके अपने ही जीवन में, सिगड़ी जलाते -जलाते शहीद हो जाएगा। और इसी के साथ यह सोच भी आरंभ हुई कि अमरकृति को किस प्रकार 'होम' होने से बचाया जाए।

भद्र जी कई तरह से विचार करने लगे। पर उन्हें कोई रास्ता नजर नहीं आ रहा था। सबसे बड़ी अड़चन यह थी कि उनके घर की सिगड़ी को पुस्तक के पन्नों की लत लग गयी थी और जबतक दस पाँच पन्ने उसे न चटाए जातें, वह धुंआ उगलना जारी रखती थी।

इसी बीच भद्र जी के पारिवारिक जीवन में एक घटना और हो गयी। उन्हें पुत्र-रत्न की प्राप्ति हुयी। इस 'रत्न' की खूबी यह थी कि उसे सिगड़ी में जलती हुयी आग तो खूब सुहाती थी पर धुंआ जरा भी बर्दाश्त न होता था। इसीलिए जरा-सा धुंआ उठा और सिंहासन-बत्तीसी की पुतली की भांति अमरकृति की एक प्रति झट बाहर आकर सिगड़ी का भक्ष्य बन जाती थी। भद्र जी की हफ्तों की सोच ने आखिर उन्हें इस निष्कर्ष पर पहुँचा दिया कि सिगड़ी रूपी शमा और पुस्तकरूपी परवाना जबतक एक ही स्थान पर बने रहेंगे तबतक परवानों का शहीद होना जारी रहेगा। और गृहस्थ के घर में सिगड़ी का स्थान तो सुहागन के माथे पर बिंदी की भांति अटल है। इसीलिए भद्र जी ने एक ऐसी नायाब तरकीब खोज निकाली जिससे दिन-प्रतिदिन सिगड़ी की बलि चढ़ती उनकी अमरकृति चहारदिवारी से बाहर निकलकर एकसाथ कई हाथों में पहुँच जाए ताकि वह सामाजिक सम्पत्ति बन जाए और चिरकाल तक जीवित रहे।

आनन-फानन, भद्र जी ने पुत्र-रत्न के नामकरण संस्कार के दिन मोहल्ले-पड़ोस के लोगों को आमंत्रित कर बतासों के साथ अमरकृति की एकेक प्रति भी वितरित करने की

योजना बना डाली। चूंकि पुस्तक की दो-ढाई-सौ प्रतियाँ अब भी शेष थीं इसलिए काफी लोगों को आमंत्रित किया गया और इतनी ही मात्रा में बतासे भी मंगाये गये।

अंतत: वह घड़ी भी आ गयी जब अमरकृति पर रखकर बतासे वितरित किये गये। देखते-देखते दस किलो बतासे और पुस्तकों का पूरा गट्ठर बँट गया। श्रीमती भद्र खुश थीं कि उनके वन-रूम-फ्लैट में दो-चार फीट जगह निकल आयी और भद्र जी इसलिए खुश थे कि उनकी पुस्तक उन आम आदमियों तक पहुँच गयी जिनकी भावनाओं को उस पुस्तक के माध्यम से शब्द दिये गये थे। या कहना चाहिए जिनका प्रतिनिधित्व वह पुस्तक करती थी!

समारोह समाप्ति के बाद आमंत्रित लौट चुके थे। जमीन पर बिछीं दरियाँ उठाने की गरज से ज्यों ही भद्र जी आगे बढ़े उन्होंने देखा, उनकी अमरकृति की पूरी-की-पूरी प्रतियाँ बिछायत पर जहाँ-तहाँ बिखरी पड़ी हैं जबकि बतासे का एक तिनका तक कहीं नजर नहीं आ रहा था।

(साप्ताहिक हिन्दुस्तान : 21.8.1988)

--✻✻✻--

5. आदमी बनाम फुटबाल

बेशक, वह है तो आदमी ही। फिर भी पता नहीं क्यों उसे देखकर मुझे फुटबाल की याद आती है। और जब कभी फुटबाल को देखता हूँ तब वह याद आ जाता है।दिखने में भी वह बिल्कुल वैसा ही है जैसा कि आदमी के विषय में सुना है। लंबाई-चौड़ाई है। दो टाँगे हैं जिनके बल पर वह चाहे तो खड़ा रह सकता है। सामने 'गोल्ड-मेडल' टंगा हो तो मिनटों में मीलों दौड़ सकता है। अन्यथा, 'नौ दिन में अढ़ाई कोस' भी बहुत हो जाते हैं उसके लिए। दो हाथ हैं जो वोट देने से लेकर भीख माँगने तक का कोई भी राष्ट्रीय गरिमा में बढ़ोतरी करने वाला कार्य कर सकते हैं और 'मूड़' न हुआ तो हाथ पर हाथ धरे रहकर उम्र यूँ ही तमाम कर सकते हैं। अंतिम समय 'हे राम' कहने के लिए मुख और जीवन भर छुरी छिपाये रखने के लिए दो-दो बगलें हैं। दिखाने के लिए दांत, नकोड़ने के लिए नाखून, कटने को सदैव तत्पर नाक, ऐंठने के लिए मूँछें, नुचने के लिए बाल और पीटने के लिए छाती है।- ये सब उसके अपने मौलिक अंग हैं जो उसके आदमी कहलाए जाने के प्रतीक हैं। पर इनके अतिरिक्त एक और अंग है उसके शरीर में जो उसे फुटबाल की श्रेणी में लाकर खड़ा कर देता है। वह है, उसका उदर।

सौभाग्य से मैंने फुटबाल को बहुत करीब से देखा है। आदमी से भी अधिक निकट से। वैसे, बेचारे फुटबाल के पास छिपाने को होता ही क्या है ? बाहरी आवरण के भीतर छिपे उसके शरीर के एक अदद अंग 'ब्लैडर' में हवा भरी और फुटबाल तैयार। फिर उसे आप जैसा चाहो, नचा लो। अपनी खुशी की खातिर आसमान में उछाल दो, जमीन पर पटक दो, धक्का मारकर लुढ़का दो, कंधे पर बिठा लो या 'किक' मारकर उसे उसकी जगह दिखा दो। फुटबाल सबकुछ सह लेता है और अगली 'किक' के लिए फिर तैयार रहता है- वेश्या की तरह। दर असल, फुटबाल जानता है कि उसका अस्तित्व, उसकी पहचान, उसका वजूद, उसकी अस्मिता, उसकी गरिमा आदि जो कुछ भी है वह सब उसके उदर में भरी गई हवा है। उदर खाली हो तो उसके लिए एक फीट का अंतर भी दुर्गम हो जाता है। उदर की हवा निकल जाए तो चमड़े की एक तुच्छ खोल से अधिक और क्या रह जाता है उसमें! इसलिए फुटबाल अपने उदर की खातिर हजारों लातें सहने को सदैव तैयार रहता है।

पर, फुटबाल अपनी जगह है और आदमी फुटबाल की जगह। मैंने कभी किसी फुटबाल को आदमी का स्थान लेते नहीं देखा। पर आदमी फुटबाल हो गया।

आखिर यह करिश्मा हुआ कैसे! यह जानने की मुझे बड़ी उत्सुकता रही है। इसलिए उस रोज जैसे ही मैंने 'आदमी' को देखा तो दबोच लिया। बिल्कुल फुटबाल की माफिक, दोनों हाथों से। मेरी पकड़ में आते ही उसने छूट कर भागने के लिए वही सब हथकंडे अपनाए जो फुटबाल अख्तियार करता है। मसलन खिसकना, मुड़ना, लुढ़कना, फिसलना। पर मैंने ज्यों ही उसकी एक 'कमजोरी' को ढूँढ़कर उस पर अपना हाथ रख दिया, वह मानो बंधुआ मजदूर हो गया। आदमी पर काबू पाने का शर्तिया इलाज यही है। एक बार आपने उसकी कमजोरी पकड़ ली कि फिर चाहे आप उसे दो लातें मारो, वह आपको छोड़कर कहीं नहीं भागेगा।

तो, मैंने उसे पकड़ने के बाद उसके हाथ-पैर टटोले। नाखून देखे। गुस्सा जाँचा। तेवर तलाशे। दिमाग परखा। लंबाई-चौड़ाई नापनी चाही। पर, सबकुछ नदारद था। न कोई वजन, न मर्दानगी, न पुरुषार्थ, न जुबान, न जमीर, न जज्बात। आखिर मैंने खीझकर एक घूँसा दे मारा उसके उदर पर। वह कराह उठा और लगा गिड़गिड़ाने कि आप चाहे सौ जूते मार लो मेरे पूरे शरीर पर। लेकिन खुदा के लिए पेट पर मत मारो।

मुझे उसका मर्मस्थल मालूम हो गया था। मैं घूँसे का डर दिखाकर उससे सवाल पूछता गया और 'पेट की खातिर' वह जवाब देता गया।

मैंने पूछा- कहलाने को तो तुम आदमी हो फिर अपने पैरों को सीधे लंबाकर अपने बलबूते पर खड़े क्यों नहीं रहते ? जब देखो तब कोई रियायत, कोई छूट, कोई आरक्षण माँगते रहते हो!

वह -पैर अब लंबाने लायक बचे कहाँ हुजूर। पैदा होते ही लाइन में खड़ा रहा। पहले स्कूल में एडमिशन के लिए। फिर नौकरी पाने लिए। उसके बाद राशन जुटाने के लिए। रेल और बस में सफर के लिए। पक्की जमीन पर खुली हवा में दौड़ने को मिला ही नहीं कभी। इसलिए पैर तो कब के ठूँठ हो गये हैं। और फिर खड़े रहने के लिए सिर्फ पैर ही नहीं अपनी जमीन भी तो चाहिए होती है जनाब!

मैं -तुम्हारे हाथों की शक्ति कहाँ गायब हो गई ?

वह- हाथों से कुछ करने की बजाए मैं माँगने का काम किया करता हूँ। बस, जब भी कुछ जरूरत होती है, हाथ पसार देता हूँ। और हाथ पसारने के लिए शक्ति की जरूरत नहीं होती। इसलिए हाथ हैं पर उनमें शक्ति नहीं है। और गौर-तलब-बात यह है कि अपाहिज हो जाओ तो भीख और भी सहजता से मिल जाती है।

मैं - तुम्हारी नाक, तुम्हारी आँखें, तुम्हारे कान, तुम्हारी अक्ल ये सब कहाँ लुप्त हो गए ? मैं जरा गुस्से में आ गया था।

वह - ये सब मेरे उदर-भरण में बाधक थे। नाक तो सब से बड़ा रोड़ा थी- मेरी तरक्की में। जरा कुछ करने जाओ तो बीच में टाँग अड़ा देती थी। मैं अनदेखा करूँ तो कोई नक-कटा भी यह कहने से नहीं चूकता था कि अमुक ऐसा करोगे तो नाक कट जाएगी। आखिर एक दिन मैंने स्वयं काटकर फेंक दी अपनी नाक। उस दिन से बड़ी सहूलियत है। एक बार नाक काटकर अलग कर दो तो उदर-भरण में कोई कठिनाई नहीं आती। आँखें और कान तो कब के निष्क्रिय हो चुके हैं। आँखों से अच्छा और बुरा दोनों तरह का दिखता था। कान मेरी अच्छाई और बुराई दोनों मुझ तक पहुँचाते थे। जबकि बुजुर्गों का कहना है कि 'न बुरा देखो न बुरा सुनो।' किन्तु जबतक बुरा देखेंगे या सुनेंगे नहीं तब तक पता कैसे चले कि क्या अच्छा है और क्या बुरा! और सुन लेने के बाद अगर बुरे को बुरा कहो तो पेट पर लात पड़ती थी। इसलिए मैं देखकर भी अनदेखा और सुनकर भी अनसुना करता गया। नतीजतन आँख और कान अपने आप निष्क्रिय हो गये हैं।

मैं - लेकिन तुम्हारी अक्ल को क्या हुआ। चराचर में तुम्हीं तो एक हो जिसे ईश्वर ने बुद्धि दी है।

वह - बुद्धि से करता क्या हुजूर। कोई दे तो खाना, कोई हँसे तो खिलना, कोई झिड़क दे तो मुरझाना, कोई बिठाये तो बैठना, कोई लतियाये तो बर्दाश्त कर लेना, इसके लिए अक्ल की जरूरत ही क्या है ? अपने उदर की हवा को बरकरार रखने के लिए फुटबाल भी तो बाहरी जिस्म पर निरंतर लातें सहता रहता है। उसे कहाँ जरूरत पड़ती है अक्ल की ?

उसकी बातें सुनकर मैंने उसके पेट के सामने से अपना घूँसा हटा लिया। फिर उसके साथ खिलवाड़ करने लगा, बिल्कुल फुटबाल की माफिक। उसे एक घटिया चुटकुला सुनाया तो वह हें-हें करके हँसने लगा। मैंने कहा "तुम बिल्कुल गधे हो, बेअकल, बेवकूफ हो"- तो वह मानो अपनी प्रशंसा से फूलकर कुप्पा हो गया। झिड़क दिया तो मुँह लटका लिया। एक रेवड़ी फेंक दी उसके सामने तो वह फुदकने लगा। यह सब देखकर मुझे उसके आदमी होने से घृणा होने लगी। तैश में आकर मैंने एक लात उठायी उसे मारने के लिए तो वह पेट पर पीठ का आवरण ओढ़कर फुटबाल की तरह गोल हो गया।

मैंने चित्रों में देखा है कि आदमी पहले अपने हाथ में बल्लम, कमर में तलवार, पीठ पर तीर-कमान रखकर जीता था। हाथी या घोड़े की सवारी करता था। कुछ मर्दों (या मर्दानियों) को शेर पर भी सवारी करते दिखाया गया हैं, चित्रों में। ये सब उन आदमियों के 'आदमी' होने की पहचान है। तेज-तर्रार मूँछे, शिरस्त्राण, बगल में लटकती कटार और

बदनपर सजे अन्य अस्त्र-शस्त्र इस बात के प्रतीक हैं कि प्रकृति द्वारा प्रदत्त शारीरिक अंगों के अतिरिक्त कुछ और आड़ी-तिरछी, नुकीली, कंटीली चीजें आदमियों ने अख्तियार कर ली हैं जो उसे फुटबाल की भाँति 'गोल' नहीं बल्कि सामान्य से कुछ अधिक कद्दावर और रौबदार बनाती हैं। ये इस बात के परिचायक हैं कि वह आदमी फूँक मारने से उड़ेगा नहीं, इशारे पर नाचेगा नहीं, तबादले की धमकी-मात्र से गिड़गिड़ाएगा नहीं, बाबू से बड़े बाबू की पदोन्नति-रूपी रेवड़ी की खातिर अपने जमीर को भुलाएगा नहीं, एक अदद् लाइसेंस, एक अदद् परमिट, किसी कुर्सी या चांदी के चंद सिक्कों की खातिर चापलूसी के तमाम मानदंड तोड़कर आदमी से फुटबाल बनेगा नहीं।

पर अब कहाँ हैं वैसे आदमी! जिधर देखो उधर फुटबाल ही फुटबाल नजर आते हैं। होड़ लगी है आदमियों में फुटबाल बनने की!

(व्यंग्य विविधा: जुलाई1992)

--✻✻✻--

6. उनसे अच्छा कौन है

मैं गणेशीलाल से मिलने गया तब वे सभागृह में कुर्सियाँ सँवार रहे थे। यह कोई नई बात न थी। ऐसा करते हुए मैं उन्हें पहले भी कई बार देख चुका हूँ। लेकिन उस दिन वे कार्यक्रम के अध्यक्ष थे। इसलिए उन्हें मना करते हुए मैंने कहा, 'भाईसाहब, आज के दिन तो छोड़ दीजिए यह कार्य। आज आप सम्मानित अध्यक्ष हैं इस कार्यक्रम के।' तुनककर वे बोले, 'अध्यक्ष हूँ तो क्या? मैंने उनसे कहा था कि दस-दस कुर्सियों की पंक्ति बनाए। लेकिन नहीं। आप खुद देख लीजिए। कहीं दस हैं तो कहीं बारह और पीछे गिनों तो पंद्रह।' मैंने कहा, 'जिनका आयोजन है वे जानें कि कहाँ, कैसी और कितनी लगानी हैं कुर्सियाँ। आप तो अपना अध्यक्षीय भाषण देखिए। मैं भी तो नियत समय से कुछ पहले इसलिए आ गया कि आप यहाँ जो संबोधन करनेवाले हैं उसपर कुछ चर्चा करूँ।' मैं अपनी बात पूरी करता तबतक वे आगे बढ़कर मंचपर बिछायी गयी दरी ठीक करने लगे थे। मैंने एक कुर्सी संभाल ली और उन्हें देखता रहा। वे लगातार कुछ न कुछ करते जा रहे थे। या कहना चाहिए, जो कुछ किया गया था उसे दोबारा कर रहे थे। अपने ढंग से। यह सिलसिला तबतक चलता रहा जबतक उन्हें जबरदस्ती पकड़कर अध्यक्षीय आसन पर बिराजा न गया। इस बीच उन्होंने माइक, सरस्वती की प्रतिमा, शाल-श्रीफ़ल, पुष्पगुच्छ तथा स्मृतिचिह्न जहाँ रखे थे वहाँ से उठाकर अन्यत्र रख दिए थे, सूत्र-संचालक से कहकर अतिथि-सत्कार का क्रम बदल दिया था और पहली पंक्ति में बैठे कुछ उपस्थितों के कान में 'मंथरा वचन' कहकर उन्हें पीछे की पंक्ति में बैठने के लिए बाध्य कर दिया था। मंच पर उनके बगल में बिराजित अतिथि ने कहा, 'गणेशीलाल जी, अब चूँकि आपकी उम्र हो चुकी है इसलिए आप किसी भी प्रकार के आयोजनों में स्वयं काम करना छोड़ दीजिए। अर्थात लोग करते हैं, उन्हें करने दिया कीजिए। तभी तो सीखेंगे न लोग काम करना!' एक 'दखलंदाजी' शब्द के प्रयोग से बचने के लिए अतिथि ने तीन वाक्य खर्च करके शालीनता का परिचय दिया है यह मैं समझ गया था। लेकिन गणेशीलाल नहीं न समझ पाए थे!

'क्या खाक काम करते हैं लोग। लोगों के भरोसे रहो तो एक काम नहीं होता ढंग से। देखिए, कुर्सियां अब कैसी एक लाइन में दीख रही हैं।... जब मैं नहीं रहूँगा न, तब याद

आएगी लोगों को मेरी।' गणेशीलाल जिस रौ में कहे जा रहे थे उससे प्रतीत हो रहा था कि आयोजन के संबंध में उनके करने के लिए अब भी बहुत कुछ बाकी रह गया था।

मैं गणेशीलाल के दफ़्तर में गया तब दफ़्तर बंद हो चुका था और सारे कर्मचारी जा चुके थे। लेकिन मैं मानता था कि गणेशीलाल का घर लौटने का समय अभी नहीं हुआ है। वे दफ़्तर में ही होंगे। और मेरा अनुमान सही निकला। वे अपने टेबिल पर रखी फाइलें विषयानुक्रम से लगा रहे थे। मुझे देखते ही कहने लगे, 'चपरासी से कितना भी कहो कि जाते वक्त सारी फाइलें विषयानुक्रम से लगाकर जाया करो। लेकिन सुनता ही नहीं। ढंग से काम करने की आदत ही न रही लोगों की। न टैग ठीक से बांधा जाता है न कागज सही तरीके से पंच करके फाइल किया जाता है। ...यह देखिए, यह कागज कैसे फाइल के बाहर निकलकर लटक रहा है।' ऐसा कहकर उन्होंने एक फाइल खोलकर उससे बाहर झाँकनेवाले कागज को निकालकर पुन: पंच करके फाइल में लगाया। मैंने कहा, 'गणेशीलाल जी, आप वरिष्ठ प्रबंधक हैं। फाइलें लगाना और टैग बाँधना या पंच करके कागज फाइल करना आपका काम नहीं है। आप यही सब करते रहते हैं इसीलिए रोज रात के बारह बज जाते हैं आपको दफ़्तर से घर लौटने में जबकि आपके मातहत ठीक साढ़े-पाँच बजे बाहर निकलकर हॉलीबाल खेलने लगते हैं। अगर आपकी चाहत के अनुसार कोई काम नहीं होता है तो आप अपने मातहतों को बुलाकर एक बार समझा दीजिए या सिखा दीजिए। अगली बार से करने लगेंगे वे ठीक से।'

'अगर यही होता तो क्या बात थी। मैंने एक नहीं हजार बार कहा है। लेकिन ढाक के वही तीन पात। इसलिए सोचा कि अपना सिर खराब करने से बेहतर है कि खुद करो। ...मैं जब रिटायर हो जाऊंगा न, तब देखना। बारह बज जाएंगे इस दफ़्तर के।'

अबकी मैं गणेशीलाल के घर में हूँ। सुबह सोसायटी का नल आ चुका है। गणेशीलाल पौधों को पानी दे रहे हैं। इस बीच दूधवाला आ गया। गणेशीलाल ने पानी का पाइप एक पौधे में छोड़कर दूधवाले से दूध का पैकेट ले लिया। अब उनकी बहू ने बाहर आकर उनके हाथ से दूध का पैकेट लेना चाहा लेकिन गणेशीलाल स्वयं भीतर गए और दूध का पैकेट फ्रीज के सुपुर्द कर आए। उन्होंने फिर पाइप थाम लिया है। उनका पुत्र मेरी उपस्थिति से वाकिफ़ हो चुका था। वह गणेशीलाल के पास गया और उनसे पानी का पाइप माँगने लगा। लेकिन गणेशीलाल ने उसे लौटा दिया और दूर से ही चिल्लाकर मुझसे कहा, 'भाईजी, बस पाँच-दस गमले बाकी हैं। उन्हें निबटाकर आता हूँ।' दो-चार मिनट ही बीते कि सब्जीवाले ने हाँक लगायी। गणेशीलाल पानी का पाइप फिर एक पौधे के सुपुर्द करके फाटक पर सब्जीवाले के पास पहुँच गए। श्रीमती गणेशीलाल बाहर आकर भिंडी चुनने

में गणेशीलाल की सहायता करने लगीं। लेकिन गणेशीलाल ने उन्हें लौटनेपर मजबूर कर दिया और सब्जीवाले से बतियाते हुए खुद भिंडी चुनने लगे। मैंने देखा, सोसायटी का नल बंद हो गया है। यह जानकर शायद गणेशीलाल नाराज हो जाएंगें यह सोचकर मैंने उनके पुत्र से कहा, 'यार, आप लोग कुछ तो मदद किया करो। बेचारे अकेले को ही सबकुछ करना पड़ता है।' पुत्र ने कहा, 'अंकल जी, हम लोग चाहकर भी कुछ नहीं कर पाते। क्योंकि हम लोग कुछ भी करना नहीं जानते। कुछ भी करने जाओ तो एक ही बात सुननी पड़ती है हम लोगों को कि दूर हटो, तुम्हें कुछ नहीं आता। मैंने पैंतीस की उम्र पार कर ली है। दो बच्चों का बाप हूँ। लेकिन क्या मुझे पौधों को पानी देना भी नहीं आता होगा! एक दिन गमलों को पानी देते वक्त एक गमले से कुछ मिट्टी बाहर आ गई। एक दिन पहले ही पिताजी ने गमलों में खाद डाली थी। उन्हें इतना गुस्सा आ गया कि उन्होंने मेरे हाथ से न केवल पाइप छुड़ा लिया बल्कि 'तुम लोगों को कुछ नहीं आता' शीर्षक के अंतर्गत पचास बातें सुनाईं और अगले दिन से वह काम खुद करने लगे। कोई कुछ करने की कोशिश करें तो गुस्सा हो जाते हैं। कहते हैं, छोड़ो, तुम लोगों को कुछ नहीं आता। पिछली गर्मी में एक दिन दूध फट गया था। उस दिन से उन्होंने यह मान लिया कि हम लोग बिना तारीख देखे दूध का पैकेट खरीद लेते हैं। सब्जी खरीदना तो जैसे हम लोगों को बिल्कुल भी नहीं आता। उनका ख्याल है कि सब्जीवाला या तो हम लोगों से अधिक दाम वसूलता है या खराब सब्जी थमा जाता है। हमने खरीदी हुई दो रुपए की धनिया-पत्ती में वे दस नुक्स निकाल सकते हैं। कपड़े खरीदने हो, किराना लाना हो, किसीसे टेलीफोन पर बात करनी हो, गैस-सिलेंडर का नंबर लगाना हो, स्कूटर में पेट्रोल अथवा हवा डलवानी हो, किसी की चिट्ठी का जवाब देना हो अथवा अखबारवाले का हिसाब करना हो, वे यह मान बैठे हैं कि दुनिया के तमाम काम वे ही बेहतर तरीके से कर सकते हैं और उनसे बेहतर तो छोड़िए उनके समान भी कोई कुछ नहीं कर सकता।'

'अरे साहब, यही तो आफ़िस में होता है'- यह गणेशीलाल के सुपरिंटेंडेंट हैं। इसी बीच आकर बैठ गये थे। कहने लगे, 'बाकी छोड़िए, लेकिन चपरासी अगर लिफ़ाफ़े चिपका रहा हो तब वहाँ भी पहुँच जाते हैं और कहने लगते हैं, 'छोड़ो, तुम्हें नहीं आता ठीक से चिपकाना।' अब नहीं भी आता होगा तो उसे सिखाया भी तो जा सकता है न! लेकिन नहीं। दरअसल, वे निश्चित तौर पर यह मान बैठे हैं कि उनके समान कोई कुछ कर ही नहीं सकता।

सुपरिंटेंडेंट गणेशीलाल के बारे में और भी कुछ बतलाते जा रहे हैं। गणेशीलाल का सुपुत्र, उनकी बहू और श्रीमती भी गणेशीलाल के बारे में बहुत कुछ कहने को अपनी बारी की प्रतीक्षा कर रहे हैं। लेकिन मैं जानता हूँ कि इस 'सर्वज्ञ-श्रेणी' में स्थान पानेवाले

गणेशीलाल अकेले व्यक्ति नहीं हैं। बल्कि दुनिया में बसनेवालों का एक बड़ा हिस्सा इस 'बीमारी' का शिकार है जो यह मानता है कि सुई में धागा भी पिरोना है तो यह 'महती' कार्य वे ही बेहतर तरीके से कर सकते हैं। ईश्वर करें, ऐसों की संख्या में और वृद्धि हो ताकि दुनिया के बाकी लोग पूरी तरह 'निकम्मे' हो जाए और निकम्मे होने के बावजूद गणेशीलालों की 'बीमारी' के बल पर ऐश करें। आमीन!

(मधुमति: फरवरी 2011)

--***--

7. उनकी महत्ता और नारियल का एक बाल

उस दिन मेहता जी आये, तब मैं आँगन में टहल रहा था। आते ही उन्होंने सवाल दागा - "अरे, आप तो टहल रहे हैं। चल नहीं रहे हैं क्या शादी में ?"

मैंने सहजता से कहा- "नहीं।" उन्हें बड़ा आश्चर्य हुआ, उत्तर सुनकर। साइकिल टिकाते हुए कहने लगे - "क्यों ?"

मैंने कहा, "बस, यूँ ही। इच्छा नहीं हो रही है कहीं जाने की। टहलने की इच्छा हो रही है इसलिए टहल रहा हूँ।"

"इच्छा तो मेरी भी नहीं है शादी में जाने की। लेकिन नहीं गया तो पता नहीं शादी का क्या हो!"

मैंने कहा, "शादी हो ही जाएगी। आप उपस्थित न रहे तो भी और दूल्हा-दूल्हन के माँ-बाप न रहें तो भी। बल्कि आप सब बीच में न पड़ें तो और अच्छी तरह से हो जाएगी। शादी तड़ से हो और किसी तीसरे की टाँग कबाब में हड्डी न बनें इसीलिए तो आजकल के लड़के-लड़कियाँ घर से भागकर शादी करते हैं। पर आप हैं कि कबाब में हड्डी बनने पर तुले हुए हैं।"

"नहीं, बात ऐसी नहीं है। असल में तो मुझें घर पर ही बहुत जरूरी काम हैं। पाँच-सौ नये चूजे आये हैं- पोल्ट्री के लिए। उन्हें तुरंत इंजेक्शन लगवाने हैं। जरा देर हुई तो सौ-दो-सौ 'टें' बोल जाएंगे। मेरा हजारों का नुकसान हो जाएगा। पर मोहल्ले-पड़ोस का मामला है। उनके यहाँ नामकरण से लेकर अंतिम संस्कार तक में बिला नागा जाता रहा हूँ। शादी में नहीं गया तो बुरा मान जाएंगे।"

मैंने कहा - "बुरा तो वे तब मानेंगे जब आप उन्हें बताएंगे कि आपकी इच्छा नहीं थी फिर भी आप आये शादी में और इस कारण सौ दो-सौ चूजे मर गये और आपका हजारों का नुकसान हो गया।"

उन्होंने कहा - "किसी ने बुलाया और नहीं गये तो लोग-बाग सारी उम्र पूछते रहते हैं कि क्यों नहीं आये थे आप फलां दिन ? एक मर्तबा ऐसे ही सुकुल जी की शादी में नहीं गया

तो वे सालों तक पूछते रहे कि मेहता जी, आप क्यों नहीं आये थे हमारी शादी में?" आखिर उनका पूछना तब जाकर बंद हुआ जब मैं उनकी कन्या की शादी में मय बीवी-बच्चों के, पूरे हफ्ते भर उनके घर डेरा डाले रहा।"

मैंने कहा - "मेहता जी, आप धन्य हैं जो इतनी महत्ता अर्जित कर पाये, इस शहर में। किसी आयोजन में नहीं गये तो लोग पूछते हैं दूसरे दिन आपको कि आप क्यों नहीं आये ? नहीं तो एक मैं हूँ। दस-बीस साल से लिख-छप रहा हूँ। आधा शहर वाकिफ़ है इस बात से। रास्ता चलते, साइकिल के पैडल की तरह हाथ ऊपर नीचे करना पड़ता है दुआ-सलाम के लिए। मुँह अँधेरे से रात तक बीसियों लोग परीक्षा में पुत्रों के मार्कस् बढ़वाने से लेकर फैमिली-प्लानिंग का केस दिलवाने तक की सिफारिशों के लिए आते रहते हैं, घर पर। पर महत्ता में आपके घुटनों तक की बराबरी नहीं कर पाया। कई सभा समारोह के निमंत्रण आते रहते हैं। यथासंभव अधिकांश में हाजिरी बजा आता हूँ। पर कभी-कभी नहीं जाता। जान-बूझकर। जहाँ जाना चाहिए वहाँ भी नहीं। कवि-गोष्ठी के अध्यक्ष या परिचर्चाओं के प्रमुख अतिथि के रूप में आमंत्रित रहता हूँ तब एकाध बार ऐन वक्त पर अनुपस्थित घोषित हो जाता हूँ। महत्ता अर्जित करने के लिए। सोचता हूँ, इतने सालों से लगातार, बाकायदा समय पर उपस्थित रहकर कोई गुरुता नहीं मिली। शायद अनुपस्थित रहने से मिल जाए! फिर अगले दिन इस कोशिश में रहता हूँ कि आयोजकों से कहीं मुलाकात हो। मुलाकात हो जाती है। दुआ-सलाम के लिए हाथ भी उठते हैं। मैं चलते-चलते जरा ठिठक जाता हूँ, इस उम्मीद से कि वे पूछेंगे- "आप आये नहीं कल आयोजन में। हम आपकी बड़ी राह देखते रहे।" या कि "आपकी बड़ी कमी महसूस हुई। सारे प्रोग्राम का तेल हो गया।" मैं होठों पर सफाई लाकर पूरी विनम्रता के साथ झुक जाता हूँ कि उन्होंने पूछा और मैंने जड़ दिया कि, "क्षमा करें, ऐन वक्त पर मंत्री जी का फोन आ गया। कहने लगे, बहुत जरूरी काम है और तुम्हारे बिना रुका हुआ है। फौरन चले आओ। अब मैं क्या करता! जाना पड़ा...।" लेकिन मैं झुका का झुका रह जाता हूँ। और वे मेरी गुरुता के सीने पर मूँग दलते हुए आगे निकल जाते हैं।

मेहता जी ने कहा - "तुम्हारी बात और है। मुझे गये बिना नहीं चल सकता।"- और वे निकल गये।

मेहता जी को गये बिना चैन नहीं पड़ता। वे हर दिन, हर आयोजन में उपस्थित रहते हैं। चाहे किसी के घर डिलीवरी हुई हो तो और मौत हुई हो तो। शादी जोड़नी हो, तोड़नी हो, दहेज लेना हो, देना हो। मेहता जी की उपस्थिति सर्वत्र अनिवार्य है। उनकी यह मान्यता है कि वे उपस्थित न रहें तो दुनिया के तमाम लेनदेन ठप्प और सारे आयोजन असफल हो

जाएंगे। दफ्तर में भी उनका यही हाल है। दो मिनट के लिए भी कहीं जाते हैं तो बगल वाले से कहकर जाते हैं, "मैं अभी आया," और डेढ़ मिनट में लौट आते हैं और आते ही बगल वाले से पूछते हैं - "साहब ने बुलाया तो नहीं था ?" कई मर्तबा कहते हैं-

"आज घर पर बहुत जरूरी काम था। छुट्टी लेनी थी।"

मैं पूछता हूँ, "फिर ली क्यों नहीं?"

मेहता जी कहते, "दफ्तर में काम जो पड़ा है। साहब सोचेंगे, दफ्तर में काम पड़ा है और मेहता ने छुट्टी मार दी।"

मैंने कहा, "साहब कुछ नहीं कहते। मेरे दादा जी ने विभिन्न दफ्तरों में चालीस साल गुलामी की। ताउम्र वे यही समझते रहे कि वे बड़े महत्वपूर्ण ओहदे पर हैं। जो काम वे करते हैं, दुनिया में कोई नहीं कर सकता। एकाध दिन छुट्टी लेते तो इस मुगालते में रहते कि उनकी अनुपस्थिति के कारण दफ्तर बन्द घोषित हो गया होगा। दूसरे दिन बार-बार अपनी डाक, अपनी फाइलें, अपने दराज देखते और सब कुछ पूर्ववत देखकर हैरान हो जाते। दादाजी को इस बात पर कभी यकीन ही न हुआ कि उनके बिना भी दफ्तर चल सकता है। उस दिन भी नहीं, जब एक पिद्दी-से चपरासी ने डाक-बुक में दस्तखत लेकर उनके रिटायरमेंट का आर्डर उनके हाथ में थमा दिया।"

मेहता जी ने कहा, "मैं तुम्हारा दादाजी नहीं हूँ। मेरी बात कुछ और है। एक दिन दफ्तर न जाऊँ तो तहलका मच जाता है। घर पर जीप आ जाती है। जीप न आयी तो लाल कपड़े में बँधा फाइलों का गट्ठर आ जाता है। गट्ठर न आया तो केवल लाल कपड़ा लेकर चपरासी आ जाता है- घर में पड़ी फाइलें बाँधकर दफ्तर ले जाने के लिए।" मतलब, मेहता जी न गये दफ्तर तो दफ्तर खुद चला आता है किसी न किसी रूप में, उनकी ओर। गोया मेहता जी, मेहता जी न हुए समंदर हो गये और दफ्तर भया मीन!

मोहल्ले-पड़ोस वाले, परिचित और रिश्तेदार मेहता जी के मुख से उनकी महत्ता सुन-सुनकर अभिभूत हो जाते। लोग कहते, 'मेहता जी व्यक्ति नहीं, वह धुरी है जिस पर पृथ्वी घूम रही है।'

कल मेहता जी मर गये। अचानक, बस यूँ ही। मुझे खबर मिली तो मैं गया दौड़ा-दौड़ा उनके घर। देखा, टेबल पर फाइलें बिखरी पड़ी हैं दफ्तर की। शादी-समारोह तथा अन्य कई आयोजनों के निमंत्रण पड़े हैं। लोग बहुत कम दिखायी पड़ रहे थे। इतने कम कि घूम-फिरकर दृष्टि मुझ पर ही पड़ रही थी। मैंने झट साइकिल दबायी ओर उनके दफ्तर पहुँच गया, खबर देने। दफ्तर धड़ाके से चल रहा था। मुझे आशंका थी कि जैसे ही मैं खबर दूँगा कि मेहता जी नही रहें- सारा दफ्तर धड़ से बंद हो जाएगा। लोग काम छोड़कर अवाक-से

खड़े हो जाएंगे। हो सकता है, सौ-पचास को लकवा मार जाए! यह भी संभव है कि दफ्तर की छत गश खाकर लुढ़क जाए। मानों, मेहता जी नहीं, दफ्तर की भव्य इमारत का कोई स्तंभ खिसक गया हो अपने स्थान से। यही सब सोचकर मैंने मेहता जी के सेक्शन में जाकर उनके एक सहयोगी के कान में धीमे स्वर में कहा -

"मेहता जी नहीं रहे.....। रात को काम करते-करते ही..."

"हाँ, आज सुबह-सुबह ही पता चला... बेचारे।" -और वह सहयोगी फिर अपनी फाइल में डूब गया। दफ्तर में जिस-जिस को मैंने खबर दी, उसका यही जवाब था कि उसे खबर मिल चुकी है और मेरे परे हटते ही वह अपनी फाइल में डूब जाता था।

मैं लौट आया। लौटते समय मैंने देखा, शहर की वे तमाम बसें जिससे मेहता जी नित्य आया-जाया करते थे, अपने नियत समय पर दौड़ रही हैं। वे शादियाँ तथा अन्य आयोजन जिनके निमंत्रण मैंने मेहता जी की टेबल पर पड़े देखे थे, बिना किस रुकावट के, बदस्तूर जारी थे। मैं मेहता जी के घर लौट आया। अब तक खासी भीड़ इकट्ठी हो चुकी थी। उनमें अधिकांश मेहता जी जैसे लोग थे जो अपने आपको पृथ्वी की धुरी समझते हैं।

मुझे याद आया, किसी ने एक अंतरिक्ष यात्री से पूछा था - "अंतरिक्ष से पृथ्वी कैसी दिखायी देती है ?" अंतरिक्ष-यात्री ने जवाब दिया था- "नारियल जैसी।" मैं ब्रह्मांड में नारियल जैसी दिखायी देने वाली इस पृथ्वी पर मेहता जी की महत्ता का अनुमान लगा रहा हूँ। नारियल के किसी बाल में मेहता जी को ढूँढ रहा हूँ।

(साप्ताहिक हिन्दुस्तान : 3 नवम्बर, 1985)

--***--

8. एक बीमार, सौ अनार

स्थान, सिटी बस स्टैण्ड। समय, दफ्तर से घर लौटने का। अपनी-अपनी बस की प्रतीक्षा में खड़े दो व्यक्ति चर्चारत। दूसरा व्यक्ति पूछता है, 'फिर रिपोर्ट में क्या निकला?' प्रथम व्यक्ति- किडनी स्टोन। ...बायीं किडनी में ऊपर की ओर तीन-चार स्टोन हैं। दूसरा- अच्छा! तब तो रिपोर्ट में यह भी होगा कि स्टोन का साइज क्या है! प्रथम- है न, सबसे बड़ा स्टोन है, करीब डेढ़ सेंटीमीटर। दूसरा- तब तो चिंता की कोई बात नहीं है। मेरे एक परिचित हैं। उनकी किडनी में 3 सें. मी. के छह स्टोन थे। इसके अलावा कुछ चिल्लर थे। अपने शहर में अमुक यूरॉलॉजिस्ट हैं। विख्यात हैं। आसपास के दो-चार राज्यों में उनका कोई सानी नहीं। उन्होंने चार सीटिंग्स में सारे स्टोन लेजर- थैरपी से पाउडर करके पेशाब के रास्ते बाहर निकाल दिये। पेशंट को पता भी नहीं चला। दो माह में आई. वी. पी. की रिपोर्ट 'निल' आ गयी। पचास-साठ हजार में सब निबट गया।... हाँ, नाम याद आ गया यूरॉलॉजिस्ट का। उनका नाम है...।... अच्छा, ये मेरी ग्यारह नंबर बस आ गयी। मैं चलता हूँ। इसी बीच तीसरा व्यक्ति बस स्टैण्ड पर आकर यह चर्चा सुन रहा था। उसने प्रथम व्यक्ति के समीप आकर कहा, "भाईसाहब, मैं आप लोगों की बातें सुन रहा था। वो सज्जन बोल रहे थे इसलिए मैं चुप रहा। लेकिन मैं आपको बतलाता हूँ, लेजर-थैरपी के चक्कर में पड़ने की कोई जरूरत नहीं है। गाँठ से साठ हजार चले जाएंगे लेकिन पत्थर चूरा होकर निकलेंगे, उसकी कोई गारंटी नहीं है। क्योंकि पत्थर हार्ड हैं या सॉफ्ट हैं, यह कोई नहीं बतला सकता। मेरी मानिए। आयुर्वेद में शर्तिया इलाज है, पथरी का। आप डि-स्टोन कैपसूल एक माह नियमित लीजिए। या बहुत हुआ तो दो माह लेना पड़ेगा। एक नहीं, आपकी दोनों किडनियों में पत्थर की खदान होगी तब भी पूरी साफ हो जाएगी। और डिटेल्स चाहिए तो यह कार्ड रखिए। मेरे पड़ोस में ही रहते हैं ये डॉक्टर। ...अच्छा, वो मेरी बस आ गयी। मैं निकलता हूँ। पर आप इनसे जरूर मिलिए, एक बार।'

इस बीच चौथा व्यक्ति आकर चुपचाप खड़ा हो गया पास में। वह बोलने लगा, 'आजकल डॉक्टरों ने शहर में अपने एजंट छोड़ रखे हैं। वे इसी प्रकार कार्ड बाँटते फिरते हैं। भाईसाहब, मैं आपको बताऊं कि किडनी स्टोन का शर्तिया इलाज होमियोपैथी के सिवा

अन्य किसी पैथी में नहीं है। मैं खुद भुक्तभोगी हूँ। ऍलोपैथी और आयुर्वेदिक से हार कर आखिर होमियोपैथी की ही शरण में जाना पड़ा मुझे। डाइलूट होकर स्टोन भी पास हो गये और आगे क्रिएशन भी बंद हो गया। अन्यथा 'पथरी' तो गिट्टी खदान है। आप निकालते जाओ, शरीर में और बनते जाती है। दूसरे, होमियोपैथी का सबसे बड़ा फायदा यह है कि दवा के कोई आफ्टर -इफेक्टस् नहीं हैं। नहीं तो पथरी ठीक हो जायेगी और लीवर खराब हो जाएगा। फिर लीवर का ट्रीटमेंट करो तो बी. पी. बढ़ जाएगा। अमुक स्थान पर अमुक होमियोपैथ हैं। विख्यात हैं, खासकर पथरी के मामले में। ...ये मेरी एक-सौ तेरह नंबर आ गयी। आप जरूर मिलिए उनसे एक बार।' कहते हुए वह चौथा व्यक्ति बस में चढ़ गया।

इस बीच पाँचवां व्यक्ति बस-स्टैण्ड पर आकर खड़ा हो गया था। वह प्रथम व्यक्ति से कहने लगा, 'जनाब , मेरे पड़ोसी की किडनी में हमेशा स्टोन क्रिएट होते रहते हैं। बिजनेस-मैन हैं। कोई रेसट्रिक्शन भी नहीं पाल सकते। नाक में दम आ चुका था उनके किडनी-स्टोन के मारे। सारे इलाज करवा चुके थे। पर राहत का नाम नहीं। एक दिन तो सूइसाइड करने जा रहे थे। तभी उन्हें किसी हकीम का पता चल गया। बस, क्या बताऊं आपको! हकीम एक जरा-सी दवा की पुड़िया देता है और दूसरे दिन स्टोन गलकर यूरिन से निकल जाते हैं। मुझे तो पहले यकीन ही नहीं हुआ। लेकिन एक दिन मैं उनके घर बैठा हुआ था कि वे उठकर बाथरूम गये और लौटे तो मुझे दिखाने के लिए वह छलनी लेकर आये जिसमें से उन्होंने यूरिन पास की थी। जनाब, आपको क्या बताऊं, कम-अज-कम सौ ग्राम चूरा तो अवश्य ही होगा छलनी में! ...महीने-दो महीने भुगतने की बजाए इस हकीम को आजमाइए और तुरंत निजात पाइए। जब फुर्सत हो, मेरे घर आ जाइए। मैं पड़ोसी से मिलवा दूंगा। आप खुद तसल्ली...। अच्छा मैं निकलता हूँ। मेरी बस आ गयी।'

इस बीच बस स्टैण्ड पर आया छठा व्यक्ति प्रथम व्यक्ति के समीप जाकर कहने लगा, 'ये सज्जन जिस दवा का जिक्र कर रहे थे वह एक चमत्कारिक वनस्पति है जो हमारे चन्द्रपुर के पास के ताड़ोबा के जंगल में खूब मिलती है। वहाँ के आदिवासी बरसों से पथरी के इलाज के लिए उसी वनस्पति का प्रयोग करते आ रहे हैं। हकीम लोग आजकल उसी वनस्पति को सुखाकर उसका चूरा पुड़िया में बांधकर दे देते हैं। आप कभी हमारे चंद्रपुर आइए। मैं वहीं रहता हूँ। यहाँ कुछ काम से आया था। ये रहा मेरा पता...।ओह, मेरी बस आ गयी। आप एक बार अवश्य आइए, चन्द्रपुर। सारी चिंता दूर हो जाएगी आपकी।'

इस बीच, सात नंबर व्यक्ति कभी तो भी आकर बस-स्टैण्ड पर बिछी पीछे की बेंच पर बैठ गये थे। वे उठकर आये और प्रथम व्यक्ति से पूछने लगे, 'आपको कहाँ जाना है?' प्रथम व्यक्ति बोले, 'सुंदर नगर।' सात नंबर- मुझे भी सुंदर नगर ही जाना है। वहाँ जो

नैचरोपैथी सेंटर है, वहाँ। प्रथम- आप वहाँ क्या किसी बीमारी के इलाज के लिए जा रहे हैं? सात नंबर- जी नहीं। हम चार लोग, जिनमें दो एक्सपर्ट डाक्टर्स हैं, मिलकर वह हेल्थ सेंटर चलाते हैं। मैं बहुत देर से आपकी बातें सुन रहा था। भाईसाहब, दवा आखिर दवा है। शरीर में जायेगी तो शरीर के एक हिस्से को लाभ पहुँचाएगी तो दूसरे हिस्से को नुकसान भी, जो आज नहीं तो कल शरीर को भुगतना पड़ेगा। यह तो आप भी मानते होंगे कि हमारा शरीर पंचतत्व से बना हुआ है। इसलिए बेहतर यह है कि किसी भी मर्ज का इलाज इन्हीं तत्वों से किया जाये। नैचरोपैथी में यही किया जाता है। और किडनी-स्टोन का इलाज तो इतना सरल है कि क्या कहें! सीने से कमर तक मिट्टी का लेप देते हैं हम लोग। कुछ दिन सामने पेट की ओर फिर पीठ की ओर- आलटरनेट गरम-ठण्डे पानी में मिट्टी भिगोकर। मिट्टी बदलते रहते हैं। सारी पैथियों से और जड़ी-बूटियों से हारकर लोग वहीं आते हैं। यही है कि तबतक मर्ज पुराना हो जाता है इस कारण इलाज में समय लग्ता है। अन्यथा दस-पंद्रह दिन काफी होते हैं। -यह मैं अपने खुद के अनुभव से बतला रहा हूँ। सौभाग्य से आप सुंदर नगर ही चल रहे हैं। मेरी गुजारिश है कि आप मेरे साथ चलिए और हमारा हेल्थ-सेंटर देख लीजिए। इलाज चाहे तो कल से भी आरंभ किया जा सकता है। ये देखिए, अपनी बस आ गयी। चलिए...।' और सात नंबर ने प्रथम व्यक्ति का हाथ पकड़ लिया। प्रथम व्यक्ति ने हाथ छुड़ाते हुए कहा, 'क्षमा कीजिए, मुझे जाना सुंदर नगर ही है पर मैं आपके साथ नहीं आऊंगा। सात नंबर ने बस में चढ़ते -चढ़ते पूछा, 'क्यों?' प्रथम व्यक्ति भी बस में चढ़ चुका था। उसने कहा, 'क्योंकि मुझे किडनी-स्टोन नहीं है। मैंने बस-स्टैण्ड पर किडनी-स्टोन का विषय इसलिए छेड़ दिया था कि मुझे किडनी-स्टोन पर अमुक पत्रिका में एक लेख लिखना है। मैं अमुक पत्रिका में स्वास्थ्य- कॉलम लिखता हूँ जिसके प्रत्येक अंक में मुझे एक बीमारी के विषय में सविस्तार जानकारी देनी होती है। जानकारी जुटाने के लिए मैं इसी प्रकार चार-छह लोगों के बीच किसी बीमारी का जिक्र छेड देता हूँ और खड़े-खड़े उस बीमारी के विषय में दुनियाभर की जानकारी प्राप्त हो जाती है। - तो अमुक पत्रिका के अगले अंक में आप भी पढ़िएगा किडनी-स्टोन के बारे में।' -कहते हुए प्रथम व्यक्ति बस में सामने की ओर अभी-अभी खाली हुई सीट की ओर बढ़ गया।

(सीनियर इंडिया: 15 अगस्त. 2007)

--***--

9. कभी भी (मत) आइए मेरे घर

अनूठे लाल पिछले कई वर्षों से आते रहे हैं मेरे घर। निरंतर। मैं बुलाऊँ तब और न बुलाऊँ तब भी। कभी किसी काम से, पर अकसर अकारण ही। उनका मन प्रसन्न होकर कभी बल्लियों उछला तब वे पधारे तो कभी मन उदास होकर उन्हें आत्महत्या करने को उद्दीप्त कर रहा था इसलिए चले आए थे मेरे घर। कई मर्तबा तो यह हुआ कि उन्हें जाना कहीं और था पर चूँकि रास्ता मेरे घर से होकर जाता था इसलिए चले आए थे वे। कभी अपने गंतव्य की ओर जाते हुए तो कभी अपने गंतव्य से भटक जाने के कारण उन्होंने पावन किया मेरे घर को। किसीसे मिलना हो तो अथवा किसीको टालना हो तो मेरे घर से बेहतरीन स्थान कभी नहीं मिला उन्हें। ठीक नाश्ते के समय टपकना तो जैसे नियम ही बना लिया उन्होंने। कभी-कभी लंच के समय भी संयोग बनता रहा है उनके आगमन का। गाहे-ब-गाहे यह भी घटित हुआ कि सुबह नाश्ते के समय पधारे अनूठेलाल और लंच तथा डिनर लेकर ही लौटे। अर्थात उन्होंने मेरे घर आने का ऐसा कोई अवसर नहीं छोड़ा जो वे नहीं छोड़ना चाहते थे और वह भी नहीं जो उन्होंने छोड़ देना चाहिए था।

अनूठेलाल के बार-बार मेरे घर पधारने से महसूस होते भार को कुछ कम करने के इरादे से मैंने एक दिन अनूठेलाल के घर जाने का निश्चय किया और उनसे उनके घर का विस्तृत पता जानना चाहा। मेरी पेशकश से अनूठेलाल बेहद प्रसन्न हुए। (दिखाई तो यही दिया।) कहने लगे, 'भाईसाहब, मेरा अहोभाग्य जो आपने मेरे गरीबखाने में पधारने के बारेमें में सोचा। मैं तो खुद ही आपको और भाभी जी को आमंत्रित करना चाह रहा था, अपने घर। पर सोचा, पहले ढंग का कोई घर तो हो! लेकिन लगता है, अब वह घड़ी निकट आ चुकी है। फ़िलहाल मैं जहाँ रहता हूँ उस मकान मालिक को मैंने नोटिस दे दी है और अगले माह एक अच्छे मकान में शिफ़्ट हो रहा हूँ। शिफ़्ट होते ही मैं खुद आपको लेने आऊँगा अपने घर लेकर जाने के लिए।'

अनूठे लाल का मेरे घर आना-जाना पूर्ववत जारी रहा। पर वे मुझे अपने घर लेकर जाने के लिए कभी नहीं आए। हाँ, इस बीच एक अवसर जरूर मेरे हाथ लग गया। मुझे ज्ञात हुआ कि अनूठेलाल की बिटिया मैट्रिक की परीक्षा में मेरिट में पास हुई है। मैंने अनूठेलाल

को फ़ोन करके कहा, 'भाई अनूठेलाल जी, मैं फ़ोनपर तो बधाई नहीं दूंगा बिटिया को उसके पास होने की। बल्कि हम दोनों (मैं और मेरी श्रीमती जी) आपके घर आकर बधाई देना चाहते हैं।' अनूठेलाल ने इसपर गदगद होते हुए कहा, 'भाईसाहब, इसे तो मैं अपना सौभाग्य मानता हूँ कि साक्षात 'लक्ष्मी' और 'नारायण' दोनों मेरे घर पधारना चाहते हैं। कल सुबह मैं उसी ओर आ रहा हूँ। लौटते में आपके घर की ओर से आऊँगा। आप लोग मेरे साथ ही आ जाइएगा जिससे मकान ढूँढ़ने की दिक्कत से बच जाएंगे आप।'

अगले दिन हम दोनों तैयार होकर अनूठेलाल की प्रतीक्षा कर रहे थे कि अनूठेलाल सचमुच प्रगट हो गए। लेकिन अकेले नहीं बल्कि अपनी बिटिया को साथ लेकर। आते ही कहने लगे, 'भाईसाहब, मार्क-लिस्ट कलेक्ट करने के लिए स्कूल जाना ही था। सोचा, क्यों न आपकी बधाई स्वीकार करते हुए स्कूल जाया जाए। इससे आपका समय भी बच जाएगा और परेशानी भी।' हम दोनों हैरान! पर 'बिटिया' को बधाई तो देनी ही थी। सो, दी। श्रीमती जी ने 'पिता-पुत्री' को यथेच्छ मिठाई खिलाकर उनका अभिनंदन किया। इस बीच श्रीमती जी का ध्यान बार-बार अनूठेलाल के हाथ के पैकेट की ओर जा रहा था। आखिर मैं सरबत लेने नेपथ्य में गया तब उसने कह ही दिया कि अनूठेलाल बिटिया के मेरिट में पास होने के उपलक्ष्य में मिठाई लेकर आए हैं लेकिन लगता है, बातचीत में भूले जा रहे हैं। सरबत समाप्त करके जब जाने को हुए तब अनूठेलाल ने मुझे अपने हाथ का पैकेट थमाते हुए कहा, 'भाईसाहब, ये आपकी कुछ पुस्तकें हैं। मैं पिछले दिनों लेकर गया था। पढ़कर तो कब की हो चुकी थीं पर मैं साथ लाना भूल जाता था। आखिर आज बिटिया ने स्मरण कराया इसलिए लेकर आ पाया हूँ।' घर से निकलते वक्त 'बिटिया' ने प्रणाम किया तो श्रीमती जी ने आशीर्वाद देते हुए उससे कहा, 'हम लोग तो खुद ही आनेवाले थे आपके घर बधाई देने। सोचा था, इसी बहाने आपका घर भी देखना हो जाएगा...!' इससे पूर्व कि बिटिया कुछ कहे, अनूठेलाल कहने लगे, 'भाभी जी, घर आपका है। आप जब चाहें, तब आ जाइए। उसके लिए किसी बहाने की भला क्या जरूरत है! पर हाँ, जब आना हो तब एक फ़ोन अवश्य कर दीजिएगा ताकि आपके स्वागत के लिए मैं घर पर हाजिर रह सकूँ।'

'लेकिन पता तो आपने कभी बताया नहीं। कोई आपके घर आए भी तो कैसे और कहाँ?'- श्रीमती जी ने मानो भड़ास निकाली।

'भाभी जी, हम लोग तो किराए के मकान में रहनेवाले खानाबदोश हैं। आज यहाँ तो कल वहाँ। इसीलिए कह रहा हूँ कि आपको जब आना हो तब आप अपना प्रोग्राम पक्का करके फ़ोन कर दीजिएगा ताकि आपको अपना ताजा पता बता सकूँ।'

उसके बाद जो अवसर आया अनूठेलाल के घर जाने का वह था उनके नवनिर्मित मकान के वास्तु-पूजन का। इस बार तो श्रीमती जी ने ठान ही लिया था कि चाहे जो हो

जाए, वह वास्तु-पूजन के निमित्त अनूठेलाल के घर अवश्य जाएगी। इसका एक कारण यह भी था कि जब मकान बन रहा था तब अनूठेलाल के हमारे घर आने की फ्रिक्वेंसी अप्रत्याशित रूप से बढ़ गई थी। जब-तब, समय-असमय, धड़क-बेधड़क और हमारी सुविधा-असुविधा को नजरअंदाज करते हुए चले आते थे अनूठेलाल। कभी लोहा-सीमेंट के होल-सेलर का पता पूछने, कभी खिड़की की साइज डिस्कस करने, कभी दरवाजों की डिजाइन बाबत बात करने तो कभी टाइल्स की क्वालिटी दिखलाने। इस दौरान उनके साथ कभी उनके आर्किटेक्ट होते, कभी ठेकेदार, कभी मिस्त्री तो कभी मजदूर। अनूठेलाल का मकान बन रहा है इस खुशी में श्रीमती जी ने आगत-स्वागत में अपने माथे पर न शिकन आने दी और न कभी यह सोचा कि मुझ जैसे आम गृहस्थ का एक अदना-सा मंथली बजट होता है जो चाय, शक्कर, तेल, सूजी, बेसन, पोहा जैसी सामान्य चीजों पर किसी एक माह में किए गए असामान्य खर्च से भी छह-आठ माह के लिए अपसेट हो जाता है। लेकिन 'अंत भला तो सब भला' का जुमला शायद हमारे भाग्य में न था।... भाईसाहब, वास्तु-पूजन के लिए कोई किसी के घर तभी तो जाएगा न जब उसे निमंत्रण देकर बुलाया जाएगा!

बहरहाल, वास्तु-पूजन के चार दिन बाद अनूठेलाल का पूरा परिवार अर्थात अनूठेलाल के अलावा उनकी श्रीमती जी, उनके दो पुत्र और एक पुत्री वास्तु-पूजन के फ़ोटो का एक बृहद अलबम लेकर हाजिर हो गए हमारे घर। चाय-नाश्ते के बाद बिदा लेकर जाते अनूठेलाल से श्रीमती जी ने पूछ ही तो लिया, 'भाईसाहब, आप अपना मकान कब दिखाएंगे?'

'भाभी जी, मकान आपका है। आप कभी भी आ जाइए। लेकिन हाँ, पहली मर्तबा तो मैं खुद लेने आऊँगा आपको। क्योंकि मकान जरा इंटेरियर में है। आपको ढूंढ़ने में दिक्कत आएगी। इसीकारण तो वास्तु-पूजन में भी हम लोगों ने अत्यंत सीमित लोगों को ही आमंत्रित किया था। आपने अलबम देखकर भी तो यह जान लिया होगा कि केवल घर के सदस्य ही उपस्थित थे वास्तु-पूजा में।'

उसके बाद भी अनेक अवसर आए जब मुझे लगा कि अब जरूर बुलाएंगे अनूठेलाल अपने घर। जैसे, उन्हें पी-एच. डी. मिली तब, वे शिक्षक से प्राध्यापक बने तब, उन्हें कॉलेज से यूनिवर्सिटी में नियुक्ति मिली तब, वहाँ उन्हें एकाधिक पदोन्नतियाँ मिलीं तब, उनकी गली के नुक्कड़ पर प्रतिवर्ष बिठाए जाते गणेश जी की झांकी की सजावट के लिए उन्हें उनके गली के नागरिकों द्वारा 'जीवन-गौरव' पुरस्कार देकर सम्मानित किया गया तब। लेकिन उन्होंने कभी नहीं बुलाया अपने घर। न मुझे, न किसी और को। उल्टे अपनी प्रत्येक उपलब्धि को सेलिब्रेट करवाने के लिए वे स्वयं जाते रहे अपने मित्र-परिचितों के

घर। नतीजतन, मैं तो मैं, मेरी श्रीमती जी ने भी अब अनूठेलाल द्वारा कभी अपने घर बुलाए जाने की आशा त्याग दी है और उनसे इस विषय पर बात करना छोड़ दिया है। क्योंकि हम दोनों अनूठेलाल के विशिष्ट प्रवर्ग से भलीभांति परिचित हो चुके हैं। जी हाँ, मानवजाति में यह एक अनूठा प्रवर्ग है। इस प्रवर्ग के लोग किसी के घर जाने का कोई अवसर नहीं चूकते। बल्कि अवसर न हो तो अवसर पैदा कर लेते हैं। लेकिन किसी को अपने घर बुलाने के नामपर उनकी नानी मर जाती है। अगर आपने कभी खुद होकर पूछ भी लिया कि भाईसाहब, आप कब बुला रहे हैं हमें अपने घर, तो उनका जवाब यही होगा कि अपनों को भी क्या कभी बुलाना पड़ता है! आप कभी भी (मत) आइए मेरे घर!'

(प्राची : अगस्त 2012)

--***--

10. कलम, बंदूक और जली रस्सी की ऐंठन

संभव है, आप इसे महज़ एक इत्तिफ़ाक कहें। या कुछ न कहें और मेरी बात को कांग्रेस की चिंता से सूखकर कांटा हो रहे किसी अर्जुन सिंह के 'फालतू' पत्र की भांति यूं ही टाल दें। पर मेरी दृष्टि से न तो यह इत्तिफ़ाक है और न चुप रहकर टालनेवाली बात। क्योंकि जब भी मैं ठाकुर साहब के घर गया, उन्हें बाकायदा अपने आगमन की पूर्व-सूचना देकर गया और हर बार वे मुझे अपनी दुनाली बंदूक से खेलते मिले।

जी हाँ, बन्दूक।वही पुरानी,बाबा आदम के जमाने की। जिसके नथुनों से बारूद की बजाए डामर की गोलियों की गंध आती हो। बंदूक, जो किसी चिड़ियाघर में बतौर नुमाइश के रखे गये सफेद शेर के खोल-सी या दरवाजे की चौखट पर चस्पा किए चांदी के ऐतिहासिक सिक्के-सी। बंदूक,तह करके अलमारी में रखे गये शादी के सिकुड़े सूट-सी या घर के किसी कोने में कचरा डालने के काम आनेवाले पुराने सन्दूक-सी।

आज भी जब मैं ठाकुर साहब के घर गया तब वे अपनी इसी बंदूक से खेल रहे थे। मैं सामने बैठा तो उन्होंने बंदूक के नथूने को अपनी तिरछी आँख की सीध में उठाकर नली मेरी ओर घुमा दी। मैं अविचलित बैठा रहा। शायद इसी से ठाकुर साहब विचलित हो उठे। कहने लगे, ''कलमकार , तुम्हें डर नहीं लगता बंदूक से?'' मैंने शांत चित्त से संक्षिप्त जवाब दिया, ''नहीं।'' बीस पन्नों की शिकायत का दो टुक जवाब पाकर शिकायतकर्ता जैसे तिलमिला जाता है, वही ठाकुर साहब की स्थिति हो गयी। कहने लगे, ''बरखुरदार, अभी तुमने इसका धमाका नहीं सुना। ट्रिगर दबते ही तीस फीट तक का आदमी ढेर होते देर नहीं लगती।'' बंदूक की मारक शक्ति का बखान सुनकर ठाकुर साहब से मेरी यह पूछने की इच्छा हो रही थी कि उन्होंने कितने आदमी ढेर किये हैं अब तक इस बंदूक से। पर ठाकुर साहब यह बताने में मशगुल थे कि उनके दादा या परदादा ने इस बंदूक से किस तरह खूंखार शेर या चीतों का शिकार किया था। याकि उनके बंदूक-बहादर पिता ने किस तरह अपने दुश्मनों को इस बंदूक के बल-बूते पर अपने तलूवे चाटने को मजबूर कर दिया था।

मैं ठाकुर साहब के मुख से उनकी पुरानी बंदूक का तथाकथित स्वर्णिम इतिहास सुनता रहा। बे-मन से। क्योंकि किस्सों में कोई रोचकता न थी। उनके किस्सों के शेर या भालू के

स्थान पर गधे या गीदड़ मानकर भी मुझे किस्से विश्वसनीय नहीं लग रहे थे। पर ठाकुर साहब थे कि भालू से शेर और शेर से सिंह की ओर बढ़ते चले जा रहे थे। मैं तटस्थ भाव से सुन रहा था। भला, और कर भी क्या सकता था!

दरअसल, ठाकुर साहब मोहल्ले की खंडहर हुई वह इमारत थे जिस पर 'रस्सी जल गई, ऐंठन नहीं गई' वाली कहावत पूर्णत: चरितार्थ होती थी। मोहल्लेवाले रस्सी के जल जाने से पूर्णत: वाकिफ तो थे पर ठाकुर साहब को इसका अहसास कराकर उन्हें ख्याली पुलावों से महरूम नहीं करना चाते थे। इसीलिए गली-कूचे में जब भी ठाकुर साहब से आमना-सामना होता, झट आदाब बजाकर ठाकुर साहब को 'रस्सी के ऐंठन' समेत सलामत होने का झूठा विश्वास दिलाते रहते। इससे ठाकुर साहब को सुकून मिलता और मोहल्लेवालों को मखौल का एक सुलभ साधन। जब भी ठाकुर साहब को मोहल्ले में अपनी 'ऐंठन' के प्रति किसी प्रकार की कोई आशंका होती, वे चौपाल पर आयोजित बैठक में अपनी दुनाली सहित दाखिल होकर घंटों तक अपनी मूंछों को ऐंठते रहते और बीच-बीच में खाली बंदूक के धमाकों से हवा के झोंकों को दहलाते रहते।

ठाकुर साहब से मेरी प्रथम मुलाकात एक साहित्यिक गोष्ठी में हुई थी। चूंकि ठाकुर साहब के पास बंदूक थी इसलिए वे चाहते थे कि उस गोष्ठी का अध्यक्ष उन्हें ही बनाया जाए। पर ऐसा नहीं हुआ। यह उनके मोहल्ले का प्रथम आयोजन था जो वास्तव में साहित्यिक था और जिसके अध्यक्ष ठाकुर साहब नहीं थे। इससे उन्हें बड़ा धक्का लगा। धक्के से आहत होकर ठाकुर साहब ने एक किस्सा सुनाया कि उनके पिताश्री इसी बंदूक के साथ, इसी मोहल्ले के किसी आयोजन में आमंत्रित किये गये थे और जब उन्हें आयोजन का अध्यक्ष न बनाकर बगल में बैठने को कहा गया तब उन्होंने अध्यक्ष को गोली मार दी थी और खुद अध्यक्ष बन बैठे थे। मैंने किस्सा सुना और अनसुना करके सभा की कार्रवाई आगे बढ़ा दी। रचनाओं का दौर पूरा हुआ तो ठाकुर साहब इस बात से खिन्न थे कि उनकी बंदूक पर किसी ने कोई रचना नहीं पढ़ी।

एक वो दिन है और एक आज का दिन। इस बीच जब भी ठाकुर साहब मिले हैं, उन्होंने बंदूक की नली को मेरी ओर मोड़कर अपनी आँख हर बार कुछ अधिक ही तिरछी की है। उनकी दिन-ब -दिन अधिक तिरछी होती आँख को देखकर आखिर मुझसे न रहा गया। मैंने कहा, ''ठाकुर साहब, सुना है, निशाना साधने के लिए बंदूक कंधे से सटाकर लक्ष्य की सीध में आना पड़ता है। पर आपको जब भी देखा है, बंदूक की नली जमीन की ओर या अपने दाएं-बाएं घुमाते ही देखा है। आखिर आप बंदूक जिस्म से कभी अलग भी करते हैं या सोते वक्त भी ताबीज की तरह बगल में लटकाए रखते हैं?''

ठाकुर साहब तिलमिला उठे। कहने लगे, यह तुम पूछ रहे हो! जब कभी तुम्हारे घर आया हूँ, अपनी बंदूक साथ लेकर आया हूँ और हर बार तुम मुझे नजरअंदाज करके अपनी दो कौड़ी की कलम हाथ में लिये अक्षरों से खेलते मिले हो।''

मैंने कहा, ''ठाकुर साहब, अक्षर गढ़ना तो सर्जनशील साहित्यकार का धर्म है और इस धर्म को निबाहने में तूलिका सबसे बड़ी सहायक है। फिर चाहे आपके शब्दों में, वह दो कौड़ी की ही क्यों न हो!''

''तुम जबसे इस मोहल्ले में आकर बसे हो, लोग मेरी बंदूक की बजाए तुम्हें अधिक सम्मान देने लगे हैं।''

''ठाकुर साहब, लोग अगर सम्मान देते भी हैं तो वे मुझे नहीं बल्कि मेरी कलम को देते हैं। पर इसमें आपको बुरा माननेवाली कोई बात नहीं है। मैं तो आपका सदैव आदर करता आया हूँ।''

''अगर तुम सचमुच मेरा आदर करना चाहते हो तो एक काम करो। मेरी इस बंदूक पर एक लंबी रचना लिखो। मैं अपने जन्म दिन पर एक कार्यक्रम आयोजित कर रहा हूँ। अपने घर। उसमें तुम अपनी वह रचना पढ़ो। और अगर तुम ऐसा न कर पाये तो यह साबित हो जाएगा कि तुम्हारे दिल में मेरे और मेरी बंदूक के लिए कोई सम्मान नहीं है।''

''पर ठाकुर साहब, मैं आपकी बंदूक की किस बहादुरी का वर्णन करूं?''

''मेरे पास मेरी अपनी एक बंदूक है। बंदूक से गोली छूटती है। और जो उसके रास्ते में आता है वह पल भर में ढेर हो जाता है। मेरी बंदूक पर कविता गढ़ने के लिए क्या इतनी सामग्री पर्याप्त नहीं है?''

''ठाकुर साहब, अगर ऐसा होता तो बन्दूकें बनानेवाली फैक्टरियों पर कवियों ने महाकाव्य लिखे होते।''

''तो तुम मेरी बंदूक पर कविता नहीं लिखोगे!''

''मैं अपनी कलम को आपकी बंदूक की झूठी शान पर कुर्बान नहीं करूंगा।''

''पर मैं अपनी बंदूक की एक गोली तुम पर खर्च कर सकता हूँ, यह तुम भूल रहे हो।''

मुझे लगा, अब वह घड़ी आ चुकी है जब ठाकुर साहब को यह जतलाया जा सकता है कि 'रस्सी' जल चुकी है। मैंने कहा, ''ठाकुर साहब, हुक्मरानों के इशारों पर कलम झुकायी जा सकती तो आज कसम खाने के लिए भी कोई कलम आज़ाद न होती। दुनिया के इतिहास में बन्दूकों की तादाद सदा कलम से अधिक रही है। फिर भी कलम सदा आज़ाद रही है और आज़ाद रहेगी। ...एक और बात ठाकुर साहब। सदा बंदूक हाथ में लिये रहने मात्र से ही कोई व्यक्ति बहादुर नहीं हो जाता। बहादुरी के लिए बगल में बंदूक नहीं अपितु कलाई में दम होना चाहिये। फिर उस कलाई में चाहे बंदूक हो या कलम।''

तीर की तरह असरदार साबित हुई मेरी बात से ठाकुर साहब की बंदूक कलाई से छिटककर खिलौने की भांति दूर जा गिरी। मैं अपनी कलम को सीने पर टांकता हुआ शान से बाहर निकल आया हूँ।

(अट्टहास: अप्रैल 2000)

--***--

11. किस खेत की मूली है क्यूबा की गाय

दुबे जी के घर से आज सुबह-सुबह फिर बुलावा आ गया। मैं उनसे कह चुका हूँ कि 'लेन-देन' के मामले में मुझे न बुलाया करें। पर दुबे जी है कि मेरी कोई बात नहीं मानते। मानते, तो आज उनपर यह नौबत न आती। मैं उनसे कई मर्तबा कह चुका हूँ कि कन्याओं को 'कालेज' पढ़ाना छोड़ो और वही पैसा उनके ब्याह के लिए जोड़ो ताकि वक्त आने पर उनके लिए उपयुक्त वर खरीदा जा सके। पर दुबे जी पड़े समाज सुधारकों के चक्कर में और सारा धन कन्याओं की पढ़ाई पर बर्बाद कर दिया। और अब, लड़के वाले आते हैं और दहेज माँगते हैं तो दुबे जी समाज सुधारकों को छोड़ मुझे बुला लेते हैं।

खैर, मैं पहुँचा तो देखता क्या हूँ कि दुबे जी ऐसे बैठे हैं जैसे सपरिवार नीलाम होने को बैठे हो! मुझे पास बिठाकर कान में कहने लगे, "बंबई से आये हैं मेहमान। एक लाख नकद माँग रहे हैं।" मैंने कहा, "दे दो।" दुबे जी कहने लगे, "कहाँ से दूं?" मैंने कहा, "उन लोगों से माँग लो जिनकी सलाह से आपने कन्याओं की शिक्षा पर सारा धन बर्बाद कर दिया। या किसी राष्ट्रीयकृत बँक से 'लोन' ले लो। आजकल तो भेड़ें खरीदने के लिए भी ऋण देती है बैंक। फिर आप तो कन्या के लिए वर खरीद रहे हैं।" "मजाक छोड़ो"- दुबे जी कहने लगे "मैंने तुम्हें इसलिए बुलाया है कि तुम कोई रास्ता निकालो। लड़का अच्छा है।" खानदान भी ऊंचा है। मैं चाहता हूँ, किसी तरह बात पक्की हो जाए।" मैंने कहा, "देखो, दो ही रास्ते हैं। एक तो यह कि दिन में बीस बार दूरदर्शन और रेडिओ से जो सरकारी विज्ञापन प्रसारित होते रहते हैं कि 'दहेज लेना और देना, दोनों पाप हैं।' उनका एक पूरा कैसेट उलट-पलटकर सुना दिया जाए इन लोगों को। या फिर दूसरा रास्ता यह है कि मैं निकट के थाने में जाकर रिपोर्ट दर्ज करा आऊं कि लड़केवाले दहेज माँग रहे हैं।"

दुबे जी ने कहा, "तुम्हें कन्या नहीं है इसीलिए तुम इस तरह की बकवास कर रहे हो। कन्या का बाप कसाई के खूंटे पर बंधी गाय की तरह होता है। तुम अपनी साहित्यिक शैली में मेरी हालत का हवाला देकर इन लोगों को कुछ 'कम' के लिए राजी करो, इसलिए मैंने तुम्हें बुलाया है।.. प्लीज बी सीरियस। मेरी इज्जत का सवाल है।" इज्जत का नाम सुनते ही मैं तुरंत सीरियस हो गया। इज्जत चीज ही ऐसी है। जिनके पास बची होती है उन्हें न

तो सहजता से कुछ कहने देती है, न कुछ करने देती है। हर जगह अपनी टांग अड़ा देती है। शायद इसलिए जिन्हें जीवन में कुछ करना होता है वे सबसे पहला काम यह करते हैं कि जितनी जल्दी हो सके, इस 'इज्जत' नाम की चीज से अपना पिंड छुड़ा लेते हैं। और आजकल तो कई लोग यह कार्य भी समारोहपूर्वक करने लगे हैं। (मुबारक हो उन्हें!)

खैर, तो मैं 'सीरियस' हो गया। और सीरियस होकर लड़के से प्रश्न किया "आप बबंई में करते क्या हैं ?"

"जूतों की दूकान है।" जवाब लड़के के पिता ने दिया। उनके जवाब देने के ढंग से मैं समझ गया था कि उनके 'लेन-देन' के मामले में मेरा मुँह मारना उन्हें नागवार गुजरा है।

"आपने बी.ए. किया है और होलसेल बिजिनेस है, एक खास किस्म के जूतों का।" लड़के का यह परिचय खुद दुबे जी ने देकर मुझे अपनी ओर से चर्चा में शामिल किये जाने का जैसे परमिट जारी कर दिया।

"हमारी दुकान से बड़े-बड़े सूरमा जूते खरीदते हैं। अमिताभ बच्चन और श्री देवी से लेकर बलराम जाखड़ तक की आर्डर हमारे यहाँ आती है।.....चन्द्रशेखर(बाद में भारत के प्रधानमंत्री बनें) ने हमारे यहाँ बनी एक जोड़ी चप्पलों से पूरा भारत नाप लिया था...।" लड़के ने उत्साहित होकर यह सब बताते हुए मुझे मानो चर्चा में शामिल होने की मान्यता प्रदान कर दी। जूतों के बारे में इतनी जानकारी मिलने पर मुझे उनके जूते देखने की इच्छा हुई। पर उन्होंने वे बाहर ही उतार दिये थे शायद! इसीलिए मुझे उनके चेहरे देखकर ही तसल्ली कर लेनी पड़ी। "दुबे जी की कन्या बड़ी सुशील है। एम.ए. और बी.एड. दोनों प्रथम श्रेणी में किया है।"....मैं अपनी जिम्मेवारी संभालता हूँ।

"अजी मैं कहता हूँ, लड़की एम.ए. हो, नहीं चार क्लास पढ़ी हो, इससे हमें क्या फर्क पड़ता है!.....यह तो सब आप लोगों का चलाया चक्कर है। फिजूल में पैसा बरबाद किया जा रहा है लड़कियों की पढ़ाई पर। आखिर करना तो उन्हें चूल्हा- चौका ही है। इतना पैसा बिजिनेस में लगाया जाये तो आदमी कहाँ से कहाँ पहुच जाये!" लड़के के पिता ने मेरी बात की धज्जियाँ उड़ा दीं।

"दुबे जी सामान्य परिस्थितिवाले व्यक्ति हैं। उनके लिए एक लाख की रकम तो बहुत बड़ी चीज हो जाएगी। आप लोग कुछ कम करें तो....!"- मैंने दो- टुक बात कह दी।

"देखो जी, हम कोई पहली मर्तबा तो रिश्ता करने नहीं निकले हैं। कुल आठ में से सात लड़कों के ब्याह किये हैं और हरेक की शादी में डेढ़ दो-लाख से धेला कम नहीं लिया है।"

"डेढ़ दो लाख!" बरबस मेरे मुँह से निकल पड़ा।

"अजी, बड़े लड़के के वक्त तो तीन लाख की ऑफर थी। पर हमने बिजनेस की दृष्टि से केवल दो लाख लेकर एक तत्कालीन मंत्री के भाई की कन्या का रिश्ता पक्का कर लिया। उस रिश्ते के कारण हमें विदेशों में जूते सप्लाई करने की एक बड़ी आर्डर मिली थी। पुरानी बात छोड़िए, अभी पिछले वर्ष सातवें नंबर के लड़के की शादी हुई। कहने के लिए तो हमने सिर्फ एक लाख ही लिये पर दहेज में इतना सामान मिला कि रखने के लिए एक अलग फ्लैट लेना पड़ा।.... वो तो हम बंबई की ही लड़की देख रहे थे पर इस लड़के की जिद्द है कि लड़की बंबई के बाहर की ही चाहिए।"

दुबे जी ने मुझे इशारा किया कि छोड़ो नाम! यहाँ रिश्ते की कोई संभावना नहीं है। पर मुझे उन लोगों में काफी संभावनायें दिखायी पड़ रही थीं। इसीलिए पूछा-"आप रहते कहाँ है, बंबई में!"

"वैसे तो चार फ्लैट हैं, अपने। पर मैं खुद और मेरी पत्नी, दोनों डोंबीवली में रहते हैं।"

चर्चा उखड़ गयी थी, बिना किसी समझौते के। और मेहमान बाहर निकलने लगे थे। मैं फिर पूछ बैठा, लड़के के पिता से- "डोंबीवली में ठीक कहाँ रहते हैं आप ?"

"सी.के.पी.हॉल के पास।" ... वे बाहर निकल चुके हैं।

"सी.के.पी.हॉल के किस ओर ?" मैं उनके बारे में अधिकाधिक जानकारी हासिल कर लेना चाहता हूँ।

"सी.के.पी. हॉल के पश्चिम की ओर कोई दो-सौ गज की दूरी पर आप पूछिये- मथुरावाले चौबे जी कहाँ रहते हैं। कोई भी पहुँचा देगा आपको हमारे फ्लैट पर।"

-वे जा चुके हैं। दुबे जी कहने लगे- "तुम्हें क्या पड़ी थी इतनी जो खोद-खोद कर उनका पता पूछे जा रहे थे!"

मैंने कहा, "अबकी बंबई गया तो मैं अवश्य जाऊंगा चौबे जी के घर।"

"किसलिए!"

दरअसल, मुझे क्यूबा की वह गाय याद आ गयी थी जिसे राष्ट्रपति केस्ट्रो अक्सर देखने जाया करते थे। प्रतिदिन सौ- लीटर दूध देने के कारण वह गाय गिनीज़ की रिकार्ड-बुक में दर्ज हो गयी है। मैं सोच रहा हूँ, क्यूबा की उस गाय से हमारे यहाँ की वह जननी क्या कम अदभुत है जिसने ऐन महंगाई के जमाने में ऐसे आठ-आठ सुपुत्रों को जन्म दिया जो मार्केट में लाखों में बिक रहे हैं!

(दैनिक हिन्दुस्तान, नयी दिल्ली: 8 सितम्बर,1985)

--***--

12. कुछ न देने वाले दानवीर

दा नेश्वर जी दानदाता हैं। दिलदार दानदाता। इसी रूप में ख्याति है उनकी पूरे शहर में। अर्थात जैसा नाम, वैसा काम। बल्कि मैंने उनका नाम बाद में जाना, उनके काम के बारे में पहले सुना। शहर में जब कभी दान की जरूरत महसूस हुई, लोगों ने दस शराब विक्रेताओं या पाँच बिल्डर्स की बजाए एक दानेश्वर जी को याद किया। दानेश्वर जी के समान दानदाताओं के प्रति मेरे मन में अतीव आदर रहा है। दुधारू गाय के प्रति ग्वाले के मन में रहता है उससे भी अधिक। शायद इसके पीछे प्रायमरी कक्षा की पाठ्यपुस्तक में पढ़ी हुई कर्ण की कहानी है जिसके अनुसार वह अपनी 'लाइफ़-सेविंग किट' उतारकर इन्द्र को दान कर देता है। कर्ण के बाद दानदाता के रूप में मुझे उन लोगों ने सर्वाधिक प्रभावित किया जो सार्वजनिक आयोजनों के लिए बड़ी रकम की रसीद फ़ड़वाकर चंदे का आगाज करते हैं। आपको बताऊं, आयोजक जब कभी चंदा माँगने मेरे पास आते हैं, मैं रसीद-बुक अपने हाथ में लेकर सर्वप्रथम पाँच-दस प्रारंभिक रसीदें देखता हूँ और जिनके नाम वे रसीदें होती हैं उन्हें उतनी ही श्रद्धा से नमन करता हूँ जितनी श्रद्धा से कार्यालय में कदम रखते ही मंत्री महोदय अपने पार्टी-हाइकमांड के फोटो को नमन करते हैं। कुछ रसीदों के आंकड़े देखता हूँ तो लगता है जैसे किसी चमचमाती हुई फोर- व्हीलर को अथवा गृहप्रवेश के लिए सिद्ध किसी टू-बी एच के फ्लैट को निहार रहा हूँ। इन्हीं में से कोई रसीद दानेश्वर जी के नाम की होती है। आयोजन कोई हो। धार्मिक, सामाजिक, राजनीतिक, सांस्कृतिक, नैतिक या अनैतिक। या इनमें से चाहे कुछ न हो। पर सार्वजनिक अवश्य हो। अर्थात जिससे बड़ी संख्या में जनता जुड़ी हो।

पिछले दिनों शहर की स्मशान भूमि का जीर्णोद्धार करना था। जनसभा आयोजित की गयी थी। शहर के गणमान्य व्यक्तियों के वक्तव्यों के बाद दान देने की अपील की गई। दानेश्वर जी, जैसा कि अक्सर होता है, मंच पर विराजित थे हीं। उन्होंने एक कार्यकर्ता को इशारे से अपने पास बुलाकर उसके कान में कुछ कहा। कार्यकर्ता प्रमुदित हो गया। वह 'जेट' की रफ़्तार से माइक पर गया और उसने 'नेट' की रफ़्तार से घोषणा की, 'मुझे यह सूचित करते हुए प्रसन्नता हो रही है कि हमेशा की तरह इस बार भी पहल करते हुए

दानेश्वर जी ने इस पुनीत कार्य के लिए ग्यारह लाख की राशि चंदे के रूप में दान करने का मानस व्यक्त किया है।'

अब जब प्रारंभ ही ग्यारह लाख से हुआ तो उसके बादवाले क्या सवा रुपया या डेढ़ रुपया लिखवाते अपने नाम पर! भाईसाहब, आनन-फ़ानन पचास लाख रुपए इकट्ठा हो गए। मैं दानेश्वर जी के औदार्य और समय सूचकता से इतना प्रभावित हुआ कि मेरे शब्दकोश में दान का पर्याय बन गए दानेश्वर जी।

इसी बीच एक घटना ऐसी हुई जिससे यह रहस्योद्घाटन हो गया कि रत्तीभर दान दिए बिना भी 'दानवीर' का खिताब हासिल किया जा सकता है। हुआ यह कि एक सभा आयोजित की गयी थी। उद्देश्य था शहर की एक नामी-गिरामी साहित्य संस्था के लिए 'भवन निर्माण' करना। साहित्य संस्था पचास वर्षों से बहुत अच्छा कार्य कर रही है शहर में। पूरे भारत में ख्याति है उसकी। लेकिन उठने-बैठने के लिए रसीदी-टिकट के बराबर भी जगह नहीं है उसकी अपनी। मैंने सुझाव दिया कि संस्था की गोल्डन-ज्युबिली आयोजित करके दानेश्वर जी को समारोह का स्वागताध्यक्ष बनाया जाए। ऐसा ही हुआ। दानेश्वर जी स्वागताध्यक्ष बनाए गए। वैसे भी उन्होंने आजतक अध्यक्ष या स्वागताध्यक्ष बनने का कोई अवसर नहीं छोड़ा है। कहने भर की देर होती है।

तो, समारोह शुरु हुआ। बाहर से आए सम्मान्य वक्ताओं ने संस्था की अबतक कोई अपनी इमारत न होने पर बार-बार अफ़सोस जताया। क्लाईमेक्स तब हुआ जब मुंबई से पधारे एक वक्ता ने कह दिया, 'शहर में दानेश्वर जी समान दानदाता के होते हुए इतनी बढ़िया और अखिल भारतीय स्तर की संस्था की अपनी कोई इमारत न होना शहर के लिए शर्म की बात है।' सुनकर आयोजन में उपस्थित स्थानीय लोकसभा सदस्य सचमुच शर्मिंदा हो गए। वे तड़ से उठे और माइक पर जाकर कहने लगे, 'अगर कहीं से जमीन की व्यवस्था हो जाए तो इस संस्था की इमारत मैं अपनी विकास-निधि से बनवा देने की घोषणा करता हूँ।' अब गेंद स्वागताध्यक्ष के पाले में थी। दानेश्वर जी उठे और माइक पर जाकर कहने लगे, 'शहर में अमुक स्थानपर मेरा एक बिजिनेस-कॉप्लेक्स निर्माणाधीन है। उसके बनते ही मेरा मौजूदा व्यापारी-संकुल वहाँ शिफ्ट हो जाएगा। और यह होते ही व्यापारी -संकुल की पूरी पाँच हजार स्क्वेअर-फीट जमीन मैं साहित्य-संस्था को दान में देने की घोषणा करता हूँ।' घोषणा सुनते ही इतनी तालियां बजीं कि लगा सभागृह की छत उड़ जाएगी।

इस घोषणा की हाल ही में सातवी सालगिरह मनायी गयी। बिजिनेस-काम्पेक्स की चार मंजिलें बनकर तैयार हो गयी हैं। व्यापारी-संकुल कब का खाली प्लाट में तब्दील हो चुका है। साहित्य संस्था के कुछ पदाधिकारी संस्था की अपनी इमारत का सपना देखते-

देखते खर्च हो चुके हैं। जो बाकी बचे हैं उनमें से कुछ जब हर दूसरे महीने नयी चप्पल खरीदने दूकान में जाने लगे तो दूकानदार ने एक दिन पूछ लिया, 'श्रीमान, आप लोग काम क्या करते हैं?'

'कुछ नहीं, साहित्यकार हैं।'

'तब आपकी चप्पलें इतनी जल्दी क्यों घिस जाती हैं ? जबकि यही चप्पलें अन्य ग्राहकों को सालों साल चलती हैं।'

'भई बात यह है कि हम लोग पिछले कुछ समय से दानेश्वर जी के घर के लगातार चक्कर काट रहे हैं।' और साहित्यकारों ने दुकानदार को 'प्लॉट' का सारा किस्सा बयान कर दिया। दुकानदार ने कहा, 'सर, आप लोग उनके घर के चक्कर काटना छोड़ दीजिए और प्लॉट के लिए पैसे ही चाहिए हो तो चप्पलों पर खर्च होनेवाले पैसे इकट्ठा कीजिए। उससे कभी- न -कभी प्लॉट की रकम इकट्ठी होना मुमकीन है लेकिन दानेश्वर जी से प्लाट मिलना मुमकीन नहीं है।'

'क्यों?' - साहित्यकारों ने जानना चाहा।

'सर, इस 'क्यों' का जवाब मैं तो नहीं दे सकता। मैं बहुत छोटा आदमी हूँ। अलबत्ता आप हरिप्रसाद जी से पूछ लीजिए जिन्होंने पिछले दिनों शहर में सहस्र-चण्डी महायज्ञ का आयोजन किया था जिसके लिए दानेश्वर जी ने इक्कीस लाख रुपए देने की घोषणा की थी। इसी कारण उन्हें यज्ञ-आयोजन समिति ने स्वागताध्यक्ष तथा प्रमुख यजमान भी बनाया था।'

साहित्यकार हरिप्रसाद जी से मिले। दानेश्वर जी का विषय निकलते ही उन्होंने ने कहा, 'सच है कि हमने उन्हें अपने आयोजन में स्वागताध्यक्ष और प्रमुख यजमान बनाया था!'

'आखिर क्यों किया था आप लोगों ने वह सब ?'

'जी, वो हमने इसलिए किया था कि वे मोरारी बापू की रामकथा के आयोजन समिति में स्वागताध्यक्ष थे।'

'तो उससे क्या...!'

'जी, हमने सोचा कि जब वे उतने बड़े आयोजन के स्वागताध्यक्ष हो सकते हैं तो हमारे आयोजन के क्यों नहीं। दूसरे, आयोजन का हमारा एक करोड़ रुपयों का बजट था इसलिए चंदे की शुरुआत किसी ऐसे व्यक्ति से करनी थी जो दिल खोलकर रकम लिखे। और इसके लिए दानेश्वर जी के अलावा उपयुक्त व्यक्ति शहर में भला कौन हो सकता है?'

'तो क्या उन्होंने दिया इक्कीस लाख रुपया?'

'जी नहीं।'

'तब आपने क्या किया?'

'जी, हमने भुला दिया है कि दानेश्वर जी ने कभी चंदा देने की बात की थी।'

'लेकिन ऐसा क्यों किया आप लोगों ने ?'

'जी, यह हम तो आपको नहीं बता सकते। हम बहुत सामान्य लोग हैं। दानेश्वर जी बहुत संपन्न व्यक्ति हैं। शहर में दानवीर के रूप में बहुत बड़ा नाम है उनका। इसलिए हमारा कुछ कहना सूरजपर थूकने जैसा होगा। अलबत्ता इस मामले पर मोरारी बापू की कथा आयोजित करने वाली समिति ही कुछ रोशनी डाल सकेगी।'

साहित्यकार 'मोरारी बापू रामकथा आयोजन समिति' के सदस्यों से मिले। उनके निर्देशों के अनुसार वे 'अखिल भारतीय संगीत समारोह' के आयोजकों से मिले। उनकी सलाह मानकर शहर में समय-समयपर तथाकथित 'न भूतो, न भविष्यति' वाले आयोजन करने में माहिर संस्थाओं से होते हुए उस समिति में जा पहुँचे जो प्रतिवर्ष अखिल भारतीय कवि सम्मेलन का आयोजन करती है। समिति के अध्यक्ष ने कहा, 'बरखुरदार, आप लोग पहले ही चतुर जी से मिल लिए होते तो इतनी चप्पलें तो न घिसतीं! चतुर जी दानेश्वर जी का 'दाहिना हाथ' हैं। (मुझे अबतक कोई ऐसा व्यक्ति नहीं मिला जो किसीका बायां हाथ हो!) वे उन तमाम आयोजनों से जुड़े होते हैं जिनसे दानेश्वर जी जुड़ते हैं। बल्कि कहना चाहिए कि चतुर जी पहले जुड़ते हैं और वे ही दानेश्वर जी को जोड़ने के लिए प्रपोज करते हैं।'

चतुर जी को पूरा शहर जानता है। वह इस कारण कि चतुर जी शहर के 'विराट गणेश मंडल' के अध्यक्ष हैं। यह शहर का सबसे पुराना गणेश मंडल है। चतुर जी तबसे अध्यक्ष पद पर विराजित हैं जब उनका गणेश मंडल 'बाल गणेश मंडल' के नाम से जाना जाता था और चतुर जी भी बालक ही थे। साहित्यकार चतुर जी से मिले। चतुर जी ने कहा, 'लोग चाहे जो कुछ कहें लेकिन मैं आज भी अपने गणेशोत्सव की पहली रसीद दानेश्वर जी से ही लिखवाता हूँ। दानेश्वर जी दिल खोलकर आंकड़ा लिखते हैं रसीद पर।'

'लेकिन क्या वे उतनी रकम देते हैं ?'

'जी नहीं।'

'तब आप क्यों लिखवाते हैं उनसे!'

'यह एक ट्रेड-सीक्रेट है। जो जानते हैं उन्हें कतई शिकायत नहीं होती दानेश्वर जी से या दानेश्वर समान व्यक्तियों से। चलिए, आपको बता देता हूँ। चंदा देनेवाला व्यक्ति प्राय: यह देखता है कि उसके पहले किस ने कितना दिया। और उसके अनुरूप अपनी मानसिकता बनाता है कि उसे कितना देना है। यानी रसीद बुक का आरंभ इक्यावन हजार, इक्कीस

हजार या ग्यारह हजार से हो तो अगला आखिर कितना कम लिखेगा! दानेश्वर जी से चंदा आरंभ कराने का रहस्य यही है। वे 'बोलो मेरे आका, क्या हुक्म है' के लहजे में चंदा माँगने वाले से स्वयं पूछते हैं, 'बोलो, कितना लिखूं?' और जितना कहो उतना लिखकर अपने नाम की रसीद फड़वा लेते हैं। आरंभ में ऐसी दो-चार रसीदे फट जाएं तो अगला व्यक्ति भी अपनी रसीद वैसी ही लिखता है जो पहले वाली रसीदों की पंक्ति में बैठती हो। अब रही बात दान अथवा चंदे की रकम के भुगतान की तो आप लोगों को बता दूं कि वे यह कार्य कभी नहीं करते। अलबत्ता उन्होंने रसीद लिखने से कभी गुरेज नहीं की। पुरखों ने कमाकर रखी हुई अरबों की संपत्ति पर अजगर की भांति शोभायमान हैं दानेश्वर जी। इसलिए किसी को संदेह भी नहीं होता कि उन्होंने जो रकम लिखी है, वह वे दे नहीं सकते। ...अब जो दानेश्वर जी को नहीं जानते वे लगाते रहते हैं चक्कर और आप लोगों की तरह जब दो-चार जोड़ी चप्पलें घिस जाती हैं तब होश आता है।'

साहित्यकार चलने को हुए तो चतुर जी ने हाथ जोड़कर विनयपूर्वक कहा, 'श्रीमान, आप लोग मुझे एक वचन देकर जाइए।'

'कैसा वचन!'

'यही कि यह 'राज' राज ही रहे। जब तक शहर में लाखों, करोड़ों रुपए के बजट के कार्यक्रम होते रहेंगे, चंदा वसूलने वालों को ऐसे 'दानवीरों' की जरूरत बनी रहेगी...।'

चतुर जी और कुछ कहें इसके पूर्व साहित्यकार दानेश्वर जी की महिमा गुनगुनाते हुए जिस दिशा से आए थे उसी दिशा में लौट गए।

(अमरावती मंडल : दीपावली विशेषांक 2012)

--***--

13. खामोश, प्रशासन चुस्त है

मौसम सुहावना था। कविता लिखने को मन करे, ऐसा। अब भई, यह कहना मुश्किल है कि कविता वीर रस की या शृंगार की। क्योंकि मैं कविता नहीं लिखता। जो लिखीं, वे कवि-सम्मेलनों में पिट गईं। इसलिए जाहिर है, वे कविताएँ नहीं थीं।

बहरहाल, हम लोग एक भव्य इमारत की तीसरी मंजिल पर आयोजित एक साहित्यिक कार्यक्रम में शामिल थे। नीचे, शहर के सबसे बड़े मार्ग, जो राजमार्ग भी है, से सैकड़ों लोग आ-जा रहे थे। अचानक कई आवाजें एक साथ, नीचे की दो मंजिलें तोड़ती हुई हमारी मंजिल तक पहुँच गईं- "मर गया, मर गया....पकड़ो-पकड़ो, भागने न पाये... खतम कर दो स्साले को...।'' हमारा साहित्यिक आयोजन उखड़ गया। वैसे सच कहा जाए तो आयोजन उसी क्षण उखड़ गया था जिस क्षण बाहर से पधारे स्वनामधन्य साहित्यकारों को उनके पारिश्रमिक के चैक थमा दिए गये थे।

हम लोग परिचर्चा त्यागकर तमाशे में शामिल हो गए। आठ दस मुसंडे एक जवान लड़के को धुनक रहे थे। तभी एक ने जेब में से छुरा निकालकर खचा-खच पाँच-छ: वार किये, छुरा बाकायदा जेब के हवाले किया और शान से सब चलते बने। जिस तरह से यह सब घटित हुआ उसे देखकर मुझे लगा, शाश्वत सिनेमा का कोई दृश्य फिल्माया जा रहा है या नुक्कड़ नाटक है जो आजकल हर नुक्कड़ पर देखने को मिल जाता है। लेकिन तड़प-तड़पकर जब जवान लड़के ने प्राण छोड़ दिए और तमाम दर्शक बिना ताली बजाए दफा हो गए, तब मेरी तंद्रा टूटी। मेरे इर्दगिर्द इकट्ठे साहित्यिकों में चिंतन चालू हो गया था-

-"क्या जमाना है, दिन-दहाड़े लोग मारे जा रहे हैं।''

-"तुम्हारा मतलब, अगर यही काम रात में हो तो जायज है!"

-"पाँच-सौ लोग खड़े तमाशा देखते रहे और पाँच आदमी छुरा भोंककर चलते बने।"

-"तुम भी तो थे तमाशा देखनेवालों में। कूदे क्यों नहीं बीच में!"

-"आदमी कितना असुरक्षित है! आज जो उसके साथ हुआ कल हमारे साथ भी हो सकता है। आजादी के सैंतीस सालों की यह एकमात्र उपलब्धि है हमारी।"

-"और दो वोट काँग्रेस को!" आदि-आदि।

आमंत्रितों में जो बम्बई से आये थे, वे कह रहे थे, "हमारी बंबई में भी होता है। खूब होता है। पर ऐसा दिन-दहाड़े पहली मर्तबा देखा!" दिल्ली वाले कह कह रहे थे, "हमारे यहाँ दिन में भी होता है। पर जरा आड़ में होता है। मारने-मरने वाले दोनों गलियों में निकल जाते हैं। ऐसा खुलेआम देखने को नहीं मिलता। यह एकदम 'रेअर' है।"

मैंने कहा, "ऐसी ही बात है तो दो-चार दिन और रुक जाओ और जी भर कर देख लो। मेरे शहर में तो रोज होता है। परसों इसी स्थान पर हुआ था। कल भी हुआ। और शर्त लगाकर कह सकता हूँ, कल फिर होगा।" दिल्ली वालों को शायद मेरी यह गर्वोक्ति बर्दाश्त न हुई। उन्होंने कहा, "सम्मेलन में पारित प्रस्तावों की श्रृखंला में तुम्हारे शहर की बिगड़ती हुई कानून और व्यवस्था की स्थिति के खिलाफ एक प्रस्ताव पास किया जाना चाहिए।" बंबई वालों ने दिल्ली वालों का विरोध करते हुए कहा- "तुम दिल्ली वालों को तो सिवा प्रस्ताव पास करने के कुछ सूझता ही नहीं। प्रस्तावों से अगर कुछ होना था तो पिछले सैंतीस सालों में तुम लोगों ने जितने प्रस्ताव पास किए उनसे हो गया होगा। मोर्चा निकालो मोर्चा। उसी से कुछ संभव है।"

मैंने कहा, "यार, मोर्चों से भी कुछ नहीं होता आजकल, सिवा मार्केट बंद होने के। दुकानदार शो-केसेस फूटने के डर से मोर्चे की खबर पाते ही शटर गिरा देते हैं। पिछले दिनों शहर के हिजड़ों ने मोर्चा निकाला था। जाहिर है, पूर्णत: शांतिपूर्ण था। मोर्चे के आगे शहर के चिर-परिचित नेताओं के स्थान पर एक अपरिचित चेहरा देखकर एक कुत्ता भौंकने लगा। मोर्चे का नेता जितने जोर से नारा बुलंद करता था, कुत्ता और अधिक जोर से भौंकने लगता था। आखिर नेता तैश में आ गया। (अब तक लिखे गए साहित्य में किसी हिजड़े के तैश में आने का कहीं उल्लेख नहीं मिलता। इस दृष्टि से यह अपूर्व घटना है) तैश में आकर उसने पत्थर उठा लिया। पत्थर के डर से कुत्ता बाद में भागा, मार्केट पहले बंद हो गयी। दूसरे दिन के अखबारों में समाचार छपा था- 'हिजड़ों के समर्थन में पूरा मार्केट बंद।' मैंने आगे कहा, "कुछ करना ही चाहते हो तो मेरे साथ चलो, थाने। हम सब रिपोर्ट लिखवाते हैं कि हमने देखा है कत्ल होते हुए। कत्ल करने वालों के नाम मैं गिना दूँगा। मैं पहचानता हूँ उन्हें।"

मेरी बात सुनकर लोगो नें कहा, "तुम मूर्ख हो! लिखते भी इसी तरह हो डायरेक्ट, जैसे चाँटा मार रहे हो। इसीलिए पनप नहीं रहे हो साहित्य में। बेवकूफ! कल इसी स्थान पर वे लोग तुम्हें छुरा मार देंगे तो तुम क्या कर लोगे ?" मैं चुप हो गया। बड़े शहरों में रहने वाले साहित्यकारों ने मुझ अदने के लिए दो-दो गालियाँ खर्च कर दी थीं। क्या फिर भी मैं चुप न रहता! मुझे चुप कराकर साहित्यकार भोजन करने निकल गए।

मुझसे नहीं रहा गया। मैंने पब्लिक-बूथ से फोन लगाया थाने। मैंने कहा- "शहर में सरेआम कत्ल हो गया। मैंने खुद देखा है, अपनी आँखों से। दिल्ली-बंबई वाले तक शर्म

खाकर रह गये कि उनके यहाँ ऐसा नहीं होता।" उधर से आवाज आयी- "आप कौन बोल रहे हैं?" मैंने कहा, "मैं चाहे जो बोल रहा हूँ, पर सच बोल रहा हूँ। तीन दिन में यह तीसरी घटना है। आप लोगों के होते हुए यह सब घटित होना, कानून और व्यवस्था के नाम पर कलंक है।"

उधर से फिर आवाज आयी - "आप कहाँ से बोल रहे हैं ?"

मैंने कहा, "मैं चाहे जहन्नुम से बोल रहा हूँ, पर बोल यह रहा हूँ कि मैं मारने वालों को पहचानता हूँ और वक्त पड़ा तो गवाही भी दूँगा। लेकिन आप कुछ तो कीजिए।"

उधर से फिर आवाज आयी, "अबे इतना ही बहादुर है तो अपना नाम क्यों नहीं बतलाता!" मैंने तुरंत फोन रख दिया। किसी सभ्य व्यक्ति को चुप कराने के लिए गोली की बजाए गाली अधिक कारगर साबित होती है यह ट्रेड-सीक्रेट शायद पुलिस के महकमे से ही साहित्य क्षेत्र में इंपोर्ट हुआ है!

शाम को एक डाक्टर मित्र घर आये। कहने लगे, "आज फिर एक कत्ल हो गया, शहर में।"

मैंने कहा, "हाँ।"

"पुलिस की सरगर्मी बढ़ गयी है। तीन दिनों में यह तीसरी वारदात है।"

थोड़ी देर बाद एक वकील मित्र आये। कहने लगे, "एस.पी. साहब से मिलकर आ रहा हूँ। वे स्वयं इस मामले की जाँच कर रहे हैं।" इसी बीच एक पुलिस जीप सांय-सांय करती मेरे घर के सामने से निकल गयी। मित्र ने कहा, "पूरे शहर की नाकेबंदी कर दी गई है।"

सांध्य दैनिक आया। उसमें समाचार था, "पुलिस को कुछ ऐसे ठोस सबूत मिले हैं जिसके आधार पर पुलिस सुबह से पहले कत्ल करने वालों को गिरफ्तार कर लेगी।" मैं रात को पान खाने निकला। देखा, जहाँ वारदात हुई थी वहाँ बड़ी संख्या में, शायद शहर की समूची, पुलिस तैनात है। शेष सारे इलाके सूने हैं। जहाँ पुलिस तैनात है वहाँ लोग पुलिस के कारण आंतकित हैं और जहाँ पुलिस नहीं है, वहाँ नहीं है इसलिए आतंक है। पान वाला कहने लगा- "अभी थानेदार का ड्राइवर पान बंधवाकर ले गया। कह रहा था, बस मुलज़िम पकड़ ही लिया गया समझो। आँगन तक पहुँच चुके हैं। ड्योढ़ी भर चढ़ने की देर है।"

रात ज्यों-ज्यों गहराती गई, पुलिस की गाडिय़ों की आमदरफ़्त बढ़ती गई। मैं बिस्तर पर पड़े -पड़े सोचने लगा कि लगता है, पुलिस इस बार पकड़ ही लेगी मुलज़िमों को और मैं कल तड़के ही बंबई और दिल्ली वालों को तार देकर सूचित कर दूँगा कि भाइयों, मेरे शहर में वो हुआ, जो तुम्हारी बंबई-दिल्ली में नहीं हो सकता। तुम उधर पहुँचे नहीं होंगे अपने घर और इधर पुलिस ने मामले की तमाम गुत्थियाँ सुलझाकर रख दीं। यह सुखद विचार

मन में आते ही मैं सो गया। यह हमारी भारतीय परम्परा के अनुरूप ही था। हम क्रिकेट में विश्व-कप जीते नहीं कि सो जाते हैं, दो-चार सालों के लिए। कई मर्तबा तो हम जीतने की आशा भर से सो जाते हैं।

आधी रात को दरवाजा ठोंकने से मेरी नींद खुल गयी। दरवाजा खोलकर देखा तो -सामने इन्स्पेक्टर और दो पुलिस। इन्स्पेक्टर ने सलाम ठोका तो सुखद आश्चर्य हुआ। कहने लगा, "मैं फलां-फलां.....। एस.पी.साहब ने भेजा है मुझे आपके पास।"

"किसलिए!"

"आज दोपहर जो कत्ल हुआ, उसके तुरन्त बाद एक फोन आया था। फोन करने वाले व्यक्ति ने कहा था कि कत्ल होते हुए उसने स्वयं देखा है और वह गवाह बनने के लिए तैयार है। हमने आठ घंटों से भी कम समय में यह पता लगा लिया कि फोन करने वाले व्यक्ति आप ही हैं। एस.पी. साहब ने आपके लिए यह चिट्ठी भेजी है। मैं चिट्ठी पढ़ता हूँ। लिखा है- "आखिर हमने आपको खोज ही लिया। आप साहित्यकार है इसलिए यह गुजारिश है कि आप साहित्यकार ही बने रहिए। यह भूल जाइए कि सुबह आपने कुछ देखा था। हम यह भूल गये कि हमने फोन पर कुछ सुना था। सैंकड़ों लोगों ने सैंकड़ों बार देखा और भूल गए। हमें उम्मीद है, आप एक बार भूलकर हमें सहयोग देगे। ...और क्या कुछ लिख रहे हैं, आजकल!"

(साप्ताहिक हिन्दुस्तान : 18 अगस्त, 1985)

--***--

14. गणेशीलाल के प्रश्न और हिंदी

गणेशीलाल इस वर्ष हिंदी दिवस पर अवश्य आएगा और अपने प्रश्नों के उत्तर चाहेगा। पिछले वर्ष हमने ही बुलाया था उसे हिंदी- दिवस पर सम्मानित करने के लिए। अब गणेशीलाल हिंदी का कोई 'विद्वान' तो था नहीं कि हिंदी पर भाषण देता, हमारे कामकाज की प्रशंसा करता और स्मृति-चिह्न लेकर चलता बनता! वह सिर्फ एक 'पुष्प-गुच्छ' लेकर गया और गुच्छ में जितने पुष्प थे उससे अधिक प्रश्न छोड़ गया हमारे लिए। और कहकर गया कि अगले 14 सितम्बर को जरूर आऊँगा उत्तर जानने के लिए।

अब इसे इत्तिफाक कहिए या हादसा कि इधर हिंदी भारत की राजभाषा बनीं और उधर गणेशीलाल के घर पुत्र-रत्न प्राप्त हुआ। गणेशीलाल जिनके बंगले पर अरदली था वो साहब हर साल 14 सितम्बर के दिन देर से घर लौटते और बेगम-साहिबा को सफाई देते कि आज वो 'हिंदी-दिवस' था न! कुछ हिंदीवालों को बुला लिया था। सालभर तो कोई पूछता नहीं बेचारों को। आज अवसर मिलता है तो बोल लेते हैं, जी भर कर। हम भी क्या करें बेगम! उन्हीं-उन्हीं को बुलाना पड़ता है, घुमा-फिराकर। दफ़्तर अधिक हैं शहर में और हिंदी के विद्वान कम। -बस, अनपढ़ गणेशीलाल ने साहब की बात सुनीं और तुरंत एक बात गाँठ बांध ली कि वो अपने पुत्र को हिंदी का विद्वान बनाएगा! वैसे भी, हिंदी उसके घर की 'भासा' थी। लिहाजा, गणेशीलाल के सुपुत्र की गाड़ी हिंदी की पटरी पर ऐसी चल निकली कि उसने अपनी उम्र के ठीक सत्ताइसवे साल में पीएच-डी हासिल कर ली। इस बीच गणेशीलाल के पुत्र की 'सादी' भी हो गई और उसे भी पुत्र-रत्न प्राप्त हुआ। 'हिंदी' की प्यास न गणेशीलाल की बुझी थी, न उसके पुत्र की। लिहाजा पौत्र भी हिंदी पढ़ने लगा और पिछले वर्ष उसे भी पीएच-डी मिल गयी। अपनी दो पीढ़ियों को हिंदी में पीएच-डी करानेवाले अपढ़ गणेशीलाल को सम्मानित करने के लिए पिछले हिंदी दिवस पर बुलाया था हमने अपने दफ़्तर में तो उसके साथ हुई बातचीत कुछ यूँ रही थी:

प्रश्न : सा'ब जी, मेरे पुत्र के साथ ही वो 'राजभाषा' भी जन्मी थी, उसके क्या हालचाल हैं!

उत्तर : आजकल प्रत्येक दफ्तर में एक हिंदी अधिकारी नियुक्त है। वो साहब लोगों को टिप्पणी, वाक्यांश, नोट्स आदि लिखना सिखाता है। राजभाषा अधिनियम,

नियम, धारा 3 (3) आदि...।

प्रश्न : साब'जी, ये बिना अंग्रेजी माध्यम की स्कूलों में पढ़े आपके कर्मचारी, नौकरी लगते ही बिना किसी नियम-अधिनियम की पाबंदी के, अंग्रेजी में कामकाज करना सहज ही कैसे सीख लेते हैं!

उत्तर : उसमें क्या है! फाइल में पुराना देखकर नया लिखना सीख जाते हैं।

प्रश्न : सा'ब जी, जितनी अवधि में मुझ अपढ़ की दो पीढ़ियाँ पीएच-डी हो गयीं उतनी अवधि में क्या हिंदी की इतनी भी सामग्री तैयार न हो पायी दफ्तरों में कि जिसे उलट-पलटकर हिंदी में कामकाज किया जा सके! दुनिया में क्या कोई और भी देश ऐसा है सा'ब जी, जहाँ हर दफ्तर में सरकारी कामकाज की भाषा का प्रयोग किये जाने के लिएं एक 'हवलदार' नियुक्त रहता है ? और वह भी तब जब उस भाषा को अपनाकर आधी सदी से अधिक का अरसा बीत चुका हो!

गणेशीलाल द्वारा पिछले वर्ष पूछे गए प्रश्नों के उत्तर बाकी हैं। क्या आप कुछ मदद करेंगे, इन प्रश्नों के उत्तर खोजने में!

(दैनिक लोकमत समाचार, नागपुर: 14.9.2004)

--***--

15. चाय का चक्रव्यूह और अभिमन्यु

दफ्तर में प्रवेश करते ही मैं रायसाहब की कुर्सी की ओर देखता हूँ। वह खाली है। मैं बगल में बैठे वर्मा जी से पूछता हूँ। "वर्मा जी, ये रायसाहब कहाँ गये हैं ?"

"चाय पीने। आते ही होंगे, बैठिए!"-वर्मा जी ने मेरी जिज्ञासा शांत की और खुद उठकर बाहर चले गये। मैं बैठ गया। बैठकर देखता रहा। लोग कुर्सियों से उठ-उठकर बाहर जा रहे थे। कुछ कुर्सियों की ओर आ रहे थे। कोई अभी पूरी तरह आया भी नहीं कि फिर लौट चला किसी के साथ। मैंने अभी-अभी कुर्सी तक पूरी तरह पहुँचने में सफल हुए एक से पूछा- "क्यों भाई, ये सब लोग कहाँ आ-जा रहे हैं ?"

"चाय पीने।"- उसने लंगड़ा- सा जवाब दिया और वह उठकर फिर जाने लगा। मैंने पूछा- "और आप....!"

"बस, अभी चाय पीकर आता हूँ।"

मैंने कहा- "बन्धु, आप अभी-अभी तो लौटे हैं। और फिर जाने लगे...!"

"मैं दस बार जाऊँ, आपको इससे मतलब!"- उसने पलटकर मानो दुलत्ती झाड़ दी।

"मतलब इतना ही है कि आप जहाँ जा रहे हैं वहाँ अगर रायसाहब मिले तो उनसे कहिए कि मैं यहाँ उनकी प्रतीक्षा कर रहा हूँ।" - मैंने अपना गाल सहलाने के अंदाज में कहा और चुपचाप लोगों का आना-जाना देखता रहा।

रायसाहब आये तो कहने लगे, "अरे आप!... माफ कीजिये, मैं जरा चाय पीने निकल गया था।"

मैंने कहा- "सुबह-सुबह चाय! अभी तो आप घर से आये होंगे, भोजन आदि लेकर।"

"तो इससे क्या? दफ्तर में बगैर चाय पिए भी कोई काम आरंभ किया जाता है भला।" उन्होंने सफाई पेश की और चपरासी को आवाज देकर कहने लगे - "सुनों, जरा भंडारी बाबू से कहो, पेंडिंग क्लेम्स की फाइल लेकर आएं।... और आते-आते दो चाय बोल देना।" मैंने मना किया चाय के लिए तो वे कहने लगे- "अरे वाह साहब, आप तो लेखक हैं। आपको तो खूब चाय पीनी चाहिए।" मैंने सोचा, अगर और विरोध करूं तो शायद वे कहें कि 'अरे वाह साहब, आप लेखक हैं तो आपको तो फटे कपड़े पहनने चाहिए या

पतलून की बजाए धोती पहननी चाहिए। या आप जिंदा कैसे है? आपको तो भूखा मर जाना चाहिए था अबतक।' इस प्रकार उनके मुख से लेखकों के लिए 'संम्पूर्ण आचारसंहिता (टीका सहित)' गढ़ी जाने की आशंका देख मैं तुरंत चुप हो गया। चपरासी लौटकर आया तो कहने लगा – "भंडारी बाबू कुर्सी पर नहीं हैं। चाय पीने गये हैं।" चपरासी के पीछे-पीछे चायवाला आकर दो चाय रख गया।

वहाँ से निपटकर आर.टी.ओ. ऑफिस गया तो संबंधित लिपिक नदारद। मैंने पूछा तो चपरासी कहने लगा - "अभी-अभी चाय पीने गये हैं।" मैं साहब के चेंबर में घुसा तो साहब नदारद। पूछने पर पता चला चाय पीने घर गये हैं। घर पर फोन किया तो जवाब मिला - "साहब चाय पी रहे हैं।" शाम को उनके घर गया तो पता चला - "चाय पी रहे हैं।" जहाँ भी जाओ, जब भी पूछो – बस, चाय पी रहे हैं, चाय पीने गये हैं। आप आये हैं तो चाय पीजिए। आप जा रहे हैं तो चाय पीकर जाइए। चाय आ रही है...। चाय बोल दी गयी है...। चाय बन रही है...। चाय बन गयी है...। चाय छन रही है...। चाय छन गयी है...। बस, आ रही है...। लो, आ गयी है चाय...।... क्या कहा आपने? एक घंटा पहले ही पी है। क्या आदमी हैं आप! एक घंटा हो गया पिछली चाय पिए और फिर भी मना कर रहे हैं चाय के लिए!

सिनेमा का इंटरवल हुआ और 'चलिए, चाय पी आते हैं।' रेलवे-स्टेशन पर रेल रुकी भी नहीं कि चाय की 'चों.... चों।' बस क्यों 'लेट' हो रही है, भाई! देखते नहीं, ड्रायवर चाय पी रहा है। क्या स्कोर हुआ? 'टी-टाइम है।' दफ्तर में कोई क्यों नहीं दिखायी दे रहा है? जी, टी-टाइम है। परीक्षा-हाल में परीक्षार्थी ने सप्लीमेंट-कापी माँगी और जवाब मिला - "इनविजिलेटर चाय पी रहे हैं।" आप पंक्तिबद्ध खड़े हैं घंटे भर से। आपका नंबर आया और बैंक के काउंटर पर बैठा कैशियर उठ गया। "अरे भाई, क्या बात हो गयी?" "देखते नहीं, सुबह से बैठा हूँ। अब तक एक बार भी चाय नहीं पी।" (आपमें हिम्मत हो तो रोक कर देख लो उसे चाय पीने से!) "अरे रिक्षावाले, बीच सड़क रिक्षा खड़ा करके कहाँ भाग रहे हो, भाई?" "बस, एक कप चाय मार लूं साहब। पेट्रोल का काम करती है, ठंड में।" ठंड है तो चाय। गर्मी हो तो चाय। काम आरंभ करना है तो चलो, पहले चाय पी आते हैं। "कुछ काम नहीं है यार।" "तो चलो, चाय ही पी आते हैं।" दरअसल, चाय अब महज चाय न रहकर हमारी दिनचर्या में किसी गीत के 'टेक' (धृवपद) की तरह घुस गयी है जिसे हर पद के बाद दोहराना आवश्यक हो गया है। मुफ्त में चाय पिलाकर चाय का चसका लगानेवाले अंग्रेजों ने ख्वाब में भी यह न सोचा होगा कि 'चेरी' के रूप में प्रस्तुत की जानेवाली यह चाय एक दिन भारतीय दिलों की धडकन बन जाएगी!

हमारी सरकार बड़ी दूर की कौड़ी खोजकर लायी है। कहती है, कर्मचारियों की

कार्यक्षमता बढ़ाने के लिए काम के दिनों की संख्या कम कर दी जाए। मैं कहता हूँ, कार्यक्षमता बढ़ाने हेतु काम के दिनों को घटाने के विषय में सोचने की बजाए चाय की आपूर्ति पर सोचना चाहिए। पूरे शहर में चाय की पाइप-लाइन बिछी हो और दफ्तर की हर कुर्सी में चाय का नल लगा हो ताकि नल का कान उमेठा और चाय हाजिर! इससे कर्मचारियों को हर वक्त कुर्सी छोड़कर चाय पीने के लिए बाहर नहीं जाना पड़ेगा। बल्कि मैं तो कहता हूँ, चाय की खातिर वे कुर्सी से ही चिपके रहेंगे। जाहिर है, समय की बचत होगी। काम का निपटारा अधिक होगा। दफ्तरों में चाय की चाह में टेबिलों पर रुकी पड़ी फाइलें चाय की अनवरत पूर्ति से अपने लक्ष्य की ओर द्रुतगति से अग्रसर होती रहेंगी। शहर में भी जगह-जगह चाय के सार्वजनिक नल हों। राज्य परिवहन की बस में ड्राइवर और कन्डक्टर की सीट के नीचे चाय का नल लगा हो। मुझे पूर्ण विश्वास है, ऐसा करने से चाय के चक्रव्यूह में उलझा आजका हमारा 'अभिमन्यु' चाय पीने के अलावा कुछ और काम भी करेगा।

(साप्ताहिक हिन्दुस्तान : 22 जून, 1986)

--***--

16. चाहत एक अदद फोटो की

मुझे अपना एक फोटो खिंचवाना है। बढ़िया-सा। बहुत दिनों से इच्छा है, एक शानदार और जानदार फोटो की। इच्छाएं तो और भी हैं। मसलन, अमरीका जाते वक्त एअरपोर्ट पर जिनकी तलाशी नहीं ली जाती ऐसे व्यक्तियों की सूची में एक नाम इस नाचीज का भी हो! इसलिए नहीं कि इससे मैं कोई तीसमारखाँ कहलाऊंगा (वैसे, ये 'खाँ' साहब कहाँ के हैं, मुझे नहीं पता)। अपितु इसलिए कि कभी अगर किसी कारण से अमरीका जाने का चांस आ गया तो एअरपोर्ट पर तलाशी के दौरान मेरी फटी बनियान और पट्टेवाली देशी चड्डी देख मुझे मना न कर दिया जाए! अगर ऐसा हो गया तो एक हिंदी लेखक की फटी हालत से दुनिया का अर्थतंत्र सिहर जाएगा। एक इच्छा यह भी रही कि विजय माल्या की जप्त-शुदा कीमती कारें जब बैंकवाले वाले नीलाम करें तो उनमें से एक मैं खरीदकर अपने दरवाजे पर खड़ी कर दूं। इससे मुकुट में जो मणि जड़ती है, उसका नजारा मैं देख चुका हूँ। सेठ लख्मीचंद से लक्ष्मी के रूठ जाने के कारण उन्हें अपना चांदी का लोटा एक भड़भूंजे के पास गिरवी रखना पड़ा था। कुछ सालों बाद लक्ष्मी फिर लौट आयी तब लख्मीचंद भड़भूंजे के पास अपना गिरवी लोटा छुड़वाने गए थे। मुँहमाँगी रकम प्रस्तावित की गयी। पर भड़भूंजा नहीं माना। उलटे उसने लोटे को अपनी दुकान के सबसे दर्शनीय हिस्से में लटका दिया और बगल में एक बोर्ड टांग दिया कि यह सेठ लख्मीचंद का 'गिरवी' लोटा है। आज लोग सेठ जी को भूल चुके हैं। लेकिन उस भड़भूंजे को नहीं भूले।

विजय माल्या की न सही पर, कोई न कोई कार तो मैं ले ही लेता। पर वह भी इच्छा अधूरी रह गयी। उसकी जिम्मेदारी सर्वथा प्रकाशकों की हैं। उन प्रकाशकों की, जो मेरी रचनाएं एक अरसे से छाप रहे हैं। श्रीमान, पैंतालीस वर्षों का पूरा पारिश्रमिक जोड़कर भी कार के चार चकों की कीमत के बराबर नहीं हो सकता, तो इसके लिए भी क्या इस नाचीज को ही दोषी करार देंगे?

बहरहाल, फोटो है बड़े काम की चीज! जो बात आपकी पूरी जीवनी बयान नहीं कर सकती वह एक फोटो कह देती है। गिरिधारीलाल आयकर चोरी के मामले में पकड़े गए थे। पुलिस जब उनके घर छापा मारने गयीं तो पलभर के लिए मानों उन्हें बिजली का करंट छू

गया। कारण, ड्राइंग-रूम में गिरिधारीलाल का भूतपूर्व राष्ट्रपति महोदया के साथ फोटो टंगा हुआ था। अब फोटो में यह तो लिखा नहीं था कि गिरिधारीलाल उन मोहरों में मात्र एक प्यादा भर थे, जो एक प्रतिवेदन देने अमरावती से दिल्ली, राष्ट्रपति-भवन गए थे!

एक जानदार फोटो होती गजब की है। इंद्रजीत सिंह हमारे इलाके के संपन्न व्यक्ति थे। बड़ा रुतबा था उनका। सुना है, दो पैरों के जूतों के पैबंद खोलने के लिए दो अलग-अलग नौकर हुआ करते थे उनके। और बांधने वाले दो अलग। लेकिन तीसरी पीढ़ी के अंतर्धान होते-होते उनके बागान, होटल, कारें, जमीन-जुमला सब चला गया। डेढ़ एकड़ की कोठी से डेढ़ कमरे के फ्लैटों में रहने लगे हैं उनके वारिस। लेकिन इंद्रजीतसिंह का वो फोटो जिसमें वे शिकार किए गए शेर की पीठ पर पांव रखकर एक हाथ में बंदूक और दूसरे में अपनी मूंछे थामे हुए हैं, तमाम रिशेदारों के घर के प्रवेशद्वार पर टंगा हुआ है। उसी के बलपर पूरा खानदान आज भी कोई साहूकार उल्टी-सीधी बात कह दें तो यह कहते नहीं चूकता कि 'मुंह संभलकर बात करो, जानते नहीं किससे बात कर रहे हो?'

मेरे एक मित्र हैं गणेशीलाल। वे इस मामले में बड़े सतर्क रहते हैं। फोटो खिंचवाने का कोई अवसर हाथ से नहीं जाने देते। बन पड़ा तो आजकल धड़ से 'सेल्फी' ले लेते हैं। उनकी मान्यता है कि पता नहीं कब कौन-सा फोटो क्या करिश्मा कर जाए! अपने चुनाव-अभियान के दौरान हमारे यहाँ इंदिरा जी आयी थीं। चुनावी-भाषण के बाद वे जल-पान के लिए पार्टी-उमीदवार के घर चली गयीं। उनके लिए चाय लेकर जानेवाले के हाथ से ट्रे छुड़ाकर कब गणेशीलाल भीतर चले गये और कब इंदिरा जी के साथ फोटो खिंचवा लिया, किसी को आज तक पता नहीं चला। श्रीमान, वह फोटो आगे चलकर उनके लिए 'कोहिनूर हीरा' साबित हुआ। गणेशीलाल ने कई मकान बदले। लेकिन वह फोटो और घर के प्रवेश द्वार के ठीक सामने की उस फोटो की जगह नहीं बदली। उस फोटो के कारण गणेशीलाल म्युनिसिपल-टैक्स एसेस करने वालों से लेकर मोहल्ले के पार्षद और थानेदार तक पर रौब गालिब करते रहे। पिछले दिनों गणेशीलाल के घर जाना हुआ तब देखा, इंदिरा जी के फोटो के स्थान पर शरद पवार का फोटो लगा हुआ है। मैंने पूछ लिया, "गणेशीलाल जी, आप पवार जी के साथ कब थे?"

"बच्ची के लिए कास्ट-वेरिफिकेशन सर्टिफिकेट के सिलसिले में मैं अपने गांव गया था, पटवारी से पुराना रिकार्ड हासिल करने के लिए। उन्हीं दिनों, गांव के एक किसान ने आत्महत्या की थी। पता चला, सहायता-राशि का 'चेक' देने के लिए पवार साहब खुद पधारनें वाले हैं। मैं पहुँच गया, किसान के घर। चेक सौंपकर लौटते समय पवार साहब जब परिवार के सदस्यों को सांत्वना दे रहे थे, तब मैंने भी अपनी पीठ आगे बढ़ा दी। मेरी पीठ पर

हाथ रखा हुआ उनका यह फोटो तब का है।" कहना न होगा, जबतक गठबंधन की सरकार रही, तब तक वह फोटो गणेशीलाल के ड्राइंगरूम के प्राइम-स्थान की शोभा बढ़ाता रहा और गणेशीलाल की कॉलर ऊंची रहीं।

आजकल फेस-बुक या वाट्स-अप पर डालने के लिए भी फोटो चाहिए होते हैं। यहाँ कुछ लोग ऐसे फोटो डालते हैं जिससे उनका चौखटा भर दिखायी देता है। लेकिन कुछ लोग ऐसे फोटो इस्तमाल करते हैं जिनसे उनका 'वजन' बढ़ता है। एक मित्र हैं। कुछ करते नहीं बना, तो कविता लिखने लगे। एक दिन उनका वाट्स-अप पर फोटो देखा। फोटो में प्रख्यात कवि शैल चतुर्वेदी (जी हाँ, वही जिनका वजन किलो में नहीं अपितु क्विंटल में हुआ करता था।) 'मित्र' के कंधे पर हाथ रख कर मानो कोई महत्वपूर्ण मंत्रणा करते प्रतीत होते हैं। मैंने कहा, "भाई, ये वाकया कब का है? आप तो बहुत पहुँचे हुए निकले!"

"आपसे क्या छिपाऊं! बरसों पहले शैल जी हमारे कॉलेज में काव्य-पाठ के लिए पधारे थे। प्रथम दौर के बाद वे मंच से उठकर 'नेचरल-कॉल' के लिए गए थे। उधर से पता नहीं कौन-सा पेय पीकर लौटे कि मंच पर चढ़ते समय लड़खड़ा गए और मेरी पीठ को सीढ़ी समझ बैठे। अब जो कुछ हुआ होगा, आप समझ सकते हैं। बहरहाल, मैंने उन्हें संभालते हुए बगल में खड़े फोटोग्राफर की ओर इशारा किया और उसने मेरी नैया पार लगा दी। उस फोटो ने मुझे आयोजकों की दृष्टि में 'अखिल भारतीय श्रेणी' का कवि बनाने में बड़ी सहायता की।" मित्र का जवाब था।

कुछ लोग इससे भी आगे हैं। वे अपने 'दुर्लभ' फोटो सदैव अपनी बैग में लेकर घूमते हैं। मुझे लगता है, वे अपना 'वजन' हमेशा अपने साथ 'रेडी' पोजिशन में रखने में विश्वास रखते हैं। आपने परिचय पूछा और उन्होंने हाजिर कर दिया अपना एलबम। "लीजिए, यह रहा मेरा परिचय।" अब देखो आप उन्हें, महापौर के साथ झाड़ू लेकर सफाई अभियान में हिस्सा लेते हुए, या विधायक के साथ सार्वजनिक संडास का उद्घाटन करते हुए, या किसी भूतपूर्व नेता के साथ उनके पार्टी कार्यालय में मंच शेअर करते हुए। लगाओ अनुमान आप उनके वजन का। मुझे याद है, एक बैठक के दौरान साहित्य अकादमी के सचिव ने मेरे सहयोगी लेखक- सदस्य से उनका फोटो माँग लिया। लेखक-सदस्य अपनी बैग खोलकर बैठ गए। 'ये देखिए, ये है मेरी अमुक पुस्तक को पुरस्कार मिला था तब का 'मानव संसाधन विकास मंत्री महोदय' के साथ का फोटो।...यह दूसरा, मुझे मुख्य-मंत्री महोदय ने उनकी बिटिया के विवाह-समारोह में काव्य-पाठ के लिए आमंत्रित किया था, तब का उनके परिवार के साथ का फोटो...या यह देख लीजिए, मैंने केंद्रीय गृह-मंत्री महोदय को सर्किट

हाऊस में अपना काव्य-संग्रह भेंट किया था तब का फोटो और यह है, सांस्कृतिक मंत्री महोदया ने मुझे हिंदी- सेवा के लिए सम्मानित किया था तब का ....।'

मैंने लेखक-सदस्य से कहा, "क्या आप नहीं जानते थे कि सचिव महोदय को आपका महज एक पास-पोर्ट साइज का फोटो चाहिए था, सदस्य-सूची में छापने के लिए?"

"जानता था।"

"तब ये नाटक काहे कर रहे थे?"

"भाईसाहब, नाटक न करो तो उन्हें पता कैसे चलेगा कि हम किस मुकुट के मणि है? यहाँ तो कई आते हैं और चले जाते हैं। लेकिन जरा पता तो पता चले कि बंदा मुख्य-मंत्री का करीबी है...कि गृहमंत्री मुझे करीब से जानते हैं...कि मैं सांस्कृतिक मंत्री के जिले से हूँ... कि मैं अपने पालक मंत्री की ही जाति का हूँ...। और अगर इनसे यह सब कहूँ भी तो कौन विश्वास करेगा? इसलिए फोटो-प्रूफ इज द बेस्ट प्रूफ एण्ड द बेस्ट रिकमेंडेशन इनडीड...!"

इसीलिए चाहत है, एक अदद फोटो की। ऐसे थोबड़े के साथ जो देखने के काबिल भले न हो पर, दिखाने के काबिल अवश्य हो। जिसे दरवाजे पर डिस्प्ले किया जा सके। जिसे देखकर आनेवालों की रुह कांप जाए कि वह किसके घर इनकम-टैक्स की 'रेड' डालने के लिए आए हैं... कि वे किसका एनक्रोचमेंट हटाने आए हैं... कि वे किसका बिजली का कनेक्शन काटने आए हैं ...कि वे तस्करी या छात्राओं के साथ बद सलूकी के जुर्म में किसके पुत्र को गिरफ्तार करने आए हैं ..!

(हास्यम्-व्यंग्यम् वार्षिकांक : 2017)

--***--

17. जहाँ जाना हो, चुपचाप निकल जाइए

जी हाँ हुजूर, मैं आप ही से कह रहा हूँ। मेरी मानिए, और जहाँ कहीं जाना हो, चुपचाप निकल जाइए। किसी को बताकर मुफ्त में मुसीबत मत लीजिए। दीवारों के भी कान होते हैं। आप जहाँ जा रहे हैं वहाँ लोगों के कई काम होते हैं। आप जा रहे हैं, यह जानकर बरसों से रुके पड़े काम अचानक बहुत जरूरी हो जाते हैं। फिर भले ही आप बेराजगार हों और निगरानी बदमाश की तरह पूर्व नियोजित तिथि पर हाजिरी लगाने की गरज से रोजगार कार्यालय जा रहे हों। नौकरी कर रहे हों और पिछले वर्ष की बीमारी की छुट्टी का वेतन निकलवाने या तीसरे साल के यात्रा भत्ता-बिल पास करवाने के लिए आकस्मिक-अवकाश लेकर विभागीय कार्यालय जा रहे हों। मेहमानों से तंग आकर पूरे परिवार सहित सरकारी दौरे पर जा रहे हों या बाराती बनकर किसी दोस्त की 'बरबादी' में शरीक होने जा रहे हों। आपका जाना सुनकर लोगों को उनके काम याद आ जायेंगे। कश्मीर का नाम सुनकर वूलन के कनटोप पहनने की बरसों की अधूरी साध फिर चुभने लगेगी। कानपुर जा रहे हैं, यह जानकर उनके चरणकमल खास कानपुरी चप्पल के लिए मचल उठेंगे। शादी की रजत- जयंती पर पत्नी को बनारसी साड़ी भेंट करने की मनीषा जागृत हो उठेगी। या किसी महानगरी का नाम सुनकर किसी सहकर्मी के जन्म-दिन पर स्मगल्ड नेल-पॉलिश या इत्र भेंट करने की बरसों की अधूरी इच्छा पूरी करने की ललक फूट पड़ेगी। मजे की बात तो यह है कि सामान की फरमाइश ठेठ पंजाबी स्टाइल में होगी लेकिन पैसे देने की बात का अंदाज एकदम लखनवी हो जाएगा -"आप कहें तो अभी दे दूँ पैसे! लेकिन भाई साहब, सफर में अधिक रकम लेकर चलना खतरे से खाली नहीं है आजकल! इसीलिए कह रहा हूँ, लौटने के बाद ले लीजिएगा।" आप चाहे जितने पत्थर-दिल हों, आखिर अपने 'हितैषी' की इस अदा पर तो कुर्बान होकर कहना ही पड़ेगा- अरे यार, पैसे की कोई बात नहीं....।

खैर, खैरात लाने से बचने के लिए तो इन सफेद झूठों का सहारा लिया जा सकता है कि समय नहीं मिला, या पर्स चोरी चला गया, या बहुत ढूँढ़ने पर भी सामान अच्छा नहीं मिला,... आदि, आदि। किन्तु उनसे किस प्रकार जान छुड़ाएँगे आप जो किसी पुराने अजीज को या नये रिश्तेदार को आपके हाथों किचन-गार्डन से निकली गोभी, लौकी या

कुम्हड़े ढुलवाकर सरप्राइज देने की ख्वाहिश पूरी करना चाहते हैं। किसीने कहा है,

जे जे आपणासी ठावे, ते ते इतरांशी सांगावे
शहाणे करूणी सोडावे, सकळ जना।

-इसीलिए आपसे कह रहा हूँ। जहाँ भी जाना हो, चुपचाप निकल जाइए। किसी को बताकर मुफ्त में मुसीबत मत लीजिए। एक बार घर के तोते से यह जानकर कि मैं भिलाई जा रहा हूँ, मेरे सहृदय मकान मालिक ने उनके एक अभिन्न के नाम घर के पेड़ों से निकले टोकरा-भर पेड़ के पके सीताफल थमा दिए। टोकरा -भर सीताफल का लगेज मुझे दिल पर पत्थर रखकर विनम्रता से इसलिए भी शिरोधार्य करना पड़ा कि मैं जब से अपना घर पिता के द्वारा मेरी पढ़ाई के लिए उठाए गये कर्ज के सूद में देकर किराये के मकान में रहने लगा हूँ तब से आज तक मकान का पूरा किराया कभी नहीं चुका पाया। मैं एक माह का किराया चुकाता हूँ तब तक दो माह का और चढ़ जाता है। कई बार सोचता हूँ, हमारे संविधान में कपड़ा मिलों द्वारा सिंथेटिक वस्त्रों की डिजाइनों में किए जा रहे संशोधनों की तरह आए दिन संशोधन किए जाते हैं। क्या एक संशोधन ऐसा नहीं किया जा सकता जिसके तहत वेतन भुगतान के लिए तो महीना, पन्द्रह दिनों का हो परन्तु मकान किराये के लिए साठ दिन का! बहरहाल ट्रेन आयी। बिलबिलाती मक्खियों से आच्छादित गुड़ की भेली की तरह यात्रियों से लिपटी हुई। मैंने उसमें प्रवेश पाने के लिए आवश्यक पराक्रम की कल्पना की और सीताफल के टोकरे की ओर उसी तरह वैराग्य- भाव से देखा जिस तरह कोई नेता चुनकर आ जाने के बाद अपने चुनाव- क्षेत्र को देखता है। और अंतत: टोकरे को अवैध बच्चे से पिण्ड छुड़ाती माता की तरह अलिप्त भाव से पटरी पर लुढ़का दिया। भिलाई पहुँचकर दो रुपये में एक टोकरी सीताफल खरीदकर मकान मालिक के अभिन्न- मित्र के घर पहुँचाकर अपनी नैतिक जिम्मेवारी पूरी कर दी। यह बात और है कि इस तरह खर्च हुए दो रुपयों को सिर पर चढ़ आए मकान- किराये का सूद मान लिए आने के लिए दिल को कई-कई दिनों तक समझाना पड़ा।

विगत कई वर्षों से कुछ ऐसा संयोग बन रहा है कि जहाँ भी जाना होता है, पड़ोस के फसलसिंह के कोई-न-कोई रिश्तेदार वहाँ अवश्य निकल आते हैं। और हर बार मुझे फसलसिंह की टिकट न लगने वाली आयु की 'फसल' को इधर-से-उधर या उधर-से-इधर ढोना पड़ता है। पता नहीं, यह सिलसिला कभी खत्म भी होगा या नहीं। क्योंकि देश में अनाज की फसल की स्थिति चाहे जो हो, फसल सिंह के घर में हर साल सोलह आने फसल तैयार रहती है। पिछले दिनों, फसलसिंह आर्थिक रूप से जरा कड़की में आ गये थे। रक्त-दान करके मिले पैसों से भी जब जरूरत पूरी नहीं हुई तब मजबूरन उन्होंने नसबंदी

कराकर प्रत्यक्ष रूप से एक स्वास्थ्य चिकित्सक को फैमिली प्लानिंग का 'कोटा' पूरा करने में सहयोग किया था एवं परोक्ष रूप से अपनी दम तोड़ती अर्थव्यवस्था को मृगजल पिलाया था। यह राज फसल सिंह की पत्नी पर तब खुला जब उस साल 'गैप' हो गया। इसका बदला उसने चिकित्सा-विज्ञान एवं समाज से ऐसा लिया कि अगले वर्ष एक साथ तीन बच्चों को जन्म दिया।

चौधरी रामसिंह खुद तो खाली हाथ सफर करना पसंद करते हैं किन्तु उनके खेत की लौकी और कुम्हड़े जब यहाँ चार आने किलो से भी कम दाम देने लगते हैं तब चौधरी जी बलिया या गोरखपुर जाने वालों को ढूँढ-ढूँढ़कर उनके हाथ मन-दो-मन का लगेज थमाकर अपने रिश्तेदारों को अपने औदार्य एवं अटूट संबंधों के परिचय की सालाना किश्त-अदायगी करने से नहीं चूकते। मेरे एक अन्य परिचित श्रीयुत बदन लाल हमेशा अपनी पत्नी एवं बच्चों का 'लगेज' किसी हमसफर के हवाले करके खुद या तो रेल के किसी अन्य डिब्बे में चैन से सफर करते हैं या अगली गाड़ी पकड़ते हैं। पांडेय जी को इस शहर की कोई चीज रास नहीं आयी आज तक। उनके यू.पी. को तलाक देकर यहाँ चले आने के बाद से यू.पी. ने छह सरकारें बदल डालीं किन्तु पाँडेय जी हैं कि अब भी बनारस की विरह- अग्नि से नहीं उबर पाए हैं। उनका बस चले तो हर आने- जाने वाले के हाथ सुबह और शाम के लिए मगही पान बनारस से लगवाकर ही मँगायें। इसीलिए कह रहा हूँ, आपसे। मेरी मानिए, और जहाँ कहीं जाना हो, चुपचाप निकल जाइए!

(नवभारत टाइम्स : 12 जनवरी, 1981)

--***--

18. डाक घर में गोंद

डाक-घर का अहाता। अहाते में दो स्कूली छात्र बहस कर रहे थे। बहस का विषय था, एक छोटा-सा बर्तन जिसे छात्र दूर से देख रहे थे। बर्तन डाक-घर के विस्तीर्ण-काउन्टर के दूसरे छोर पर, दीवार से सटकर स्थित था। एक छात्र कह रहा था, ''बर्तन मोहनजोदड़ो में खुदाई के दौरान पाया गया कठौता है।'' दूसरा छात्र कह रहा था, ''बर्तन ऐसी कोई पुराकालिक धरोहर न होकर डाक-घर का गोंद का बर्तन है।'' आखिर दोनों छात्रों में शर्त लगी। 'कठौता' कहने वाला छात्र बर्तन की ओर बढ़ा और अभी आधी दूरी पर ही गया था कि उसने जेब से रूमाल निकालकर नाक पर रख लिया और तेजी से लौटकर दूसरे छात्र की बात मान ली कि वह वस्तु और कुछ न होकर गोंद का बर्तन ही है।

यह घटना तो आई-गई हो गई लेकिन एक बात मेरे जहन में पक्की पैठ गई कि डाक-घर में गोंद उपलब्ध रहता है! इसी कारण उस रोज जब मुझे एक लिफाफा चिपकाने के लिए गोंद की जरूरत पड़ी तो मैं काउन्टर के उसी छोर पर जाकर गोंद ढूँढने लगा। लेकिन वह अनोखा बर्तन वहाँ नहीं था। जब मेरी तलाश विफल रही तब मैं खुला लिफाफा हाथ में लिए पोस्ट-मास्टर के सामने उपस्थित हो गया। उनसे गोंद के विषय में पूछने पर उनका उत्तर था, "देखिए श्रीमान, हमारे यहाँ से जो भी डाक-सामग्री बेची जाती है उसमें जहाँ जरूरी हो, गोंद पहले से लगा रहता है- चाहे अंतर्देशीय हो, लिफाफा हो अथवा हमारी डाक-टिकट हो। इसलिए अलग से गोंद की पूर्ति करना हमारा दायित्व नहीं है।''

मैंने कहा, "जी, वो तो मैं इसलिए माँग रहा हूँ कि वहाँ उस कोने में गोंद का बर्तन हमेशा रखा रहता है जो आज दिखाई नहीं दे रहा है!''

पोस्ट-मास्टर ने कहा, "कहीं काम चल रहा होगा इसलिए कोई उठाकर ले गया होगा। आप कुछ देर बैठकर प्रतीक्षा कीजिए। बर्तन कहीं नहीं जाएगा। जो भी ले गया होगा, वह उसे अवश्य लौटा लाएगा।''

मैंने भी जोड़ दिया, "जी, यह तो मैं भी जानता हूँ। क्योंकि वह बर्तन है ही ऐसा कि कोई उसे अपने पास तो क्या अपने आस-पास भी रखना पसंद नहीं करेगा।''

मेरी बात सुनकर पोस्ट-मास्टर प्रसन्न प्रतीत हुए। कहने लगे, "आखिर सरकारी प्रापर्टी है, श्रीमान! किसकी मजाल कि उस पर बुरी नजर डालें!''

मैंने पोस्ट-मास्टर से अगला प्रश्न पूछ लिया, “सर, मैं यह जानना चाहता हूँ कि आप गोंद कहाँ से खरीदते हैं! क्योंकि मैंने आजतक वैसा गोंद कभी नहीं देखा जैसा उस बर्तन में रहता है!''

पोस्ट-मास्टर ने कहा, “यह तो मुझे भी नहीं मालूम। क्योंकि यह डाक-घर खुले बीस साल हो गए। हमने गोंद कभी नहीं खरीदा। रिकार्ड बताता है कि जिस दिन डाक-घर खुला था उस दिन मुख्य डाक-घर से जो सामग्री आयी थी उसमें एक पार्सल गोंद का भी था। एक कर्मचारी ने वह पूरा गोंद एक बकेट में डाल दिया था और बकेट को पानी से भर दिया था। उसके बाद बकेट में दोबारा गोंद डालने की जरूरत ही नहीं समझी गई। बस, पानी डाल दिया जाता है। उसी में से रोज दो टेबिल-स्पून गोंद निकालकर काउन्टर के डिब्बें में डाल दिया जाता है। और तो और वह बर्तन भी उतना ही पुराना है जितना यह डाक-घर। मैंने तो पहले दिन से बर्तन को उसी रूप में देखा है जिस रूप में वह आज है!''

इसी बीच एक सेवक पोस्ट-मास्टर के लिए पानी का गिलास लेकर उपस्थित हो गया। पोस्ट-मास्टर ने उससे पूछा, “क्यों रे, काउन्टर का गोंद का बर्तन कहाँ चला गया ?''

“ले गया होगा कोई। ले आएगा। किसे चाहिए था गोंद ?''

पोस्ट-मास्टर ने मेरी ओर इशारा करते हुए कहा, "इन्हें।''

सेवक ने मेरे हाथ में खुला लिफाफा देखा तो कहने लगा, “क्या सा'ब, इत्ते-से गोंद के लिए आप पोस्ट-मास्टर साहब के पास शिकायत लेकर चले आए ?.....आइए मेरे साथ।''- और सेवक पानी का गिलास-जिसमें पोस्ट-मास्टर ने पीने के बाद दो घूँट पानी छोड़ दिया था लेकर मेरे आगे-आगे चलने लगा।

कुछ ही क्षणों में हम उस महत्वपूर्ण स्थान पर पहुँच गए जहाँ गोंद का बर्तन रखा रहता था। सेवक ने गिलास को उलटकर चुल्लू में पानी लिया और छपाक से बर्तन के पास वाली दीवार पर छिड़क दिया। फिर मेरी ओर मुखातिब होते हुए कहने लगा, “लो, चिपका लो जितने लिफाफे चिपकाने हैं। एक पसेरी से कम गोंद नहीं निकलेगा इस दीवार से।''

-उस दिन के बाद से आजतक मुझे किसी भी डाक-घर में गोंद की कमी कभी महसूस नहीं हुई।

--✻✻✻--

19. तुम कब जाओगे अधिकारी

हे अधिकारी, तुम्हें यहाँ आए पूरे चार साल हो चुके हैं। लंबे चार साल! और तुम अब भी यहाँ से जाने का नाम नहीं ले रहे हो। बल्कि सुना है, यहाँ की काली मिट्टी और सफेद सोना (कपास) देखकर इस वर्ष भी अपना तबादला रुकवाने की जुगत में लगे हो! जब तुम यहाँ आए थे तब हमने सुना था कि तुम भी अन्य अधिकारियों की तरह तीन साल के लिए ही आए हो और तीन साल होते ही प्रस्थान कर जाओगे। इसलिए हमने तुम्हारे आगमन पर भी वही स्वागत-गीत गाए थे जो बरसों से यहाँ आनेवाले अधिकारियों के लिए गाते रहे हैं। उसके बाद, तीन साल तक तुम्हें झेलने में हमने कोई कसर न उठा रखी। दरअसल, बाहर से अपने यहाँ आनेवाले अधिकारी को तीन साल तक बर्दाश्त करने का अभ्यास ही है, हमें। उम्मीद थी कि तुम भी तीन साल के ही अभ्यस्त होंगे। इसलिए न चाहते हुए भी तुम्हें देखकर हम मुस्कराते रहे। तुम्हारे चमचों के समक्ष तुम्हारा स्तुति-गान करते रहें। तुमने सुनाए चुटकुले हम पूववर्ती अधिकारियों से पचासों बार सुन चुके थे। फिर भी हम हर बार आपस में होड़ लगाकर हँसते रहे। पिछले चार वर्षों में तुम्हारे घर की बातें घर तक और तुम्हारी बाहर की बातें बाहर तक सीमित रखीं। लेकिन अब और सहयोग संभव नहीं है, अधिकारी। तुमने अपने कक्ष में कही हुई हर बात को हमने उसी प्रकार तवज्जो दी जैसे कुरुक्षेत्र में अर्जुन ने गीता को दी थी। दरअसल किसी भी अधिकारी को तीन साल बर्दाश्त करना ही बहुत होता है अधिकारी जबकि, तुम्हें चार साल हो चुके हैं। फिर भी तुम हो कि जाने का नाम नहीं ले रहे। शायद तुम भूल रहे हो कि तुम्हारे हर बच्चे का जन्म-दिन यहाँ आने के उपरांत चार मर्तबा मनाया जा चुका है। उन्हीं बच्चों के लिए पाँचवी बार उपहार खरीदते वक्त हम पर क्या गुजरेगी, जरा सोचो अधिकारी! हमारे यहाँ मिलने वाली हर चीज तुम्हारे गृहनगर में मिलती है, यह तुम भी जानते हो और हम भी जानते हैं। इसके बावजूद तुम्हें तो तुम्हें, यहाँ आनेवाले तुम्हारे हर रिश्तेदार को हम यहाँ की 'मनपसंद' चीजें उपहार के रूप में दे चुके हैं। यह हम पहले के अधिकारियों के लिए भी करते रहे हैं लेकिन हमारी सदाशयता और सहिष्णुता की भी एक सीमा है जो तुम पिछले वर्ष ही पार कर चुके हो। पिछला एक अतिरिक्त वर्ष हमने तुम्हारे साथ कैसे गुजारा, यह तुम समझने की कोशिश करो अधिकारी।

तुम्हारा असमय, अकारण, अनुचित स्थान पर, असम्बन्ध व्यक्तियों की उपस्थिति में, अशोभनीय मुस्कराना अथवा अनर्गल प्रलाप करना अब असह्य हो गया है। सच तो यह है कि तुम अबतक हमें जैसे समझते रहे हो, असल में हम वैसे हैं नहीं। बल्कि वैसे हैं जैसे इस वर्ष देखोगे, अगर तुम यहाँ टिके रहें तो! और यही हम नहीं चाहते। क्योंकि यहाँ से प्रस्थान करने वाले अधिकारियों के मन में हमारी एक इमेज बनीं है जिसे हम बरकरार रखना चाहते हैं। अधिकारी के नाते तुम्हारी भी तो कोई इमेज होगी! -उसे तुम बरकरार रखो और यहाँ से अब चलते बनो अधिकारी!

(लोकमत समाचार 31 मई, 2005)

--***--

20. तुम कब जाओगे किरायेदार

हे मेरे किरायेदार। तुम्हें मेरे घर पर कब्जा जमाए पाँच वर्ष बीत चले हैं। हाँ, लंबे पाँच वर्ष। पाँच वर्ष का यह प्रदीर्घ अरसा कैसे बीता तुम्हें क्या बताऊँ! ऐसा लगता है जैसे खेल-खेल में मेरी छाती पर किसी हाथी ने पांव रख दिया है और अब मैं अपनी मुक्ति के लिए छटपटा रहा हूँ। मकान किराये पर लिया था, तब तुमने कहा था, तुम्हें सिर्फ एक वर्ष के लिए चाहिए मकान। जैसा कि तुमने बताया था, तुम्हारा तबादला यहाँ से अन्यत्र हो गया था। इसलिए तुम्हें तुम्हारा सरकारी क्वार्टर तत्काल छोड़ना जरूरी था। परंतु तुम्हारा पुत्र ग्यारहवी से बारहवी कक्षा में गया था। अतएव तुम अपना परिवार एक वर्ष के लिए यहाँ रखना चाहते थे! जी हाँ, सिर्फ एक वर्ष के लिए। और तुम्हें तुरंत कोई मकान नहीं मिल रहा था। वर्षा ऋतु आरंभ हो चुकी थी और तुम्हारी अनेक छुट्टियाँ बर्बाद हो चुकी थीं किराये पर मकान ढूँढते। इसी बीच तुम्हारी काक-दृष्टि मेरे अभी-अभी पूरे हुए मकान पर पड़ गयी। तुम मेरे एक अभिन्न मित्र के साथ मिले थे मुझसे मकान के लिए। विश्वास करो, अपने उस मित्र के कहने पर ही मैंने अपना बिल्कुल नया मकान तुम्हारे हवाले कर दिया था। पर आज तुम जैसे धोखेबाज किरायेदार के कारण मेरा वह शर्मसार-मित्र ख्वामख्वाह उसकी अपनी निगाह से गिर गया है। और तुम हो कि मेरे घर में अब भी ठसे हुए हो!

ठीक एक वर्ष बाद मैंने तुम्हें याद दिलाया था कि तुम्हें अब मेरा मकान खाली कर देना चाहिए। यकीन मानों, यह बात मैंने तुम्हें पूरी गंभीरता से कही थी और उम्मीद थी कि तुम भी उसे उतनी ही गंभीरता से लोगे। क्योंकि तब मेरा भी तबादला यहाँ हो चुका था और मेरा एवं मेरे परिवार का अपने निजी मकान में रहने का सुहाना सपना साकार होने के दिन आ गये थे।

किन्तु मेरा निवेदन सुनकर तुमने अपनी अनपेक्षित प्रतिक्रिया व्यक्त की थी, “इतनी जल्दी! अभी तो जैसे-तैसे एक वर्ष पूरा हो रहा है। बच्चों का मन भी नहीं भरा इस मकान से। मनीष (वही तुम्हारा बारहवीं कक्षा वाला पुत्र) तो पूरे वर्ष में कभी छतपर भी नहीं गया होगा-अपनी पढ़ाई के कारण। पिछली बारिश में जो पौधे लगाये थे हमने पपीते के, उनपर अब कहीं पुष्प उभरते दिखायी दे रहे हैं।” (मैंने मन-ही-मन राहत महसूस की थी कि अच्छा

हुआ तुमने नारियल के पौधे नहीं लगाये!) और भी पता नहीं क्या-क्या गिनाते रहे थे तुम। तुम्हारी बातें सुनकर मेरी छाती पर साँप लोटते रहे थे और मन आसन्न-संकट से घिर गया था।

तुमने इन पाँच वर्षों में न मकान खाली किया और न मकान खाली करने के लिए कभी स्पष्ट रूप से इनकार ही किया। तबादला होने पर जब मैं अपना सामान लेकर यहाँ आया, तब भी बारिश के दिन थे। तुमने चार महीने की मोहलत माँगी तो मैंने उदार मन से अपना सामान अस्थायी तौरपर अपने एक परिचित के दो-कमरों के फ्लैट में उतार लिया और उसीका किरायेदार बन गया। तब मुझे क्या पता था कि मैं किरायेदार को नहीं अपितु एक विषधर को मोहलत दे रहा हूँ जो परिवार समेत मेरे घर में अनंत काल के लिए कुंडली मारकर बैठेगा और मेरे लिए मुसीबत बन जाएगा!

उसके बाद मैं जब भी मकान खाली करने के लिए कहने को आया, तुमने यही जवाब दिया कि तुम, दूसरा मकान ढूँढ रहे हो। मिलते ही छोड़ दोगे। फिर तुमने अपना परिवार अपने तबादले के स्थानपर ले जाने का विचार ही त्याग दिया। क्योंकि तुम्हारे परिवार को यह स्थान कुछ अधिक ही भा गया था। मेरे दुर्दिनों का वास्तविक आरंभ तुम्हारे इस निर्णय की घड़ी से ही हुआ। तुम अपनी ड्यूटी के स्थान से हर रविवार को यहाँ आते, अपने परिवार से मिलने और मैं हर रविवार को तुमसे मकान छोड़ने का अनुरोध करने के लिए आता। यह मेरी नियमित ड्यूटी-सी बन गयी। पहले-पहल तुम मुझे बैठने के लिए कहते और कभी-कभार एकाध कप चाय के लिए भी पूछते। फिर ज्यों-ज्यों मैं मकान खाली करने के लिए जोर देने लगा, मेरा आना तुम्हें नागवार गुजरने लगा। मुझे देखते ही तुम्हारा चेहरा सख्त हो जाता पर मैं उतना ही विनयशील बना रहता क्योंकि मकान तुम्हारे कब्जे में है। मेरे मन में तुम्हारे प्रति चाहे जितना क्षोभ हो, ऊपर से मैं तुम्हारे प्रति यथासंभव सहिष्णुता बरतता मानों मेरी हथेली तुम्हारे पैर तले दबी है जिसे तुम किसी भी क्षण मसल सकते हो या मेरी कन्या तुम्हारे घर ब्याही गई है जिसे तुम कभी भी जला सकते हो।

कुछ दिनों बाद, मेरे प्रति तुम्हारा शिष्टता का आचरण बंद हो गया। मुझे देखकर तुम्हारा दरवाजा बंद होने लगा और मुझे बाहर से ही यह कहकर लौटा दिया जाने लगा कि तुम घर पर नहीं हो। और उस दिन तो मेरी सहिष्णुता का बांध पूरी तरह ध्वस्त हो गया जब तुम्हारी अनुपस्थिति में तुम्हारी बीवी ने मुझे यह कहकर देहरी से बे-दखल कर दिया कि मकान के लेन-देन से उनका कोई सरोकार नहीं और वे यह भी नहीं जानती कि इस मकान का मालिक कौन है! उसके बाद, तुम्हारी अनुपस्थिति में मेरे अपने घर की चौखटपर कदम रखने की मैंने कभी हिम्मत नहीं की। मैंने मंजे हुए मकान-मालिकों की शैली अख्तियार

की और बिजली का बिल न चुकाकर लाइन कटवा दी तो तुमने 'कनेक्शन' अपने नाम करवा लिया। यही फ़रेब तुमने पानी के मीटर के साथ भी किया। तुम्हारी इन दो ही चालों से मैं जान गया कि तुम इस 'खेल' के शातिर खिलाड़ी हो और मैं ठहरा बिल्कुल अनाड़ी। दरअसल मैं मकान मालिक और किरायेदार के खेल के मैदान में कभी उतरा ही नहीं। पर, मेरी शाइस्तगी से तुम और अधिक अनुचित लाभ न उठाओ, मेरे किरायेदार। सच कहता हूँ, मेरी बीवी और बच्चे अपने मालिकी के मकान के सामने से गुजरते हुए एक हसरत भरी निगाह से देखते रह जाते हैं। वे अपने मकान के दरवाजे पर खड़े भी नहीं रह सकते। सच बताओ, तुमने फाटक पर जो खतरनाक कुत्ता बांध रखा है, क्या वह सिर्फ मुझे और मेरे परिवार वालों को ही पहचानता है जो हमें देखते ही खाने को दौड़ता है!

तुम्हारे अनुरोध को गंभीरता से लेकर मैंने सारा शहर छान मारा और तुम्हारे लिए पच्चीसों मकान ढूँढे अब तक। उनमें से कुछ अब भी खाली पड़े हुए हैं। तुम कर लो न कोई मकान उनमें से पसंद! मेरी शराफ़त जवाब दे जाए इसके पूर्व तुम चले जाओ किरायेदार। कहो तो तुम्हारा सामान मैं खुद अपने खर्चे से शिफ्ट करा दूँ, दूसरे मकान में। मैं तुमसे न बिजली-पानी का बकाया बिल माँगूंगा न पिछले दो साल का किराया। सच मानों, मैं किसी से यह भी नहीं कहूँगा कि तुम मेरे लिए कितने अशिष्ट और घटिया किस्म के किरायेदार साबित हुए हो! मेरे मकान को तुमने अपना मकान समझकर जगह-जगह जो तोड़फोड़ की है और तुम्हारे बच्चों ने अपने बाप का मकान समझकर कमरों की तमाम दीवारें और छतों को जो गोदकर रख दिया है उसके बदले में भी मैं तुमसे न कोई हर्जाना माँगूंगा न तुम्हारे बच्चों की इन बेहूदा हरकतों का कहीं जिक्र ही करूंगा। मैं हर वह चीज करने को तैयार हूँ जो तुम्हारे अनुकूल हो। बस, तुम मेरा मकान भर खाली कर दो मेरे आका!

इस बीच चार बरसातें आयीं और चली गई हैं। हमने हर बरसात में अपने आँगन में नये-नये पौधे लगाने के सपने देखे। हर दीपावली पर सोचते हैं कि अबकी पूरा मकान रोशन कर देंगे बिजली के बल्ब लगाकर। पर, हमारे हर मनसूबे पर तुम पानी फेर देते हो। हर बार हमारे मन के दीप बुझ जाते हैं। आजकल तो जो भी मिलता है बस, यही पूछता है कि क्या मकान खाली हुआ! और मेरा हर 'नहीं' लोगों की निगाह में तुम्हें 'कमीना' और मुझे 'नकारा' साबित कर जाता है।

मैं जानता हूँ, तुम इन दिनों उकसाने वाली हरकतों पर उतर आये हो। तुम चाहते हो, कि मैं किसी तरह कोर्ट में चला जाऊँ पर मैं ऐसी मूर्खता कभी नहीं करूंगा। क्योंकि मुझे मकान तत्काल और अपनी वर्तमान पीढ़ी के रहने के लिए ही चाहिए। कोर्ट-कचहरी के फंदे में पड़कर मैं अपने दुःख को सात पीढियों तक चलने वाला दर्द नहीं बनाना चाहता।

पर तुम मेरा अंत न देखो, मेरे किरायेदार। आजकल, मेरा हर दोस्त, हर परिचित मुझे तरह-तरह से उकसाता रहता है। मेरे तमाम रिश्तेदार, चूँकि मैं तुम्हारे साथ अब भी शराफत से पेश आ रहा हूँ इसलिए, मुझे 'कायर' और 'निखट्टू' करार दे चुके हैं। मेरे साथ सहानुभूति रखनेवाला हर शख्स जब भी मुझसे मिलता है, शहर के किसी खूंखार गुंडे या उजड्ड पुलिसवाले का पता दे जाता है।

तुम्हारी हड़पनीति का प्रभाव हमारे जीवन-दर्शन पर भी दृष्टिगोचर होने लगा है। मेरा एक बुद्धिमान पुत्र बारहवी कक्षा में बहुत अच्छे मार्कस् पाने के बावजूद इंजीनियरिंग में दाखिला लेने की बजाए जूड़ो-कराटे सीखने को कह रहा है। और उससे छोटा तो और भी कोई शॉर्ट-कोर्स करने की सोच रहा है। पाँच वर्ष में अपना खुद का मकान खाली न करवा सकने के कारण मेरी पत्नी ने मुझे जीवन के हर क्षेत्र में 'निकम्मा' करार दे दिया है। मेरा हर सपना, मेरी हर खुशी, मेरा हर सुख, मेरा हर विश्वास, आस्था-अनास्था, निष्ठा-अनिष्ठा, मेरी हर मन्नत, हर पूजा-प्रार्थना, हर आराधना बस, एक मकान के इर्द-गिर्द सिमट कर रह गयी है। हाँ, वही मकान जिसे मैंने कर्ज लेकर अपने और सिर्फ अपने लिए बनवाया है। अपने पसीने से सींचा है। एक-एक ईंट रचते वक्त मैंने और मेरे परिवार के प्रत्येक सदस्य ने एक-एक सपना बुना है। पर अब मेरे परिवार के सारे सपने टूट चुके हैं। हाँ, उसी मकान को लेकर जो मैंने तुम्हें केवल एक वर्ष के लिए दिया था पर जिसमें तुम विषधर की भांति अपने परिवार समेत अनिश्चित काल के लिए कुंडली मारे बैठे हो।

अगर तुम्हें इसी शहर में रहना है तो मेरा ही मकान क्यों! कोई और मकान देख लो मेरे भाई। किसी ऐसे व्यक्ति का जो जब चाहे तुम्हारा सामान सड़कपर फेंकने का और तुम्हें कॉलर पकड़कर बेदखल करने का साहस रखता हो। यह तुम्हारे पिछले जन्मों के पुण्य-कर्मों का ही फल है कि तुम मुझ जैसे शरीफ आदमी के पल्ले पड़े हो। पर आखिर शराफत की भी एक हद होती है। और 'मक्कारी' भी एक गाली है जो कभी भी दी जा सकती है। तथापि मैं बिल्कुल 'शातिर' मकान-मालिक की तरह तुमसे पेश आऊँ इसके पूर्व तुम अनिश्चितता तोड़ो और मेरा मकान तत्काल खाली कर दो, मेरे किरायेदार!

(नवभारत दीपावली विशेषांक: 1996)

--***--

21. तुम कोई पौधा न दो मित्र, प्लीज...

मुझे तुमसे कोई पौधा नहीं चाहिए मित्र! न गुलाब, न चमेली का। न बैंगन, न कद्दू का। मैं पिछले दो वर्षों से बर्दाश्त कर रहा हूँ। वर्षा ऋतु आरम्भ होते ही तुम अपने आँगन में बेतरतीब ढंग से बढ़े गुलाब और कनेर की कतरन कूड़ाखाने में फेंकने की बजाय मेरे घर ले आते हो। पर इस बार मैं तुम्हें आगामी सूचना दिए दे रहा हूँ। मुझे तुम्हारा कोई पौधा नहीं लगाना है अपने आँगन में। न आम, न अमरूद। न कुन्दरू, न तुरई।

मोहल्ले में जिन्हें चाहिए होंगे पौधे वे स्वयं तुम्हारे घर आ जाएँगे। बल्कि जरूरतमन्दों को मैं खुद तुम्हारे घर ले आऊँगा। बरसाती मेंढक की भाँति बागवानी के भी कई बरसाती शौकीन होते हैं जो वर्षा की पहली फुहार से आँगन भीगते ही दुनिया के तमाम फूल-पौधे और साग-सब्जियाँ अपनी चहारदीवारी के भीतर समेट लेना चाहते हैं। इनमें से जिन्हें तुम्हारा अनुभव नहीं है उन्हें मैं तुम्हारा पता अवश्य दे दूँगा। वे तुम्हारे छटाक भर पौधे और पसेरी भर अहसान सहर्ष स्वीकार कर लेंगे मित्र!

मैं जानता हूँ, तुम्हें बागवानी का बहुत शौक है। पूरी कॉलोनी क्या, पूरा मोहल्ला वाकिफ हो चुका है तुम्हारे इस शौक से। जो मोहल्ले में नये होते हैं वे भी तुम्हें सदैव चड्डी-बनियान में, हाथ में कैंची लिए देखकर चार दिन में जान जाते हैं। मैं यह भी जानता हूँ कि तुम्हें सिवा बागवानी के, कोई और शौक नहीं है। तुम्हारे स्कूली बच्चे जब भी तुमसे गणित का कोई सवाल पूछते हैं या कविता की किसी पँक्ति का अर्थ जानना चाहते हैं तब तुम उन्हें गेंदे के प्रकार गिनाते हो या फिर सवाल समेत हमारे घर भेज देते हो। तुम्हारा गणित, तुम्हारा इतिहास, तुम्हारा भूगोल, तुम्हारा सबकुछ तुम्हारे पौधे ही हैं।

तुम्हारे घर जब कोई तुमसे मिलने आता है तब तुम उन्हें कमरे में बिठाकर, तुम्हारा पूरा परिवार आँगन में लगे पौधों के इर्द-गिर्द रक्षा पंक्ति बनकर खड़ा हो जाता है। आगंतुकों को जलपान आदि पूछने की बजाय तुम कैक्टस के प्रकार और कौन-सा कैक्टस तुमने कहाँ से चुराकर लगाया है, यह बताने में उनके घण्टों खा जाते हो। इसीलिए हे मित्र, तुम्हारे घर एक बार आनेवाला व्यक्ति दोबारा आने की कभी हिम्मत नहीं करता। तुम्हारी इस स्वभाव-विशेषता से लोग तुम्हारे फाटक के भीतर पैर रखने में जितना भय खाते हैं उतना मेरे फाटक पर टँगी 'कुत्ते से सावधान' वाली तख्ती से भी नहीं डरते।

तुम प्रतिवर्ष तुम्हारे आँगन में कद्दू और कुम्हड़ा लगाते हो और प्रतिदिन उसी की सब्जी खाते हो। तुम अपने घर में चाहे जो खाओ, इससे हमें भला क्या ऐतराज हो सकता है! पर तुम्हारे घर के कद्दू और कुम्हड़े जब प्रतिदिन हमारे घर आने लगते हैं तब हमें उबकाई आने लगती है, मित्र! तुम्हारे घर से नित्यप्रति हमारे घर आनेवाले कद्दू- कुम्हड़ों से ऊब कर अबतक हमारी चार कामवालियाँ काम छोड़कर भाग चुकी हैं। आखिर अबकी जो मिली है उससे हमने लिखित रूप से वादा किया है कि हम चाहे जो करेंगे पर उसे तुम्हारे घर से आए कद्दू- कुम्हड़े ले जाने को कदापि नहीं कहेंगे। और तुम हो कि इन पौधों को हमें देना चाहते हो, हमारे आँगन में लगाने के लिए! हम पर यूँ ज़ुल्म न करो मित्र! अगर तुम्हारे यहाँ ये पौधे निकल ही आएं तो तुम कृपा करके उन्हें गाय को खिला दो या उखाड़कर कूड़ाखाने में फेंक दो। पर हमें न दो, मित्र!

तुम्हें बता दूँ, मुझे मेरे खाली आँगन में कुर्सी पर पैर लम्बाकर बैठना बहुत भला लगता है। चारों दिशाओं से आनेवाली खुली हवा मुझे बड़ा सुख दे जाती है। इसका अर्थ यह नहीं कि आँगन में मुझे पौधे अच्छे नहीं लगते। बहुत अच्छे लगते हैं, मित्र और जो अच्छे लगते हैं उन्हें मैं नर्सरी से खरीदकर अपने आँगन में लगा भी चुका हूँ। पर अब और पौधे नहीं चाहिए मुझे। तुमसे तो नहीं ही चाहिए। क्योंकि तुमसे पौधे लेकर मैं पिछले दो वर्षों में बहुत पछताया हूँ।

तुम्हें बागवानी के सिवा कोई और शौक नहीं है पर मुझे है। सच कहता हूँ, मुझे एकदम सफेद कागज पर बढ़िया कलम से घण्टों लकीरें खींचते रहने में उतना ही आनन्द आता है जितना तुम्हें पुराने उखाड़कर उनके स्थान पर नए पौधे लगाने में आता है। जब तुम किसी नए पौधे में फूटी पत्तियां गिनते रहते हो तब मैं किसी पत्रिका के ताजा अंक के पन्ने पलटता रहता हूँ। जब तुम कैंची लेकर तुम्हारे 'हेच' छाँटते रहते हो तब मैं अपने खुले आँगन में बिछी दरियों पर अपने ढेर सारे अजीज दोस्तों के साथ बैठकर ठहाके लगाता रहता हूँ। सच कहता हूँ मित्र, मुझे इन सबमें बड़ा आनन्द आता है। तुम्हें तुम्हारे आँगन के ताजा करेले और कुन्दरू मुबारक! पर उन्हें मेरे आँगन में लगवाने का हठ न धरो मित्र!

ऐसी बात नहीं है कि मुझे फूलों का शौक ही नहीं है। अगर ऐसा होता तो पहले वर्ष, जब हम कॉलोनी में नये आए थे तब, तुम्हारी दी हुई मोगरा और चमेली की घटिया दर्जे की बेल हमने सहर्ष स्वीकार न की होती। तुम्हारे दिए तमाम पौधे हमने बड़े प्यार से लगाए थे अपने आँगन में। वे खूब अच्छी तरह पनपे भी थे। पर उसके बाद, तुम्हारा प्रतिदिन 'तुम्हारे अपने' पौधों को देखने आना और हर बार मुझे हजारों-हजार हिदायतें देना बड़ा नागवार गुजरता था मित्र! किसी दिन जब मैं समयाभाव के कारण पौधों को पानी दिए बिना दफ्तर

निकल जाता तब तुम मेरी अनुपस्थिति में मेरे घर आकर मेरी भोली-भाली (तब तो सचमुच बहुत भोली थी) बीवी को मेरे खिलाफ पट्टी पढ़ाते और मुझे उसकी निगाहों में बिलकुल निकम्मा(!) साबित करने पर तुले होते। घर लौटने पर पौधों की हिफाजत के लिए दी हुई तुम्हारी हर नसीहत बीवी मुझे सौ-सौ बार सुनाती थी जो मुझे गुलाब के हजारों-हजार काँटों से अधिक चुभती थी। दो वर्ष व्यतीत हो जाने के बाद भी हमारे आँगन में लगा हर पौधा 'तुम्हारा अपना' ही रहा! तुमने उसे एक पल के लिए भी हमारा न होने दिया! पौधों की जड़ें हमारी जमीन में थीं पर हक़ सदैव तुम ही जताते रहे। इसीलिए मैंने तुम्हारे दिये हुए तमाम पौधे सुखा डाले, सुनियोजित ढंग से। जो न सूखे, उन्हें बीवी की नजर बचाकर उखाड़कर बाहर फेंक दिया। तुम्हें तभी समझ लेना चाहिए था मित्र कि अपने आँगन से तुम्हारे पौधों का नामोनिशान मिटाकर मैंने तुम्हारे पौधों से नहीं अपितु तुमसे पिण्ड छुड़ाना चाहा! पर तुम तो सिवा पौधे लगाने के और उनमें से जो तुम्हारे लिए गैरजरूरी हों, उन्हें मोहल्ले पड़ोस में बाँटने के और कुछ समझते ही नहीं!

मैं तुम्हें अन्तिम बार 'मित्र' सम्बोधित कर रहा हूँ और मित्र-धर्म के नाते यह बता देना चाहता हूँ कि केवल मैं ही नहीं अपितु पूरी कॉलोनी नहीं चाहती तुमसे कोई पौधा। कई लोगों ने तो महज इसलिए तुमसे सम्बन्ध तोड़ लिए हैं कि तुम अपने घर के अवांछित पौधे जबरदस्ती उनके घर पहुँचाकर चाय, नाश्ता वसूलते रहते हो। पौधों को देखते ही नसीहतें और हिदायतें देने की तुम्हारी आदत से तंग आकर तुम्हारे अगल- बगल के पड़ोसियों ने अपने घर के तमाम पौधे उखाड़कर फेंक दिए हैं ताकि न पौधे रहेंगे, न उनके घर तुम अपनी नाक घुसेड़ोगे।

अन्त में, एक बात और स्पष्ट कर दूँ कि मेरे आँगन में तुम्हारा दिया हुआ एक भी पौधा शेष नहीं है अब और न मुझे कुछ चाहिए। न आम की कलम, न अमरूद का पौधा, न सीताफल के बीज। वर्षा ऋतु आरम्भ होते ही मेरा खाली आँगन तुम्हें खलता है। उसे वैसा ही रहने दो। उसमें लगाने के लिए कोई अवांछित पौधा न दो, प्लीज!

(नवभारत दीपावली विशेषांक: 2000)

--***--

22. नंदग्राम बनाम हाँडी का एक चावल

मुझे नंदग्राम में रहते एक माह से अधिक हो गया। फिर भी मैं ढंग का दूध प्राप्त नहीं कर सका। इसीलिए मुझे मित्र के कथन की सत्यता पर संदेह होने लगा। मित्र ने कहा था, 'नंदग्राम एक विकसित ग्राम है। दूध-दही की तो तुम्हें वहाँ कोई कमी महसूस नहीं होगी।' मित्र शहर में, ग्रामीण विकास विभाग के क्षेत्रीय कार्यालय में अधिकारी है। उसके अनुसार नंदग्राम में दुधारू पशुओं का अनुपात प्रति दस व्यक्ति एक भैंस है। इसके बावजूद ढंग का दूध न मिलना मेरे लिए चिन्ता का विषय बन गया था!

शहर में रहते-रहते एक आदत-सी पड़ गई थी, सुबह-सुबह दस्तकें सुनने की। छः बजे अखबार वाला, साढ़े छः बजे दूध वाला, सात बजे सब्जी वाला। सब कुछ समयबद्ध, क्रमबद्ध, लय-तालबद्ध। इसीलिए गाँव में तबादला हुआ तो मन नहीं कर रहा था, शहर छोड़ने को। लेकिन पदोन्नति का मोह था और इससे भी बढ़कर था वह आकर्षण जो इन दिनों गाँवों के लिए दिल में अचानक उभर आया था।

पंद्रह-बीस वर्षों पूर्व जब मैं गाँव छोड़कर शहर में आया था, तब गाँव छोड़ने लायक ही थे। सरकार का पूरा ध्यान शहरी विकास की ओर केन्द्रित था। सब लोग गाँवों से शहरों की ओर भाग रहे थे। कोई कॉलेज में दाखिल होने के लिए तो कोई फिल्म-इण्डस्ट्री में भरती होने के लिए। यहाँ तक कि मेरे जैसे सौ क्विंटल धान की फसल लेने वाले किसान-पुत्र को भी अपना भविष्य अपनी जमीन की बजाए शहरों के फुटपाथ पर अधिक उज्ज्वल नजर आ रहा था। इसीलिए मैं भाग आया गाँव से शहर में और यहाँ आकर मैंने 'वाइट -कॉलर' वालों की भीड़ में अपना एक कॉलर और घुसा दिया। अब इसे आप चाहे मेरा दुर्भाग्य कहें या सौभाग्य कि इधर मेरा गाँव से शहर की ओर आना हुआ और उधर सरकार का ध्यान शहर से गाँव की ओर जाना हुआ। और वह भी इस कदर हुआ कि देश के पूरे राज्यों में तड़ातड़ ग्रामीण-विकास मंत्रालय खुल गए और हो गया पूरी रफ्तार से ग्रामीण विकास प्रारम्भ। इस विकास के जितने आँकड़े पिछले कुछ वर्षों में शहरों से निकलने वाले अखबारों में छपे उन्हें देखकर मन में जबर्दस्त आकर्षण पैदा हो गया गाँवों के लिए।

और इस बार जैसे ही नंदग्राम में तबादले का आदेश हाथ में आया, मेरी बाँछें खिल गई। शहर में पैदा हुए और पैदा हुए तब से शहर में ही रह रहे मेरे बच्चे कई बार पूछ चुके

थे कि दूध, दही, घी तो बहुत देख चुके। पर यह 'शुद्ध दही', 'शुद्ध घी' क्या होता है ? जवाब में मैं मन मसोसकर रह जाता कि काश! इन्हें दिखा पाता कि 'शुद्ध दूध' क्या होता है। नंदग्राम का आर्डर मिलते ही सोचा कि अब दिखाऊँगा बच्चों को कि लो, देख लो शुद्ध दूध, दही, घी कैसा होता है! लेकिन महीने भर बाद भी जब मुझे अपनी न्यूनतम आवश्यकता के बराबर भी दूध नसीब न हुआ तो मन में वैसी ही शंका-कुशंकाएँ घर करने लगीं जैसी ब्याह को दो वर्ष हो जाने पर भी बहू की गोद सूनी देखकर मोहल्ले वालियों के मन में होने लगती हैं।

हमारे इलाके में संतरा उत्कृष्ट दर्जे का और भरपूर होता है। किन्तु खुद बगीचे में जाकर खरीदो तो भी बारह-पंद्रह रुपये दर्जन से कम भाव में नहीं मिलता। पर यही संतरा यहाँ से दो-सौ किलोमीटर दूरी पर स्थित नागपुर में आठ-दस रुपए दर्जन के भाव से रेलवे-प्लेटफार्म पर यात्रियों की दाढ़ी पकड़-पकड़कर बेचा जाता है। सब्जियों का भी यही हाल है। मैंने सोचा, नंदग्राम के दूध का भी यही हाल होगा शायद! क्योंकि गाँवों से दूध इकट्ठा कर शहरों की ओर ले जाने वाली मिल्क-स्कीम की बसें मैंने कई मर्तबा देखी थीं।

लेकिन पूछताछ करने पर मेरी यह आशंका पूर्णत: निराधार साबित हुई। नंदग्राम के लोगों ने बताया कि दूध इकट्ठा करने वाली मोटर को उन्होंने अपने गाँव में एक बार भी नहीं देखा है।

अब मैंने बिना किसी संकोच के यह बात स्वीकार कर ली कि मेरे अभिन्न मित्र ने मुझे खूब अच्छी तरह बेवकूफ बनाया। गाँव में पोस्टिंग होने के कारण मैं कहीं अपना प्रमोशन अस्वीकार न कर दूं इसलिए मेरे समक्ष नंदग्राम की आकर्षक झाँकी प्रस्तुत की! खासकर, दूध-दही की मेरी कमजोरी को मद्देनजर रखते हुए। इस कारण पिछली बार जब शहर गया तो उसकी खूब खबर ली। प्रत्युत्तर में मित्र ने कुछ नहीं कहा। चुप-चाप, नंदग्राम का विकास दर्शाने वाली पुस्तिका मेरे सामने रख दी। पुस्तिका के अनुसार, पिछले कुछ वर्षों में नंदग्राम में कोई तीस परिवारों को दुधारू पशु खरीदने के लिए विभिन्न बैंकों से ऋण प्रदान किये गए थे। एक ओर पशुओं की संख्या में प्रतिवर्ष होने वाली सामान्य वृद्धि और दूसरी ओर परिवार-नियोजन कार्यक्रम की अभूतपूर्व सफलता से जनसंख्या-वृद्धि पर लगी रोक के तुलनात्मक आँकड़े प्रस्तुत कर नंदग्राम में दुधारू पशुओं का अनुपात 'प्रति दस व्यक्ति एक' दर्शाया गया था तथा अंत में अधोरेखांकित अक्षरों में यह भी लिखा गया था कि यह अनुपात हमारे लक्ष्य से काफी अधिक है।

नंदग्राम लौटकर मैंने पटवारी तथा अन्य सहयोगियों की मदद से उन व्यक्तियों से संपर्क स्थापित करने का प्रयास किया जिन्हें दुधारू पशु खरीदने के लिए बैंकों से ऋण

प्रदान किये गये थे। सर्वप्रथम जिनसे मुलाकात हुई वे एक स्वर्णकार थे। उनके आँगन में भैंस तो खैर दृष्टिगोचर नहीं हुई अलबत्ता दो खूँटे अवश्य दिखलाई दिये। पूछने पर उन्होंने झट जवाब दिया– "दोनों भैंसें चरने गई हैं, जंगल में।" मैंने अगला प्रश्न किया, "ऋण तो आपको तीन वर्षों पूर्व दिया गया था, दो भैंसों के लिए। और इन तीन वर्षों में होनेवाली सामान्य वृद्धि को ध्यान में रखते हुए अब तक आपके पास छोटी-बड़ी छः भैसें होनी चाहिए।"

"जी हाँ... हैं।" - स्वर्णकार जी ने उत्तर दिया।

"लेकिन खूँटे तो दो ही दिखाई दे रहे हैं ?" -मैंने कहा।

"तो इससे क्या ? ऐसा आपके कौन-से नियम में लिखा है कि एक खूँटे पर एक ही भैंस को बाँधना चाहिए। कौन-से बैंक से आये है आप?" बैंक अधिकारी होता तो स्वर्णकर जी द्वारा पूछे गये इन प्रश्नों से निरूत्तर हो जाता। लेकिन मैं तो कुछ और जानना चाहता था। इसलिए प्रश्न पूछना जारी रखा। मेरा अगला प्रश्न था - "खूँटों की ओर देखकर तो यूँ लगता है कि पिछले दो-तीन वर्षों में कोई भैंस वहाँ नहीं बंधी।" अब स्वर्णकार के निरुतर होने की बारी थी। पटवारी ने मध्यस्थता करते हुए यह स्पष्ट किया कि मैं कोई बैंक अधिकारी नहीं हूँ। अपितु एक भुक्तभोगी उपभोक्ता हूँ। दुग्ध-वंचित उपभोक्ता! इतना सुनना था कि स्वर्णकार ठठाकर हँस पड़ा। कहने लगा- "साहब, ऐसा ही था तो पहले क्यो नहीं बताया। ख्वामख्वाह खुद भी परेशान हुए और मुझे भी हलाकान किया।" फिर उसने निश्चिंत होकर बताना शुरु किया - "कर्ज मंजूर तो हुआ था दो भैंसों के लिए, पर मिला डेढ़ भैंस का ही। आधी भैंस की रकम लेन-देन में खर्च हो गयी। फिर भी डेढ़ भैंस की रकम में जैसी मिल सकती थीं वैसी दो भैंसें खरीदीं। सोचा था, खायेंगी-पीयेंगी तो सुधर जायेंगी। किन्तु उन्हें सुधारते-सुधारते मेरी अपनी हालत पतली होने लगी। उनके दूध से जितनी आमदनी होती थी, खर्च उससे अधिक था। कोई निदान जानने के लिए जब गाँव के 'यादव' से सलाह ली तो वह करने लगा- दूध का धंधा करना न स्वर्णकारों के बस की बात है, न लोहारों के। वह तो हम ही लोग है कि गंगामैया की कृपा से इस धन्धे में अभी तक टिके हुए हैं। -आखिर बदतर होती अपनी हालत से निजात पान के लिए मैंने दोनों भैंसें आधी कीमत में यादव को ही बेच दीं।"

एक और व्यक्ति मिले। उन्होंने बताया कि ऋण के रूप में उन्हें जितनी राशि मंजूर हुई थी वह डेढ़ भैंस के लिए भी काफी नहीं थी। इसलिए गाँव के यादव से ही दो भैंसों की खरीदी-बिक्री के कागजात तैयार करवाए। एक दिन के लिए दो भैंसें लाकर आँगन में बाँध दीं। और दूसरे दिन यादव की भैंसे यादव को लौटा दीं। इस पूरी खानापूर्ति में ऋण की आधी रकम खर्च हो गयी और आधी उनके हिस्से में आ गयी।

शेष और जितने व्यक्तियों से मुलाकात हो पाई उन्होंने बताया कि अब तो सब कुछ बड़ा आसान-सा हो गया है। ऋण बँटने वाले दिन यादव से भैंसें लेकर अपने आँगन में बाँध दो और दूसरे दिन यादव को उसकी भैंसें मय खूँटों के वापस कर दो। सब खानापूर्ति बिना किसी कठिनाई के पूरी हो जाती है और ऋण की आधी रकम हाथ में आ जाती है।

पूछताछ कर अपने घर की ओर लौटते समय रास्ते में यादव का मकान दिखायी दिया। वहाँ मैंने कोई दस-बारह भैंसें बंधी देखीं। इनमें से हर भैंस बैंक के रिकार्ड पर कम-से-कम दस बार दर्ज हो चुकी है-मैं सोचता हूँ। या दूसरे शब्दों में, यादव के खूँटे पर बंधी एक भैंस सरकार के रिकार्ड पर दस भैंसों के रूप में दर्ज है। इसलिए सरकारी रिकार्ड के अनुसार नंदग्राम उन गांवों में से एक है जहाँ दूध की नदियाँ बहती है!

कहते है, पूरी हाँडी के चावल की परीक्षा चावल के एक दाने से होती है। इसी चिंतन के आधार पर मैं सरकारी रिकार्ड पर दर्ज अन्य विकसित गाँवों के विकास का अन्दाजा लगा रहा हूँ।

(साप्ताहिक हिन्दुस्तान : 5 जनवरी, 1986)

--***--

23. निरन्तर निर्माणाधीन सड़क

जब से मैं अपने-आपको अपने निवास के भौगोलिक-क्षेत्र से जुड़ा पाता हूँ तब से इस क्षेत्र को लगातार चर्चा में पाता हूँ। चर्चा के कई उदाहरण हैं। कुछ राजनीतिक, कुछ गैर-राजनीतिक, तो कुछ अनैतिक भी। इस क्षेत्र में कुछ खण्डहर हैं जो इसलिए चर्चा में बने रहते हैं कि कभी शानदार इमारतों के रूप में उनके सितारे बुलन्द थे, तो कुछ बुलन्दियाँ हैं जो जब-तब इसलिए चर्चा में आ जाती हैं कि उनकी हरकतें निहायत बौनी होती हैं। कुछ जयन्तियाँ हैं जो जब मनाई जाती हैं तो चर्चा में आ जाती हैं और कुछ पुण्यतिथियाँ हैं जो अपनी तिथियों पर एक दिन के लिए ही सही पर तमाम जयन्तियों पर छा जाती हैं। लेकिन इन सबसे परे एक अनूठी चीज है जो मेरे क्षेत्र को दूर-दूर तक और निरन्तर चर्चा में बनाए रखती है और वह चीज है मेरे शहर से होकर गुजरनेवाली मेरे इलाके की सड़क, जो नागपुर होते हुए सुना है कि कोलकाता तक पहुँच जाती है। इस सड़क के निरन्तर चर्चा में बने रहने का एक कारण तो कुछ लोग यह बताते हैं कि इसके एक छोर पर राज्य की राजधानी मुम्बई है और दूसरे छोर पर राज्य की स्वानामधन्य उप राजधानी नागपुर है। कहना न होगा कि पूरे देश में (और शायद पूरी दुनिया में भी) महाराष्ट्र अकेला ऐसा राज्य है जो न केवल अपनी एक इण्डिपेण्डेण्ट राजधानी रखता है बल्कि अलग से एक उप-राजधानी भी पालता है। नहीं तो इस देश के पंजाब और हरियाणा जैसे राज्य हैं जो समृद्ध होने का डंका तो खूब पीटते हैं पर अपनी एक अलग राजधानी नहीं पाल सकते। खैर, मेरी दृष्टि में सड़क के निरन्तर और जोरदार चर्चा में रहने का एकमात्र कारण उसका विगत अनेक वर्षों से निरन्तर निर्माणाधीन रहना ही है। कभी सड़क का उत्तरी छोर दुरुस्त रहता है तो दक्षिणी छोर निर्माणाधीन रहता है। कभी निर्माण कार्य सड़क के बाईं और चलता रहता है तो कभी दाईं ओर। कभी हर दूसरे किलोमीटर पर थिगड़े लगते दिखाई पड़ते हैं तो कभी हर तीसरे किलोमीटर पर थिगड़े पर तारकोल से रफूगरी की जाती हुई दिखाई पड़ती है। कभी-कभी तो एक साथ दो-चार किलोमीटर सड़क को खोदकर नहर-सी कुछ खुदती दिखाई पड़ जाती है और दूसरे दिन लौटो तो उसी नहर को पाटकर उस पर बोल्डर बिछते दिखते हैं। अर्थात् जब भी और जो भी सफर करे उसे सड़क पर सड़क कम और 'सड़क निर्माणाधीन है' के बोर्ड ही अधिक

दिखाई पड़ते हैं। मेरे एक बुजुर्ग के एक दोस्त हाल ही में कोलकाता में मुझसे मिले तो उन्होंने मिलते ही पहला प्रश्न यही किया कि मियाँ वो अपनी अमरावती-नागपुर सड़क के क्या हाल है ? मैंने कहा, "ऐसी क्या बात है कि आप मेरे बुजुर्गों के हालचाल जानने की बजाए उस अदना-सी सड़क के बारे में जानने को बेताब हैं ?" वे बोले, "मियाँ, इस खाकसार की तीन पीढ़ियाँ मुम्बई-कोलकाता रोडवेज के ट्रक चलाती गुजरी हैं और तीनों पीढ़ियाँ इस माने में खुशकिस्मत रही हैं कि तीनों ने अपनी पूरी हयात में अमरावती-नागपुर सड़क को जब भी देखा 'निर्माणाधीन' ही देखा।" जी हाँ, इस बीच महाराष्ट्र ने अनेक मुख्यमन्त्री और राष्ट्र ने अनेक प्रधानमन्त्री देखे। कुछ किस्मत वालों ने देश में कोकण-रेल्वे और दिल्ली -मेट्रो जैसे प्रोजेक्ट पूरे होते हुए देखे। हजारों किलोमीटर के राजमार्ग और महामार्ग बनकर तैयार हो गए। पर मेरे शहर से होकर गुजरनेवाली यह सड़क जब भी रही निर्मणाधीन ही रही! इस बीच, इसी सड़क पर बोल्डर बिछानेवाले अनेक मजदूर सरकारी सूची में 'ए ग्रेड' के कॉण्ट्रैक्टर के रूप में दर्ज हो गए। जिन्होंने कभी सहायक- अभियन्ता के रूप में इसी सड़क से अपना करिअर आरम्भ किया था वे इसी सड़क के आला दफ्तर में मुख्य-अभियन्ता बन गए। जो ऐसे नहीं बने, वे वैसे बन गये। यानी उनकी मल्टी स्टोरीड इमारतें तन गईं। फॉर्म-हाउसेज बन गए। कुल मिलाकर यह अदनी-सी सड़क कितनों की पिछली और अगली पीढ़ियों का आर्थिक उद्धार कर गई और निस्पृहता देखिए कि बेचारी खुद निर्माणाधीन ही बनी रही। मुझे उम्मीद है, बीसवीं सदी के आरम्भ से बन रही यह डेढ़ सौ किलोमीटर लम्बी सड़क इक्कीसवीं सदी में भी अपना वर्तमान स्टेटस बनाए रखेगी और चाहे धरती से चाँद तक की सड़क बनकर पूरी हो जाए, हमारी अमरावती-नागपुर सड़क निर्माणाधीन ही बनी रहेगी!

(लोकमत समाचार : 17 जनवरी, 2006)

--***--

24. पता! किसी से भी पूछ लीजिए

स्पष्ट कर दूं कि मैं सदाशिव पाटिल से मिलने की गरज से नागपुर नहीं गया था। हाँ, उनकी लिखी एक किताब जरूर मैंने अपनी बैग में रख ली थी, सफर में पढ़ने के लिए। यह भी बता दूं कि उन्हें गौरव-पुरस्कार के लिए चुना जाना और इस खबर का ठीक उसी दिन अखबार में छपना, जिस दिन मैं नागपुर में था,महज एक इत्तिफाक था। पुरस्कार की खबर पढ़ते ही कुछ माह पहले भोपाल में आयोजित 'सर्वभाषा-संगोष्ठी' में उनसे हुई मुलाकात मेरे दिमाग में ताजा हो गयी और याद आ गया उनका आग्रही निमंत्रण-'जनाब कभी नागपुर आएं तो अवश्य पधारिएगा मेरे गरीबखाने में।' मैंने पता जानना चाहा तो उनका जवाब था, 'नंदनवन सिटी बस-स्टॉप पर उतरकर किसी से भी पूछ लीजिए।' और उन्होंने बैग से तुरंत अपनी एक पुस्तक निकालकर मुझे थमा दी थी। मैंने फोन नंबर जानना चाहा तो उनका जवाब था, 'अबतक एअरटेल का सिमकार्ड था। अब बदलकर आइडिया का ले रहा हूँ। लैण्ड-फोन तो पिछले दिनों ही बंद कर दिया है। इस कारण फिलहाल कोई फोन नहीं है। आप नंदनवन सिटी बस-स्टॉप पर उतरकर किसी से भी पूछ लीजिएगा। आपकी दुआ से ख़ाकसार को जाननेवाले कम नहीं हैं। कोई भी बता देगा।'

अपने काम निबटाकर मैंने घड़ी देखी। अभी चार घंटे बाकी थे मेरी ट्रेन को। मैंने पुस्तक निकालकर पता एक बार फिर देखा, 'नंदनवन सिटी बस-स्टॉप के पास, नागपुर।'

नंदनवन बस-स्टॉप पर किसी और से पूछने की बजाए मैंने मेरे साथ बस-स्टॉप पर उतरनेवाले सहयात्री से ही पूछ लिया, 'भाई साहब, क्या आप जानते हैं कि सदाशिव पाटिल कहाँ रहते है?'

'हाँ जी , जानता कैसे नहीं! चलिए, मैं उन्हीं से मिलने जा रहा हूँ।'

सुनकर मुझे बहुत अच्छा लगा। मन-ही-मन सोचने लगा, पुरस्कार का समाचार सुनकर तो आज सदाशिव पाटिल के घर मिलनेवालों की भीड़ लगी होगी!- मैं अपने सहयात्री के साथ-साथ चलने लगा। पहले सड़क, फिर गली, फिर कुछ और संकरी गली। पहले दाएं, फिर बाएं, फिर दाएं...। मार्गक्रमण को बोझिल होने से बचाए रखने के लिए मैंने अपने सहयात्री बनाम मार्गदर्शक से पूछ लिया, 'भाईसाहब, आप सदाशिव पाटिल को कैसे जानते हैं?'

'वैसे ही, जैसे आप जानते हैं। बहुत दूर-दूर तक नाम है पाटिल साहब का। मैं खुद वर्धा से आ रहा हूँ।'

मैंने मन-ही-मन निश्चय कर लिया कि सदाशिव पाटिल का पीछा तबतक नहीं छोड़ूंगा जबतक कि वे मेरी पाँच-सात कहानियों का मराठी में अनुवाद नहीं कर देते! चलते-चलते एक अत्यंत संकरी गली अचानक एक साठ फिट चौड़ी सड़क पर खुल गयी। मेरे मार्गदर्शक ने चिहूँक कर मुझसे कहा, 'शॉर्ट-कट से ले आया इसलिए दो किलो मीटर का फेरा बच गया। ...और वो देखिए, वो सामने रहे सदाशिव पाटिल।' उसने सड़क के उस पार स्थित एक विशाल शो-रूम की ओर उंगली उठा दी थी। मैंने उंगली की दिशा में देखा, शो-रूम पर बड़ा-सा बोर्ड चमक रहा था,'सदाशिव पाटिल फर्निचर मार्ट।' मेरा मार्गदर्शक खुश था कि वह सदाशिव पाटिल के पास फर्निचर का एक नया ग्राहक लेकर आया है, अपने साथ। लेकिन इसके पहले कि सदाशिव पाटिल मुझसे मिलकर खुश हों, मैंने उन्हें अखबार में पढ़ा हुआ आज का ताजा समाचार सुनाते हुए कहा कि मुझे उन सदाशिव पाटिल से मिलना है जो लेखक हैं। उन्होंने अपना एक नौकर मेरे साथ दे दिया। अब नौकर आगे-आगे और मैं उसके पीछे-पीछे। सड़क से फिर गलियों का सफर शुरु हो गया जिससे गुजरते हुए मैंने तय पाया कि गली, गली ही होती है भले ही हर गली बनारस या लखनऊ की गलियों की तरह ख्यातिप्राप्त न हो! एक मोड़ पर आकर नौकर ने पैरों को मानो खट् से ब्रेक लगा दिया। फिर उसने सामने की ओर अंगुली-निर्देश करते हुए कहा, 'वो पान-मसाला ट्रेडर्स का बोर्ड देख रहे हैं न आप! उसके बगल से रास्ता है। वहाँ से भीतर चले जाइए। दुकान के पीछे मकान है, सदाशिव पाटिल का।'

आश्वस्त होने के लिए मैं पान-मसाला ट्रेडर्स से पूछ लेता हूँ। 'मुझे सदाशिव पाटिल से मिलना है...।'

'आप कहाँ से आए हैं?'

'जी, अमरावती से।'

'आपके पान-मसाले की आर्डर तो मैं कल ही भिजवा चुका हूँ, कूरियर से!आप इधर आए और आपका कनूसाइनमेंट उधर पहुँच गया होगा आज।'

'भाईसाहब, मैं उन सदाशिव पाटिल से मिलना चाहता हूँ जो लेखक हैं।'

'तो ऐसा कहिए न! मेरा नाम भी सदाशिव ही है। मैं पान-मसाला असोसिएशन का अध्यक्ष हूँ और सारे लोग मुझे सम्मान से 'पाटिल' संबोधित करते हैं ...सदाशिव पाटिल। उस पर कल ही अमरावती से एक कस्टोमर ने पान –मसाला अर्जंटली भिजवाने के लिए फोन किया था। मुझे लगा, आप उसी की ओर से आए हैं।'

'तो क्या आप उन सदाशिव पाटिल को जानते हैं जो लेखक हैं?' अबकी मैं कोई धोखा नहीं खाना चाहता।

'हाँ जी, उन्हें कौन नहीं जानता। ये पीछे वाले रास्ते से सीधे चले जाइए। बिजली के पाँचवें खंभे के पास बड़ा-सा पुश्तैनी मकान है उनका। नेम-प्लेट भी लगी है।'

सचमुच नेम-प्लेट देखकर मैंने बड़ी राहत महसूस की। कॉल-बेल बजाते ही दरवाजा खुला। स्त्री-सुलभ मुसकान के साथ एक अधेड़ उम्र की महिला ने स्वागत किया। मैंने तत्काल अपना मन्तव्य प्रगट किया,

'मुझे लेखक सदाशिवराव से मिलना है...।'

'अभी आते हैं। पहले माले पर कुछ पुराने कागजात खोज रहे हैं। मैं सूचित करती हूँ। आप बैठिए।'

मैंने हॉल में एक कुर्सी हथिया ली। महिला जल लेकर फिर प्रस्तुत हुई। मैंने दो गिलास जल पीकर तृष्णा शांत की। अब मेरा ध्यान सदाशिवराव पाटिल के टेबिल की ओर गया। दो किताबें, तमाम लेखन सामग्री और आसपास बिखरे हुए तमाम कागजात अर्थात सबकुछ लगभग वैसा ही जैसा लेखक के घर पर होता है! मैं मुआयना कर ही रहा था कि एक सज्जन ने प्रस्तुत होते हुए कहा, 'कहिए, मैं आपकी क्या सेवा कर सकता हूँ?'

'जी, मैं सदाशिव पाटिल से मिलना चाहता हूँ जो लेखक हैं।'

'मतलब, वे क्या लिखते है?'

'जी, वे कथा, कविताएं, लेख, गीत आदि लिखते है।' अबतक मुझे महसूस हो चुका था कि मैं फिर गलत जगह आ गया हूँ।

'भाईसाहब, लिखता तो मैं भी हूँ। आवेदन, एफिडेविट, मृत्यु-पत्र, करारनामा, रजिस्ट्री, तरह-तरह के प्रमाण -पत्र आदि के ड्राफ्ट्स बनाता हूँ। पर मैं वो सदाशिव पाटिल नहीं हूँ जिनसे आप मिलना चाहते हैं। वो सदाशिव पाटिल वेस्ट-नंदनवन एरिया में रहते हैं। पार्क के पास मकान है, उनका। आपको सड़क क्रॉस करके उस ओर जाना होगा। भजन, मंगलाष्टक, आरती, स्तोत्र आदि लिखते हैं। जन्म –कुण्डली भी बनाते हैं। उसी सिलसिले में मिला हूँ मैं उनसे, एक बार। सत्तर के आसपास उम्र होगी। आपने बताया तो शायद कथा, कविता भी लिखते होंगे!'

मुझे जिनसे मिलना था वो सदाशिव पाटिल ब-मुश्किल पैंतालीस साल के होंगे। इसलिए मैंने तड़ से कुर्सी त्याग दी और तेजी से चलते हुए सड़क पर आ गया। घड़ी देखी। मेरी ट्रेन का समय हो रहा था। मैं सड़क किनारे के 'जूस-सेंटर' वाले से पूछता हूँ, 'भाईसाहब, अमुक होटल जाने के लिए ऑटो कहाँ से मिलेगा।'

'यहीं से मिल जाएगा। बस, दो मिनट खड़े रहिए। कहें तो एक गिलास ज्यूस बना दूं तब तक!'

मैंने हामी भर दी। ज्यूस बढ़िया था। पैसे देते हुए मैंने जूस वाले से यूं ही पूछ लिया, 'आपका नाम जान सकता हूँ?'

'जी नाचीज को सदाशिव पाटिल कहते हैं।'- उसने तुरंत जवाब दिया। इस बीच ऑटो आ गया। होटल पहुँचकर सोचा, क्यों न उसी ऑटो से रेल्वे -स्टेशन चला जाऊं! इसलिए ऑटोवाले को रुकने के लिए कह दिया। कमरे से सामान पैक करके लौटा तो काउंटर पर 'बिल' तैयार था। हिसाब चुकता करके कदम ऑटो की ओर बढ़ाया ही था कि होटल के मैनेजर ने 'कम-अगेन' कहते हुए एक कार्ड थमा दिया जिसपर होटल का नाम तथा पता लिखा था। और हाँ, सबसे नीचे लिखा था, 'प्रोप्राइटर -सदाशिव पाटिल।' रेलवे-स्टेशन पर ऑटो से उतरकर मैंने पर्स निकाली। तब-तक ऑटोवाले ने सामान उतार दिया। भीड़-भाड़ में से रास्ता निकालकर बहुत तेजी से पहुँचाया था ऑटोवाले ने अन्यथा ट्रेन छूट जाती। तयशुदा रकम से बीस रुपये मैंने उसे अधिक थमा दिये। जेहन में एक प्रश्न उभरा कि ऑटोवाले से पूछूं कि भाई, तुम्हारा नाम क्या है? लेकिन प्रश्न जेहन में ही रह गया क्योंकि ऑटोवाला तबतक कह चुका था, 'सा'ब , दोबारा आएं तो ऑटो का नंबर याद रखिएगा या अपुन का पता किसी से भी पूछ लीजिएगा। अपुन का नाम है, सदाशिव पाटिल।'

(विदर्भ चंडिका : वार्षिकांक 2007)

--✲✲✲--

25. परायी पीर से विमुख वैष्णव

मोहनभाई सिद्धांतवादी हैं। ऐसा मोहनभाई खुद कहते आ रहे हैं, पिछले चालीस वर्षों से और मैं सुनते चला आ रहा हूँ। अब तो मैंने मान भी लिया है कि मोहनभाई जो कहते आ रहे हैं, वह सच है। आखिर कब तक नहीं मानता! 'आ-जीवन कारावस' भी बीस साल में पूरा हो जाता है फ़िर मुझे तो चालीस साल हो गए हैं, मोहनभाई को सुनते-सुनते। मैं मोहनभाई की तरह सिद्धांतवादी नहीं बन सका। कोशिश बहुत की कि एकाध सिद्धांत की पूँछ पकड़कर गंगा नहा लूं। आखिर किसे अच्छा नहीं लगता सिद्धांतवादी होना, या कम-अज-कम 'सिद्धांतवादी' कहलाना। पर मुझे सफलता नहीं मिली अपने प्रयासों में। अफसोस तो बहुत है पर क्या किया जा सकता है! या तो मोहनभाई जैसे सिद्धांतवादियों के साथ मित्रता संभाल लूँ या सिद्धांत की लंगोटी लगाकर घूमता रहूँ। दो में से एक चुनना था मुझे!

वैसे, मोहनभाई के अनेक सिद्धांत हैं। मसलन, खाने के बाद पानी (भी) नहीं पीना -अर्थात जो कुछ पीना है वह खाने के पहले निबट लेना, मौका मिलने पर शराब जरूर और जमकर पीना लेकिन खरीदकर कभी नहीं पीना, पैसे कभी किसीको उधार नहीं देना और दिए तो ब्याज लिए बिना नहीं छोड़ना चाहे दोस्ती ही क्यों न छोड़नी पड़े, किसी के घर जाने का कोई अवसर नहीं छोड़ना लेकिन अपने घर किसी को कभी नहीं बुलाना आदि-आदि। उनके तमाम सिद्धांतों में से एक सिद्धांत मुझे ऐसा लगा जिसे अपनाया जा सकता है और एक दिन मैंने ठान ही तो लिया कि वह सिद्धांत मैं जरूर अपनाऊँगा। वह है, 'सफर में कम-अज–कम सामान लेकर चलना।' वे इस सिद्धांत का पालन इतनी कड़ाई से करते हैं कि चाहे एक दिन के लिए आएं मेरे घर या दस दिनों के लिए, एक अटैची से अधिक कभी कुछ लेकर नहीं आते। यह अलग बात है कि मेरे घर मुकाम के दौरान मेरे शेविंग-बॉक्स से लेकर लूँगी, शर्ट्स, चप्पलें, कोट, टाई आदि तमाम चीजों के साथ वे वैसा ही सलूक करते हैं जैसा सरकारी मुलाजिम रेस्ट-हाउस या सर्किट-हाउस के तौलिए, चादरों के साथ करते हैं। शुक्र है, काम की फाइलों और एक जोड़ी चड्डी-बनियान के अलावा वे अपना टूथ-ब्रश लेकर आते हैं। अपने इस सिद्धांत के पालन से उन्हें कभी-कभी अपार कष्ट और

असीमित अफसोस भी होता है। मेरी बेटी के विवाह-समारोह में शामिल होने के लिए आए थे चार दिनों के लिए तभी उन्होंने कितना अफसोस जाहिर किया था! कहने लगे, 'मित्रवर, तुम्हारे लिए सफारी-सूट का कपड़ा और भाभीजी के लिए एक शानदार साड़ी खरीदकर मिसेज ने बढ़िया पैकिंग करके मुझे दी और कहा कि यह 'पैकिंग' जरूर लेकर जाना। कहने लगी, शादी-ब्याह का मामला है, खाली हाथ जाना अच्छा नहीं लगता। मुझे भी कहाँ अच्छा लगा! पर सिद्धांत आड़े आ गया। उसी की रक्षा की खातिर मैं कुछ भी लेकर नहीं आया।' आपको बताऊँ, मोहन भाई का अपना अंगूर का बगीचा है नासिक में। सौ-पचास हापूस-आम के पेड़ भी हैं। वे मेरे घर जब भी आते हैं, यह बताना कतई नहीं भूलते कि चालू वर्ष में उन्हें अंगूर और आम से कितने लाख रुपयों की आमदनी हुई। लेकिन यह अफसोस जतलाना भी नहीं भूलते कि कम सामान लेकर सफर करने के उनके सिद्धांत के कारण वे आज तक एक अदद अंगूर या उनके (तथाकथित) 'शानदार' हापूस आम की एक फांक तक नहीं ला पाए और न ही कभी ला पाएंगे।

पता नहीं, सिद्धांतों के प्रति उनकी निष्ठा से सम्मोहित होकर या अंगूर और आम की लच्छेदार बातों से मोहित होकर, मेरे परिवार ने एक दिन मोहनभाई के घर नासिक जाने का कार्यक्रम बना लिया और तड़ से मोहनभाई को सूचित भी कर दिया। जाहिर है, न्यूनतम सामान लेकर चलने के सिद्धांत को अपनाने के निर्णय के बाद उसे प्रयोग में लाने के लिए किया जानेवाला हमारा यह पहला ही सफर था। मैंने बीवी-बच्चों से कह दिया कि हो सके तो एक ही ब्रीफ-केस लेकर चलें ताकि मोहनभाई खुश हो जाएं हमारा 'लगेज' देखकर और उन्हें तसल्ली हो जाए कि मैं उनके नक्शे-कदम पर चलकर किसी अंगूर के बगीचे का मालिक भले न बन पाया पर उनके एक सिद्धांत को अपनाकर उनका 'अनुयायी' जरूर बन गया। और क्या कमाल कि जरूरत का हमारा सारा सामान एक ब्रीफ-केस में समा गया!

हम अपने चुस्त-दुरुस्त सफर की कल्पना करके बहुत उत्साहित थे। तभी एक दिन मोहनभाई का फोन आ गया। कहने लगे, 'मित्रवर, पिछली मर्तबा जब मैं आया था तब आपने तिल्ली के गज़क खिलाए थे। मैंने बहुत तलाश की पर यहाँ वैसे गजक कहीं नहीं मिले। हो सके तो दो-एक पैकेट जरूर ले आना, यार। तुम्हारी भाभी भी जब देखेगी तभी विश्वास करेगी कि मैं किसी चीज की यूँ ही तारीफ़ नहीं किया करता।' ब्रीफ-केस में कतई गुंजाईश नहीं थी इसलिए भारी मन से एक अतिरिक्त बैग रख लेने का तय हो गया। अगले दिन शाम को श्रीमती जी ने बताया कि श्रीमती मोहन का फोन था कि सुना है (या मोहनभाई ने सुनाया है!) आपके यहाँ राजस्थानी–रजाइयाँ बढ़िया मिलती हैं। हो सके तो दोनों बच्चों के लिए दो रजाइयाँ जरूर लेते आइए। दो दिन बाद मोहनभाई की बिटिया का

फोन आ गया, 'अंकल जी, सुना है, आपका जिला तो 'संतरों का कैलिफोर्निया' कहलाता है। मेरी एक सहेली के पिताजी पुलिस विभाग में हैं। उनकी पोस्टिंग कभी आपके यहाँ हुई थी। सहेली को जब मैंने बताया कि अमरावती से मेरे एक अंकल आ रहे हैं तो उसने वहाँ के संतरों की इतनी तारीफ की कि मुँह का पानी नहीं सूख रहा है। अंकल जी, आप मेरे लिए और कुछ मत लाइए लेकिन एक पेटी संतरा जरूर लेकर आइए, प्लीज।' दो दिन बाद श्रीमती मोहन का फ़िर फ़ोन आ गया। उन्होंने फ़ोन पर बताया कि उनके घर का एकेक सदस्य कितना उल्लसित है हम लोगों के स्वागत के लिए- केवल एक राजीव को छोड़कर। राजीव मोहन भाई के इकलौते बेटे का नाम है। कारण पूछने पर श्रीमती मोहन ने बताया कि मोहनभाई जब भी हमारे घर से अपने घर लौटते हैं, हमारे घर खाए अचार और मुरब्बों की खूब तारीफ करते हैं और उनके राजीब को तरह-तरह के अचार-मुरब्बे खाने का खूब शौक है। अंतत: यह संवाद इस आग्रह के साथ समाप्त हुआ कि चाहे एकाध चीज कम ले जाएं पर हमारे घर बने सभी तरह के अचार-मुरब्बे, थोड़े-थोड़े ही क्यों न हों, उनके लाडले राजीव के लिए जरूर लेकर जाएं।

मोहनभाई के घर से आते टेलीफ़ोन का सिलसिला थमने का नाम नहीं ले रहा था और हर टेलीफ़ोन हमारे 'लगेज' में वृद्धि किए जा रहा था। बढ़ते-बढ़ते मेरे 'हम दो, हमारे दो' वाले छोटे- से यात्री-परिवर के प्रत्येक सदस्य के हिस्से में दो–दो लगेज आ चुके थे और दो से अधिक लगेज कोई सदस्य ढोना नहीं चाहता था। एक अतिरिक्त खुशी इस बात की थी कि इतने लगेज के बावजूद हम बिना कुली की सहायता के अपना सफ़र पूरा कर लेंगे! मोहनभाई के परिवार को शायद यही बात नागवार गुजरी थी! तभी न एक दिन श्रीमती मोहन ने फ़ोनपर फ़रमाया कि बारीक दानेवाला लक्ष्मी-ब्राण्ड साबूदाना और महाराष्ट्रीयन चिड़वे के लिए उपयुक्त कागजी-पोहा नासिक में नदारद हैं। इसलिए दो किलो कागजी पोहा और पाँच किलो (साल भर के कोटे के रूप में) साबूदाना अवश्य लेकर आइए।- इस बार श्रीमती मोहन यह जतलाना नहीं भूलीं कि इस अतिरिक्त सामान के पैसे हम उनसे 'वसूलना' न भूलें। हमारा लगेज बढ़ाने के लिए उन्होंने अफसोस भी जताया और यह उलाहना भी दिया कि हम पहली बार ही जा रहे हैं उनके घर। हमेशा आते-जाते रहें तो इतना बोझ नहीं ढोना पड़ेगा हर बार!

हमारी यात्रा के प्रारंभ को अब मात्र चौबीस घंटे शेष थे। तभी मोहनभाई का एक और फ़ोन आ गया। फ़ोन पर उन्होंने हमें यह संदेश सुनाया कि वे कार लेकर हमें 'रिसीव' करने रेलवे-स्टेशन आएंगे इसलिए हम लोग स्टेशन पर उतरकर टैक्सी पकडने की जल्दबाजी न करें। सुनकर उतनी ही राहत मिली जितनी बजट में एक रुपया रेल-भाड़ा कम होने की

घोषणा से होती है। लेकिन तुरंत बाद लगा जैसे सभी रेलों पर पर सौ-रुपया सुपर-चार्ज लगा दिया गया हो! मोहनभाई ने अत्यंत विनयपूर्वक कहा, 'मित्रवर, अनिद्रा की बीमारी से ग्रस्त होने के बावजूद मैंने महसूस किया है कि आपके घर मुझे बहुत गहरी नींद आती है। इसका कारण ढूंढ निकाला मैंने। और वह कारण है, आपके घर के तकिए। उनकी रुई लाजवाब है। मैं मानता हूँ कि विदर्भ के कपास की बराबरी दुनिया का कोई कपास नहीं कर सकता। (मोहनभाई को कोई बताएं कि सचमुच ऐसा होता तो वह कपास पैदा करनेवाले किसान पर आत्महत्या करने की नौबत क्यों आती!) बिटिया की शादी में गद्दी तो यहीं के कपास की बनवा लूंगा लेकिन इच्छा है कि तकिए विदर्भ की रुई के हों। पर बंधुवर, यह तभी संभव होगा जब आप आते वक्त पाँच किलो रुई साथ लेकर आएं। अभी से बनवाकर रख लूंगा तो शादी के समय भाग-दौड़ नहीं करनी पड़ेगी।'

फ़ोन रखते ही मन में विचार आया कि टिकट कैंसिल कर दूं! लेकिन दूसरा विचार कौंधा कि मोहनभाई को कहने को हो जाएगा कि लो, जरा-सा सामान लाने को क्या कह दिया, आना कैंसिल कर दिया! रही बात सिद्धांत को अपनानेवाले विचार की, तो उसकी वही गति हो गई जो सर्किट-हाउस के खानसामा के घर पल रहे चूजे की हो जाती है, मंत्री के दौरे के दौरान। काश, मोहनभाई जैसे 'सिद्धांतवादी' मेरे जैसे चूजे की पीड़ा को समझ पाते!

--***--

26. प्रजातांत्रिक संतुलन

शास्त्रों में उल्लेखित कई तंत्रों में एक तंत्र यानी प्रजातंत्र। प्रजातंत्र में प्रजा, प्रजा पर, प्रजा द्वारा राज करती है। प्रजातंत्र में तांत्रिक का वही स्थान होता है जो शादी में दूल्हे का होता है। तांत्रिक ग्रह- शांति के लिए हवन, यज्ञ करते हैं। इससे जन-प्रतिनिधियों के सिर पर चुडैल और ज़ुबान पर मंथरा सवार होती है। चुड़ैल और मंथरा की सवारी से अच्छी-खासी सरकार ढह जाती है। सरकार के ढह जाने पर चुनाव होते हैं। नये सिरे से साडियाँ, कम्बल, नोट आदि बँटते हैं। जो चुनकर आते हैं उनमें से कुछ मंत्री-मुख्यमंत्री होते हैं। जिनको बनाना होता है उनको वैसे ही मंत्री-मुख्यमंत्री बना दिया जाता है। चुनाव, बाद में उप-चुनाव में होता रहता है। रस्मअदाई होती रहती है, लड़का पहले पैदा हो जाता है।

प्रजातंत्र में, दोष मढ़े जाने के लिए सरकार होती है। हर सरकारी कदम शतरंज की एक चाल होती है। दुआ-सलाम के लिए राजा होता है। पूरा मैदान वजीर का होता है। अल्पसंख्यक प्यादे होते हैं। पूरा देश कुरु-क्षेत्र होता है।

पूर्व सरकार ने जो कुछ किया उससे देश का कबाड़ा हुआ होता है। योजनाओं की माँग में नया सिंदूर होता है। बार-बार बदली जाने के लिए नीतियाँ होती हैं (गोकि बार-बार दिल तोड़कर वो कहते हैं, जैसा था उससे बेहतर बनाएंगे)। पुनर्गठन के लिए आयोग होते हैं। तबादले के शिकार अफसर होते हैं। जारी किये जाने के लिए आदेश होते हैं। आदेशों के कार्यान्वियन के लिए अध्यादेश निकलते हैं। अध्यादेश पास करने के लिए संसद होती है। संसद में थपथपाने के लिए मेजें एवं फेंकी जाने के लिए कुर्सियां होती हैं। न सुने जाने के लिए स्थगन प्रस्ताव होता है। स्थगन प्रस्ताव पर चर्चा की माँग के लिए वाक-आउट होता है। वाक-आउट के लिए विरोधी पक्ष होता है। विरोधी पक्ष का हर सदस्य किसी टूटे हुए दिल का टुकड़ा होता है। पूरे सदन में नहीं के बराबर बोलने वाला इकलौता एक सदस्य होता है। उसी का नाम 'स्पीकर' होता है।

प्रजातंत्र में बार-बार जिसका हवाला दिया जा सके, ऐसी एक किताब होती है। उसका नाम संविधान होता है। संविधान कभी दाल बराबर तो कभी कबाब होता है। कबाब में एक हड्डी होती है। चुनौती के लिए अदालत होती है। उम्र यूं ही तमाम करने के लिए अपील

होती है। उठा लिये जाने के लिए मुकदमे होते हैं। सारंगी बजाने के लिए आयोग होते हैं। आयोग की कार्रवाई होली का हुड़दंग होती है। दीमक की दावत के लिए आयोग की रिपोर्ट होती है।

प्रजातंत्र में जो कुछ और नहीं हो सकता वह नेता होता है। नेता के माथे पर लोकसेवा का तिलक, मुँह में देशप्रेम की गिलौरी, ऐन वक्त पर दर्द उभारने के लिए दांत (खाने और दिखाने के दांतों के अतिरिक्त) हर वक्त दौरे के लिए हाजिर दिल, किसी अनब्याही या तलाकशुदा कुर्सी के वियोग में तड़पता मन, कुरते की दायी जेब में दलबदल का प्रेमपत्र और बायीं जेब में देश की सारी समस्याओं का हल होता है। नेता की दृष्टि में हर माँग जायज होती है। जायज माँग के लिए आंदोलन होता है। आंदोलन की नाक हड़ताल होती है। हड़ताल की आंखे 'बंद' होती हैं। 'बंद' की सफलता जुलूस पर निर्भर करती है। जुलूस मेन मार्केट से होकर गुजरता है। मेन मार्केट में कांच के कीमती शो-केसेस लगे होते हैं। जुलूस के हाथों में पत्थर होते हैं। इसलिए 'बंद' हमेशा सफल होते हैं।

प्रजातंत्र में एक चीज डाल-डाल तो दूसरी पांत-पांत होती है। कभी कोई गाय बड़े-से-बड़े नेता का बीसों दिन खाना हराम कर देती है तो कभी कोई सूअर का बच्चा पूरे प्रजातंत्र पर हावी हो जाता है। घटनाएँ होती रहती हैं। प्रजा की स्मरण-शक्ति से विस्मरण-शक्ति अधिक प्रबल होती है। भागलपुर घटित होने तक मुरादाबाद, मुरादाबाद होने तक बागपत और बागपत होने तक बेलची जीवित रहती है। पाँच साल में एक बार 'वोट' डालने की बात को नजर अंदाज कर दिया जाये तो प्रजातंत्र में प्याज की कद्र आदमी से अधिक होती है।

प्रजातंत्र के प्रतिपादन के लिए कुछ और बातें होती हैं जो होती रहती हैं। रोकने के लिए रेल और जलाने के लिए बसें होती हैं। आंख का नूर अंग्रेजी और पैरों की पायल हिन्दी (राष्ट्रभाषा) होती है। कन्सेशन, स्कॉलरशिप के लिए देश और नौकरी के लिए विदेश होता है। पोस्टरों पर इस्तेमाल के लिए गांधी, नेहरु, समारोह में भंजाने के लिए प्रेमचन्द और सिक्के की तरह उछालने के लिए आम आदमी होता है।

यह सब मिलकर जो बनता है वह प्रजातांत्रिक संतुलन होता है। इसमें जब भी कुछ गड़बड़ होती है, तब प्रजातन्त्र को विघटनकारी तत्वों से खतरा महसूस होता है।

(नवभारत नागपुर : 14 जून, 1981)

--***--

27. प्रभुपूजा में पड़ोस के पुष्प

हे मित्र, यह पत्र मैं खास तुम्हारे लिए लिख रहा हूँ। मैं जानता हूँ कि पत्र-लेखन की परंपरा अब नहीं रही। और तो और 'पिता को पैसों के लिए पत्र ' जैसे प्रश्न भी अब स्कूली परिक्षाओं में नहीं पूछे जाते। ऐसे में, एक मित्र को पत्र! और वह भी उस मित्र को जो अपनी ही कालोनी में रहता है! शायद तुम कहो कि ऐसा ही था तो मैंने तुम्हें मुंह-जबानी क्यों न कहा कभी? पर मैंने सोचा, कहीं बुरा न मान जाओ! और सच तो यह है मित्र कि तुम्हें बुरा न लगे और मेरी बात भी बन जाए ऐसे तरीकों से तुम्हें अनेक मर्तबा कह चुका हूँ कि तुम मेरे गमलों के फूल न तोड़ा करो। जब-जब भी तुमने अपने घर की पूजा के निमित्त फूल तोड़े हैं , तुमने फूल नहीं बल्कि मेरा दिल तोड़ा है। मैंने तुम्हें यह हरकत न करने के लिए कई तरह से ताकीद दी है। कभी संकेतों से तो कभी अपनी हरकतों से। कभी तुम्हारी चाय में जान-बूझकर नमक घोलकर तो कभी डबल चीनी डालकर। दो-एक बार तो मैंने अपने इकलौते पुत्र पर फूल तोड़ने का झूठा आरोप लगाकर तुम्हारे सामने ही उसे बुरी तरह प्रताड़ित किया है। पर तुम समझो तब न! उल्टे, पहले कभी-कभार आते थे तुम और मेरी छोटी-सी बगिया में खिले पाँच-पचीस गुलाब यूं विलग कर जाते जैसा बिना बाड़ की बगिया में कोई निर्लज्ज सांड घुस आया हो! पर आजकल देख रहा हूँ, तुम रोज चले आते हो और हमारी बगिया के सारे गुलाब तोड़कर दफ़ा हो जाते हो। कभी चुपचाप, चोरों की तरह तो कभी बे-धड़क! जैसे तुम कोई पार्टी हाईकमांड हो और बगीचा तुम्हारे पार्टी-दफ्तर परिसर में हो!

कभी-कभी जब मैं अपने मन पसंद फूलों को तुम्हारी प्रभु-पूजा की बलिवेदी पर चढ़ते देखता हूँ और तुम्हें एक ढंग की गाली भी नहीं दे सकता तो मुझे अपने-आप पर ही तरस आता है। सुना है, मित्रता का दूसरा नाम त्याग है। लेकिन मैं अब और अधिक त्याग नहीं कर सकता मित्र! क्योंकि पूजा मैं भी करता हूँ और जूड़े में लगाया गुलाब मेरी पत्नी को भी बहुत भाता है, बशर्ते गुलाब हमारी अपनी बगिया का हो! लेकिन जबसे तुम्हारा हमारे घर आवागमन बढ़ा है तब से हमारे ये क्रियाकलाप पूर्णत: ठप्प हो चुके हैं।

चाहो तो मैं तुम्हें उन नर्सीरियों के पते दे दूं जहाँ से मैंने पौधे खरीदे हैं! या वे घर बता दूं जहाँ से तुम कुछ पौधे चुरा सकते हो। यह इसलिए कि तुम अपने घर मन चाहे पुष्प पैदा

कर सको और प्रभु को ही क्यों, अपनी मरजी से जहाँ चाहे चढ़ा सको। पुत्र द्वारा गुलाब के अनन्य प्रयोग की संभावनाएं भी तुम्हारे यहाँ मुझ से अधिक हैं। क्योंकि तुम्हारे दोनों पुत्र पत्थरों पर अपनी प्रेमिकाओं के नाम लिखने का पुरुषार्थी कार्य आरंभ कर चुके हैं।

कुल मिलाकर यही कि तुम मेरे घर के फूलों को बख्श दो। इस पत्र को तुम मेरा लिखित अनुरोध समझो या अंतिम चेतावनी। इसके बाद जो होता है उसे 'धक्के मारकर निकालना' कहते हैं मित्र!

(लोकमत समाचार: 6 सितंबर 2005)

--***--

28. फोटो-एलबम से सावधान

हे मित्र, आज तुमने मुझे फ़िर आमंत्रित किया है अपने घर। अबकी तुमने कहा है, पकौड़े खाने के लिए आओ। दो दिन से रुक-रुक कर बारिश हो रही है। आसमान में बादल छाए हैं। ऐसे में, पुराने गीतों के रेकार्ड्स सुनना और पकौड़े खाना मेरी कमजोरी है, यह तुम खूब जानते हो। लेकिन मैंने बहाना बनाकर फ़िर टाल दिया है।

पिछले पंद्रह दिनों में यह तुम्हारा पचीसवां निमंत्रण था। मैं तुम्हारी बेचैनी समझ सकता हूँ, मित्र। वैसे, तुम महीनों फ़ोन नहीं करते। न मेरे जन्म-दिन पर, न तीज त्योहारों पर और न ही ऐसे किसी प्रसंगपर जब मुझे लगता है कि तुम्हारा फ़ोन आना चाहिए था। पकौड़े का 'चुग्गा' डालकर वास्तव में तुम किसलिए बुला रहे हो यह मैं जानता हूँ और चाहता हूँ कि मैं क्यों टाल रहा हूँ यह तुम समझ जाओ। तुमने खूब फोटो खिचाए अपने पुत्र के विवाह में। इतने कि उनके तीन एलबम बन गये। ब्रीफ़केस साइज के। फ़ोटोग्राफ़र जिस दिन रिक्शेपर लादकर एलबम तुम्हारे घर छोड़ गया, उसी दिन तुम्हारा पहला फ़ोन आया था मुझे। तुम्हारी ऑफ़र भी अच्छी थी। डिनर की। उसे और अधिक मोहक बनाने के लिए शादी के मेहमानों द्वारा बोतलों में छोड़ दी गई दो-एक विस्की के नाम भी गिनाए थे तुमने। पर, तुम्हारे जाल में अब और न फ़ँसने का निर्णय मैंने उसी दिन ले लिया था जिस दिन तुमने तुम्हारे 'सपरिवार बारह ज्योतिर्लिंग-दर्शन' के दो भारी-भरकम एलबम मेरे सामने रख दिए थे।

तब तुमने मुझे 'भाभीजी के हाथ की बनी जलेबी खाने' के निमित्त बुलाया था। जान तो गया था कि मैं फ़िर फ़ँस गया हूँ तुम्हारे मायाजाल में। पर जलेबी! तुम खूब जानते हो कि इस संसार में बीवी के बाद अगर मुझे कोई चीज पसंद है तो वह जलेबी ही है और मेरी इस कमजोरी का तुम कई बार लाभ उठा चुके हो। हाँ, नाजायज लाभ। जलेबी की लालच में मैंने उस रोज एलबम के पन्ने जल्दी-जल्दी पलटने शुरु कर दिए थे। एक एलबम पूरा भी हो चुका था। सोचा, इंटरवल में जलेबी के दीदार हो जाएंगें। लेकिन ऐसा नहीं हुआ। मैंने बे-मन से दूसरा एलबम उठा लिया और उसी प्रकार जल्दी-जल्दी पन्ने पलटने लगा था। आखिर मेरा अंतिम लक्ष्य 'जलेबी' था, न कि एलबम में छपे तुम्हारे कुनबे के फोटो। मैं आखिरी

पड़ाव पर पहुँच चुका था। तभी तुम अकस्मात किसी 'फ़िल्मी-विलेन' की तरह आकर मेरे करीब बैठ गए और नए सिरे से पहलेवाले एलबम में छपा एकेक फोटो दिखाने लगे। अपनी लचर और गैरजरूरी कमेंटरी के साथ। पूरे नब्बे मिनट के बाद दूसरे अलबम का नंबर लगा था। चलो, किसी मंदिर या खूबसूरत नजारे के फोटो हो तो कोई देख भी लें। लेकिन फोटो में दिखलाई देनेवाले प्रत्येक पात्र का विस्तृत परिचय, फोटो के वक्त सूरज की रोशनी की स्थिति, फोटो-विशिष्ट में तुम क्यों नहीं हो या हो तो तुमने जूतों की बजाए स्लीपर क्यों पहन रखी है या तुमने किसी फोटो में पहनी हुई घटिया टी-शर्ट सफर में कहाँ से खरीदी थी अथवा किसी फोटो में तुम्हारा चेहरा मरियल-सा क्यों दिखाई दे रहा है ...यह सब बतलाना क्या जरूरी होता है मित्र! और वह भी हर बार! पता नहीं तुम यह क्यों भूल जाते हो कि मैं तुमसे पिछले तीस वर्षों से परिचित हूँ। हाँ, पूरे तीस वर्ष। और तुम्हारे उन मित्र-परिजनों को भी जानता हूँ जिन्हें तुम्हारी बीवी अर्थात आदरणीय 'भाभीजी' नहीं जानतीं। और हाँ, उस रोज तुमने कमेंटरी में सहायता के लिए अपने साथ 'भाभीजी' को भी बुला लिया था। नतीजा! वही हुआ जिसकी मुझे आशंका थी। भाई साहब, रातके ग्यारह बजे थोड़े ही न कोई गृहिणी रसोईघर में जाकर किसी के लिए जलेबी बनाती है!

वैसे, आजतक मैं तुम्हारे कितने ही एलबम देख चुका हूँ! तुम्हारी हर यात्रा के, हर प्रसंग के, हर समारोह के, तुम्हारे घर पधारे तुम्हारे मेहमानों के, तुम्हारे बच्चों के बर्थ-डेज के। और अब उनके शादी-ब्याह के भी। दरअसल, छोटी-मोटी हर घटना को कैमरे में कैद करना तुम्हारा शगल है और हर प्रसंग के फोटो का एलबम बनाना तुम्हारा शौक। रहे न! लेकिन अलबम बनकर आते ही मित्र-परिचितों को किसी बहाने अपने घर बुलाकर उन्हें अलबम थमा देना, यह कहाँ की शराफ़त है मित्र! तुम्हें मालूम नहीं कि आजकल तुम्हारे यहाँ जब कोई आयोजन होता है तो उसके फोटो के आगामी एलबम की कल्पना-मात्र से हम दोस्तों की रूह कांपने लगती है। कइयों ने तो इसी कारण तुम्हारे साथ मित्रता त्याग दी है। बेचारे, तुम्हें टालने के लिए आखिर कब तक झूठ बोलते कि उनके पास समय नहीं है तुम्हारे घर आने के लिए। वैसे भी, आजकल किसी के पास अपनी महबूबा की मेहंदी देखने तक के लिए समय नहीं होता। पर, तुम हो कि गिरफ़्त में आते ही हर किसी को अपने 'राजस्थानी किलों के दर्शन' या 'चारोंधाम-यात्रा' अथवा 'नर्मदा परिक्रमा' या किसी पारिवारिक आयोजन के एलबम थमा देते हो। कुछ मित्रों की राय है, तुम्हारे फ़ाटक पर 'एलबम से सावधान' लिखा हुआ एक ऐसा चमत्कारिक बोर्ड लटका दिया जाना चाहिए जो तुम्हें न दिखे पर तुम्हारे घर के सामने से गुजरने वाले प्रत्येक व्यक्ति को दिखलाई पड़े। क्या तुम चाहते हो कि ऐसा कुछ हो! कोडई-कैनाल में एक साथ खिले पाँच-पाँच इंद्रधनुष

देखकर या समूचे हिंद महासागर को तरल स्वर्ण में बदल देने वाला कन्याकुमारी का सूर्योदय देखकर या म्हैसूर के किले में सांझ के समय एकसाथ जल उठे बिजली के एक लाख बल्ब देखकर भी जो पथरीले ही बने रहे उन चेहरों पर महज फोटो खिंचवाने की खातिर उभरे लुभावने भाव घंटों तक देखते रहना कितना कष्टप्रद होता है, यह तुम समझने की कोशिश करो मित्र!

तुम्हें संकेतों से समझाने की कोशिश मैं कई बार कर चुका हूँ। लेकिन व्यर्थ! माना कि हर सज्जन व्यक्ति को हर हाल में सज्जन बने रहने के लिए बहुत बड़ी कीमत चुकानी पड़ती है। लेकिन अब बस! मुझसे और अधिक उम्मीद न करो। जैसे हर चीज की अपनी एक सीमा होती है वैसे ही मेरे बर्दाश्त करने की भी एक सीमा है जो तुम पहले ही पार कर चुके हो। इसलिए तुम्हारे घर आने के बाद चाहे जलेबी, पकौड़े, पोहा न मिले तब भी चलेगा। मैं तो कहता हूँ कि एक गिलास पानी के लिए भी न पूछा गया तब भी अपनी मित्रता पर कोई आँच नहीं आएगी। लेकिन आतेही हर बार एलबम थमाना छोड़ दो मित्र।

अंतत: मैं इतना ही चाहूँगा कि मेरे इस अनुरोध को तुम अपनी खातिर रची गई 'विनय-पत्रिका' का अंतिम छंद समझ लो। क्योंकि इसके बाद जो होगा उसे 'महाभारत' कहते हैं।

विश्वास है, तुम वह नौबत नहीं आने दोगे।

तुम्हारा
एलबम पीड़ित मित्र

(मधुरिमा: दैनिक भास्कर : 16.5.2012)

--***--

29. बड़े साहब का बारहमासी बसंत

बड़े-साहब यानी वे साहब जिन्हें साहब लोग भी 'साहब' कहकर संबोधित करते हैं। कुछ लोग सिर्फ़ 'साहब' होते हैं। यानी चपरासी-साहब या बाबू-साहब या चपरासी और बाबुओं के साहब। ऐसे साहबों की अहमीयत उतनी ही होती है जितनी कि सांपों में 'पानी के सांप' की। यानी कहने को प्रजाति 'सांप' की। लेकिन आप पाजामें में नाड़ा बनाकर डाल लो तब भी 'पानी का सांप' कुछ नहीं बिगाड़ेगा आपका। जबकि 'बड़े साहब' के साथ जुड़ा हुआ 'बड़े' शब्द साहब के असली साहब होने का वैसा ही परिचय देता है जैसे नाग के सिरपर चस्पाँ दस का आंकड़ा उसके असली कोबरा होने का। बड़े-साहब की एक विशिष्टता यह भी होती है कि वे अपने से बड़े साहब (अर्थात 'खूब बड़े।' ऐसे साहबों का मुख्यालय प्राय: राज्य अथवा देश की राजधानी में होता है और वे किसी प्रोजेक्ट के भूमिपूजन या उदघाटन के अवसर पर ही आम जनता को दर्शन देते हैं।) के साथ डायनिंग-टेबिल शेअर कर सकते हैं जबकि छोटे-साहब लोग बड़े-साहब लोगों के नाश्ते-भोजन के इंतिजाम में खुद खानसामा बनकर सेवा-टहल में लगे रहते हैं।

छोटे-साहब के 'बड़े-साहब' बन जाने के बाद उनके वेतन में दो-एक इन्क्रिमेंट का इजाफ़ा हो जाता है जो कि ऊँट के मुँह में जीरे के दो-एक दाने बढ़ा देने के समान है। सही उपलब्धि तो होती है बड़ा बंगला, बड़ी गाड़ी, घर में काम करने के लिए बड़ी संख्या में नौकर-चाकर, दौरे के लिए बड़ा एरिया गोया किसी बड़े जानवर के चरने का मैदान हो। बैठने के लिए बड़ा आफ़िस, हुक्म की तामीली के लिए छोटे-साहबों की बड़ी फ़ौज। यानी बड़े-साहब के पहनने के कपड़े भर उनके साइज के, बाकी सबकुछ बड़ा, बड़ा-सा। कहना न होगा कि बड़े-साहब के बड़प्पन की शोभा बढ़ानेवाली इन चीजों में उनका बड़ा बैंक-लॉकर, बड़ा फ़ार्म-हाऊस या महानगर में खरीदा गया बड़े से बड़ा फ़्लैट आदि भी शामिल होते हैं। लेकिन बड़े-साहब की सबसे बड़ी उपलब्धि यह होती है कि उनके लिए हर मौसम सुहाना हो जाता है और हर ऋतु वसंत ऋतु में तब्दील हो जाती है। बतौर मिसाल के, ग्रीष्म को ही ले लें। धरती पर सर्वत्र तेज धूप छायी रहती है। पेड़-पौधे सूखने लगते हैं। लोग पानी के लिए तरसने लगते हैं। लेकिन बड़े-साहब के बंगले पर बसंत की बहार

बिखरी होती है। पानी के पाइप से जबतब बंगले के अहाते में रखी गाड़ियाँ धुलती दिखायी देती हैं। रात-दिन कूलर चलते रहते हैं। बगीचे के नलों से निकली जलधाराएं पेड़ों को तर-ब-तर करते हुए बाहर सड़क तक घंटों बहकर आने-जानेवालों को यह एहसास कराती रहती हैं कि खबरदार, आप जिस बंगले के सामने से गुजर रहे हैं वह बड़े-साहब का बंगला है। छुट्टियों में ऐश करने की गरज से आए मेहमानों से बड़े-साहब का बंगला अटा पड़ा रहता है। बड़े-साहब की बड़ी-मेम जिस दिशा से बंगले में ग्रीष्म-ऋतु में वसंत आता है उस दिशा के छोटे- साहब को फ़ोन लगाती हैं- 'क्यों मिश्रा जी, इस साल अबतक न आम आए हैं न अंगूर! क्या इरादा है! बड़े-साहब कह रहे थे कि कहीं मिश्रा जी को तबादला तो नहीं न चाहिए!' तबादले का नाम सुनते ही हड़बड़ाकर 'मिश्रा' जी कहते हैं, 'नहीं मैडम, इस साल बिटिया बारहवी में गई है। कम-अज-कम एक साल तो यहीं रहने दीजिए।... दो पेटी अंगूर कल ही डलवा चुका हूँ जीप में। कुछ रिपेअरिंग का काम निकलवाकर आज जीप रवाना हो जाएगी यहाँ से। कल पहुँच जाएंगे अंगूर बंगले पर। और मैडम, आम तो खास रत्नागिरी से मंगवाए थे आपके लिए। दो पेटी लेकर एक सेक्शन-आफ़िसर आया भी था मेरे यहाँ। लेकिन मैंने भगा दिया उसे। नया रंगरुट है। इसी साल पोस्ट हुआ। उसे न आम की पहचान है न आपकी पसंद की जानकारी है। अब मैंने उसे सबकुछ ठीक से समझा दिया है। वह आगामी रविवार को दो पेटी हापुस लेकर सीधे आपके पास पहुँच जाएगा।... क्या कहा, मेहमान भी हैं? कोई बात नहीं न मैडम। उनके लिए मैं यहीं से पार्सल-पैक करके अलग से भिजवा दूंगा।...जी मैडम, अपन को कौन पैसे देकर खरीदना पड़ता है यहाँ। बड़े-साहब के नाम पर तो लोग अपना पूरा बगीचा देने को तैयार हो जाते हैं।'

'बड़े-साहब' की महिमा छोटे-साहब के मुख से सुनकर गदगद हुई बड़ी-मेम अब दूसरी दिशा में फ़ोन लगाकर बसंत का आह्वान करती है, 'कौन वर्मा जी बोल रहे हैं न!... हाँ...हाँ...विशेष कुछ नहीं। कल बड़े साहब यूँ ही कह रहे थे कि गडचिरोली वाले एसडीओ इस माह के अंत में रिटायर हो रहे हैं तो क्या वर्मा जी का नंबर लगा दें गडचिरोली का।... क्या कहा, नक्सलाइट-एरिया है गडचिरोली ?...अब जो है, सो तो है। और आप तो बड़े-साहब का स्वभाव जानते हैं। एक बार जो कलम चल गई सो चल गई। फ़िर बदलना मुश्किल है।... लेकिन वर्मा जी, आप भी तो जरा सोचिए कि अगर आपके होते हुए हमारे मेहमानों को संतरे के लिए तरस जाना पड़े तो फ़िर आपका नागपुर में रहना क्या और गडचिरोली जाना क्या?' इतना झटका काफ़ी हो जाता है 'वर्मा' जी के लिए। सूरज डूबने के पहले-पहले ऊंचे दर्जे के संतरों की पेटियाँ नागपुर से निकलकर बड़े-साहब के बंगले की दिशा में चल पड़ती हैं, वहाँ बसंत की बहार बिखेरने के लिए!

यहाँ आपको बता दूँ कि बड़े-साहब के बंगले पर आम तब आ जाते हैं जब हमारे क्षेत्र के आम्र-वृक्षों पर मुश्किल से मौर दिखाई देने लगता है। सीताफ़ल और रामफ़ल के पेड़ों पर जब हम अपने यहाँ अभी फ़ूल देखते हैं तब वे फ़ल खाकर अघा चुके होते हैं।

वर्षा ऋतु में बड़े-साहब के बंगले में बसंत उस क्षेत्र से आता है जिस क्षेत्र में बाढ़ आती है। बाढ़ से लोगों के घर-बार तबाह हो जाते हैं। फ़सल चौपट हो जाती है। बड़े-साहब इधर से राहत-राशि रिलीज करते हैं। उधर से बासमती चावल के बोरे, तुअर की दाल, सरबती गेहूँ, देशी घी के कनस्तरों के रूप में बसंत साहब के बंगले की ओर निकल पड़ता है।

त्योहार के दिनों में बड़े-साहब के बंगले पर छायी वासंती-छटा देखते ही बनती है। विभाग के कोने-कोने से नाना प्रकार के वाहनों में विविध भेंट-वस्तुएं लेकर आनेवाले लोग। रंग-बिरंगी परिधानों में सपरिवार पधारकर और बड़े-साहब को कीमती उपहार के पैकेट सौंपकर 'गंगा नहा लिए' वाली मुद्रा में लौटते लोग। ऐसा लगता है कि भेट-कर्ताओं का वेश धारण करके बसंत खुद बड़े-साहब के बंगले पर बार-बार हस्ताक्षर करने चला आ रहा है।

एक बार मेरी श्रीमती जी को इस प्रकार की छटा निकट से निहारने की झक सूझी थी। उन्हीं दिनों विदेश से लौटे हमारे एक रिश्तेदार ने हमें लगभग एक किलो पिश्ता लाकर दिया था। उसमें से करीब आधा श्रीमती जी 'बड़ी-मेम' के लिए भेट-स्वरूप लेकर गई। बड़ी-मेम ने पिश्ता देखा तो उन्हें मितली आ गई। कहने लगीं, 'मेरी तो पिश्ते की तरफ़ देखने की भी इच्छा नहीं होती। दीपावली पर ड्राइ-फ्रूट्स के इतने पैकेट्स उपहार में आ जाते हैं कि खाली करने पर बीस-तीस किलो पिश्ता वैसे ही इकट्ठा हो जाता है। आपही बताइए कि क्या करें और किस-किस चीज को संभाले।(बड़ी-मेम शायद कहना चाह रही थीं कि पैकेट्स में से निकली सोने-चांदी की चीजें और नोटों की गड्डियाँ संभाले कि ये मुए बादाम-पिश्ते!) आखिर मैंने घर में उपयोग के लिए पाँच किलो पिश्ता रखा और बाकी वृद्धाश्रम में ले जाकर बांट दिया।'

बड़े-साहब का विभाग सरकारी तौर पर बारह उप-विभागों में बँटा हुआ है। लेकिन बड़ी-मेम ने उसे अपने ढंग से वर्गीकृत कर रखा है ताकि बारहों मास बसंत बरकरार रहे उनके बंगले में। वे जानती हैं, कहाँ कौन-सी चीज कब पैदा होती है। कौन-सा पर्यटन-स्थल किस उप-विभाग में स्थित है और उसका आनंद लेने के लिए पुरजन-परिजनों को लेकर किस मौसम में वहाँ जाना चाहिए। बड़ी-मेम यह भी जानती हैं कि उनके विभाग में सिल्क की साड़ियाँ कहाँ अच्छी मिलती हैं, कोसा कहाँ तैयार होता है तथा कालीन कहाँ से मँगवाए जाने चहिए। उन्हें इस बात की भी जानकारी होती है कि चांदी की चीजें कहाँ

बढ़िया बनती हैं और स्वर्णाभूषण की खरीद के लिए उनके विभाग में कौन-सा स्थान उपयुक्त है। बसंत को अपने बंगले में बारहों-मास बनाए रखने के लिए बड़ी-मेम न केवल अपने विभाग में कार्यरत छोटे-साहबों की अप-टु-डेट सूची अपने पास रखती हैं अपितु किस मातहत की 'दु:खती रग' कौन-सी है यह भी खूब जानती हैं। बीच-बीच में लगाम खींचकर बड़ी-मेम अपने प्रत्येक मातहत को यह भी स्मरण कराती रहती हैं कि तुमने अगर 'बड़े-साहब' के बंगले के बसंत को नित्य बनाए रखने में कोताही बरती तो तुम्हारे तमाम ऋतुओं को ग्रीष्म में बदल दिया जाएगा और तुम्हारा जीना हराम हो जाएगा।

बड़े-साहब अपनी 'मेम' का यह कौशल देखकर प्रमुदित होते रहते हैं और जब भी अवसर मिलता है तब यह कहना नहीं भूलते कि बंगले में बारह महीने बसंत बरकरार रखने में 'मैडम' की भूमिका काबिले-तारीफ़ है।

हमारे यहाँ एक लोकमान्यता प्रचलित है कि जहाँ गुप्त-धन हो वहाँ अकसर सांप दिखलाई देता है। या जहाँ बार-बार सांप दिखलाई दे वहाँ गुप्त-धन होता है। इसी प्रकार मेरी मान्यता है कि जहाँ बारहो महीने बसंत दिखलाई दे, समझ लो कि वह बड़े-साहब का बंगला है। या जो बड़े-साहब का बंगला हो तो समझ लो कि बाहरी दुनिया में चाहे जो ऋतु चल रही हो लेकिन भीतर बसंत की ही बहार है।

(हास्यम्-व्यंग्यम्, वार्षिकांक 2012)

--***--

30. बनता हुआ रेल-मार्ग और नारियल का पेड़

मेरे कनकपुर नगर से अमरखेड की दूरी कुल एक सौ-बीस किलोमीटर है। दोनों को रेल मार्ग से जोड़ने के लिए रेल की पटरी बिछायी जा रही है। पिछले बीस सालों से। 'पटरी बिछायी जा रही है', यह मिसरा मैं यहाँ दोहराना ही नहीं बल्कि तिहराना चाहूँगा। ताकि लोगों के मन में इस महत्कार्य (मेजर प्रोजेक्ट) के प्रति जो संदेह है, वह दूर हो जाए। पिछले दिनों जब मैं बीमार था तब मेरे एक मित्र कानपुर से आए थे मुझसे मिलने। घर पहुँचते ही उन्होंने यह नहीं जानना चाहा कि मेरी तबीयत कैसी है। आतेही, पहला प्रश्न किया, 'भाई साहब, वह रेल लाइन जो आपके घर आते वक्त रास्ते में पड़ती है, उसे उखाड़ा क्यों जा रहा है?' मैंने कहा, 'यार, वह रेल लाईन उखाड़ी नहीं बल्कि बिछाई जा रही है।' हमारी इस रेल लाइन के साथ इस प्रकार के हादसे आए दिन होते रहते हैं। गोया हमारा पिद्दी-सा कनकपुर न हुआ, आतंकियों की आंख की किरकिरी बना मुंबई या दिल्ली महानगर हो गया। हम कनकपुरवासियों को रेल मार्ग के बारे में इस प्रकार के शुबहा-संदेहों से उतना ही दुख पहुँचता है जितना आदर्श सोसायटी के फ़्लैट धारकों को आदर्श सोसायटी की इमारत ढहा दिए जानेपर होगा। हालांकि हम जानते हैं कि इसमें दोष संदेह व्यक्त करने वालों का नहीं बल्कि रेल लाइन की विदर्भ के आत्महत्या करने के लिए मजबूर किसानों से बदतर हालत का है।

आपको बता दूं, मैंने इस रेल मार्ग के बारे में पहली बार तब सुना था जब मैंने न रेल देखी थी और न रेल लाइन। मेरे दादा जी अपने कुछ स्वाधीनता संग्राम सेनानी-मित्रों के साथ चौपाल पर बैठे गप्पे मार रहे थे। उन्हीं में से एक को मैंने कहते सुना था, 'चलो, आखिर कनकपुर-अमरखेड रेल लाइन की हमारी माँग सरकार ने मान ही ली।' दादा जी ने कहा था, 'मैंने अभी-अभी नारियल का पौधा लगाया है। जानता हूँ कि उसके फ़ल मुझे खाने को नहीं मिलेंगें। लेकिन पोता जरूर खाएगा। विश्वास है, तब तक यह रेल लाइन भी बिछ जाएगी।' मैं आपको बता दूं कि मैं पिछले पंद्रह सालों से नारियल खा रहा हूँ दादाजी के लगाए पेड़ के और रेल लाइन बिछने के महज सपने देख रहा हूँ। बाहरगांव से मेरे घर

आनेवाले अपने हर परिचित को मैं लंबे अरसे से यह 'प्रमुख समाचार' देता रहा हूँ कि कनकपुर-अमरखेड रेल लाइन बिछने में अब थोड़ा ही समय बाकी रहा है। लेकिन सच तो यह है कि कभी-कभी मुझे भी संदेह होने लगता है कि क्या सचमुच बिछ रही है रेल लाइन या हम लोगों को यूं ही बेवकूफ़ बनाया जा रहा है!

इस प्रकार का संदेह होने के कई कारणों में एक कारण तो यह है कि रेल लाइन बिछती कम है और उखड़ती ज्यादा है। कभी समाचार छपता है कि साठ किलोमीटर बिछ गई है रेल लाइन। उम्मीद बंधती है कि बीस साल में साठ किलोमीटर बिछ गई तो अगले बीस साल में शेष साठ किलोमीटर बिछ ही जाएगी। लेकिन हफ़्ते भर बाद ही पढ़ने को मिलता है कि पाँच किलोमीटर की रेल लाइन की फ़िश-प्लेटे गायब कर दी गयी हैं। कभी छपता है कि दस किलोमीटर की रेल लाइन के बीच-बीच के हिस्से गायब पाए गए हैं।

वैसे, रेल-लाइन बिछाने की प्रक्रिया का आरंभ ही अनूठा रहा। रेल लाइन बिछाई जाने की स्वीकृति मिलते ही रेलवे-स्टेशन की एक इमारत मेरे नगर में बना दी गई और दूसरी अमरखेड में। दोनों जगह बा-कायदा रेलवे-स्टेशन के फ़लक भी लग गए। फ़िर दोनों के बीच पड़ने वाले गांवों में भी यही प्रक्रिया अपनायी गई। अगले चरण में नंबर लगा कर्मचारियों के क्वार्टर्स-निर्माण का। मुझे याद है, तभी एक पत्रकार ने एक रेलवे अधिकारी से पूछा था कि पटरी बिछी नहीं और रेलवे-स्टेशन तथा क्वार्टर्स बना दिए गए, इसका क्या तुक है? रेलवे अधिकारी का जवाब था, 'रेलवे-स्टेशन और क्वार्टर्स दोनों का ताल्लुक सीधे जनता से होता है और जनता का ताल्लुक जनप्रतिनिधियोंसे। जनप्रतिनिधि चाहते हैं कि जल्द से जल्द राहत मिलें जनता को। इसलिए रेलवे-स्टेशन और कर्मचारियों के क्वार्टर्स पहले बना दिए जाते हैं। पटरी आराम से बिछती रहती है। जनता अपने गांव के रेलवे-स्टेशन पर जाकर आश्वस्त होती रहती हैं कि जब रेलवे-स्टेशन बन गया है तो कभी न कभी पटरी भी बिछ ही जाएगी और रेल भी आ ही जाएगी। फ़िर जब लोगों का धैर्य जवाब देने लगता है तब हम कुछ कर्मचारी पोस्ट कर देते हैं रेलवे-स्टेशनों पर। कर्मचारी ज्वाइन हो जाते हैं। सूने पड़े क्वार्टर्स आबाद हो जाते हैं। रात को दिया-बत्ती जलती दिखाई देती है तो जनता फ़िर राहत महसूस करती हैं कि लो, अब तो कर्मचारी भी आ चुके हैं! इससे पटरी के पूरे इलाके में उम्मीदों के बीज अंकुरित होने लगते हैं। 'भारतीय रेल' के प्रति शनै-शनै आत्मीयता की फ़सल लहलहाने लगती है जिसे हमारे जनप्रतिनिधि अपने चुनावों के दौरान काटते रहते हैं।

बीच में जनता ने आवाज उठाई थी कि अगर साठ किलोमीटर बिछ गई है पटरी तो उतनी ही दूरी के लिए चला दी जाए रेल। यह मामला इतना गरमाया कि लगा किसी भी

दिन, कहीं से दो डिब्बे और एक इंजिन लाकर हरी झंडी दिखा दी जाएगी उन्हें कनकपुर रेलवे-स्टेशन पर। लेकिन फ़िर समाचार छपा कि ट्रायल के दौरान पता चला कि साठ किलोमीटर की रेल-लाइन के बीच जो बीस पुल बने थे उनमें से उन्नीस टूटे हुए पाए गए हैं। इसकारण फ़िलहाल इकसठवे किलोमीटर पर पटरी बिछाने का काम रुक गया है और टूटे हुए पुल दुरुस्त किए जा रहे हैं। यह भी पता चला है कि जो क्वार्टर्स बने थे वे कर्मचारियों के रहने लायक नहीं रहे। उनके दरवाजे, खिड़कियां, नलके, पाइप-लाइन आदि जो कुछ भी लूटा जा सकता था वह लुट चुका है और वहाँ अब पशुओं ने कब्जा जमा रखा है तो कहीं-कहीं देसी दारु के कुटीर उद्योग खुल गए हैं। कई स्टेशनों पर कई कर्मचारी ज्वाइन हुए और साल दो साल में ट्रांसफ़र लेकर अपने वांछित स्थानों पर चले गए। इन तमाम विषयों पर मैंने रेलवे के एक बड़े से बड़े से बड़े अधिकारी से चर्चा की जिसका सारांश प्रस्तुत है:

मैं- सर, रेल-लाइन के निर्माण की इतनी धीमी गति का क्या कारण है?

रेल अधि.- कारण है, पैसा। हर साल जितना पैसा आता है उतना खर्च होने के बाद काम रुक जाता है और तबतक रुका रहता है जबतक फ़िर पैसा नहीं आता।

मैं- सर, जब एक बार रेल-लाइन को निर्माण की मंजूरी मिल गई तो पैसा न आने का क्या कारण है?

रेल अधि.- आज से बीस साल के पहले जब इस कार्य को मंजूरी प्रदान की गई थी तब इसका अनुमानित खर्च था 125 करोड़ जबकि इस पर अबतक इससे दस गुना खर्च हो चुका है और अभी आधा काम बाकी है। हम लोग भी सरकार से माँगें तो किस मुंह से माँगें ? जनता शोर मचाती हैं तो जनप्रतिनिधि यह सवाल अपने स्तर पर उठाते हैं। सवाल उठाने से कभी पैसा मिलता है तो कभी मिला हुआ पैसा रुक जाता है।

मैं- रुक क्यों जाता है?

रेल अधि.- देखिए यह सीधा सा गणित है। मान लीजिए कि जब रेल-लाइन को मंजूरी मिली तब कनकपुर के एमपी 'काग' पार्टी के थे। तो रेल-लाइन मंजूर करवाने का श्रेय तो उन्हें मिल गया। लेकिन अगले चुनाव में 'बीजू' पार्टी के एमपी चुनकर आ गए आपके यहाँ से। अब बताइए कि वे अपनी अलग पटरी बिछाने के यत्न करेंगें कि 'काग' पार्टी की पटरी पूरी करेंगें? कनकपुर से अमरखेड के बीच तीन चुनाव क्षेत्र आते हैं जिनमें पिछले बीस सालों में भिन्न-भिन्न पार्टियों के तेरह एमपी चुनकर आए। ऐसी स्थिति में गनीमत समझिए कि बिछी हुई पटरी उखड़वाकर दूसरी ओर नहीं ले जाई गयी।

मैं- अच्छा, बीच-बीच में फ़िश-प्लेट उखड़ने, पटरी चोरी होने, क्वार्टर्स का सामान गायब होने के जो समाचार आते हैं उनके बारे में आप क्या कहना चाहेंगे।

रेल अधि.- यह जो कुछ हो रहा है, उसमें नया कुछ भी नहीं है। बल्कि मैं तो कहना चाहूँगा कि यह कार्य जितनी शीघ्रता से सपन्न हो जाए उतना अच्छा है। रेल भारतीय संपत्ति है। उसे हर भारतवासी अपना समझता है। इसलिए रेल-लाइन के आसपास रहने वालों को जिस चीज की जरूरत होती है, वे निकालकर ले जाते हैं। लेकिन आपने देखा होगा कि एक समय ऐसा आता है जब लोगों की जरूरतें पूरी हो जाती हैं और वे कुछ नहीं ले जाते। पूरे देश में हमारी हजारों किलोमीटर पटरी बिछी हुई है लेकिन आपने देखा होगा उसे कोई चुराकर नहीं ले जाता। क्योंकि जितनी जरूरत थी उतनी वे तभी ले जा चुके हैं जब पटरी बिछायी जा रही थी। पटरी बिछाने में रेल विभाग अपनी तरफ़ से जो बिलंब करता है उसके पीछे यह भी एक प्रमुख कारण है।

मैं- तो शेष साठ किलोमीटर रेल-लाइन कब तक पूर्ण होने का अनुमान है?

रेल अधि.- देखिए, मैं तो इस पद पर तीन साल के लिए आया था। उसमें से दो साल बीत चुके हैं। शेष एक साल में रेल लाइन पूरी नहीं हो सकती यह मैं निश्चित रूप से कह सकता हूँ। हाँ, निजी तौरपर एक सलाह जरूर देना चाहूँगा आपको। आप भी एक नारियल का पौधा लगा दीजिए। आपके दादाजी द्वारा लगाया गया पौधा न सही, आपका लगाया हुआ पौधा जरूर सुनेगा कनकपुर-अमरखेड रेल की धड़कन। तबतक अवश्य बिछ जाएगी पूरी रेल-लाइन।

सौ साल होती है नारियल के पेड़ की आयु।

(युगवंशिका वार्षिकी: गाजियाबाद: 2012)

--***--

31. बलिहारी कुक्कुर आपकी

आमगांव के लोगों को इससे पूर्व इतना आतंकित कभी नहीं देखा गया था। वैसे, गांव हो या शहर, आजकल आतंक के मुख्यतया दो ही कारण होते हैं। प्रथम डकैती और दूसरा राजनीति। पर आमगांव में आतंक का एक तीसरा ही कारण था। पिछले सात दिनों में सत्ताईस बच्चों की मृत्यु हो चुकी थी और मृतकों की संख्या में वृद्धि की संभावनाएं अभी बरकरार थीं। मृतक बच्चे बड़ी हड़बड़ी में मरे थे अत: किसी का भी मृत्युपूर्व बयान दर्ज नहीं किया जा सका था और जो हड़बड़ी में नहीं बा-कायदा हिचकियाँ दे-देकर मरे थे, वे हाल ही में बालक -मंदिर में दाखिल किये गये थे और शिक्षा के नाम पर ब-मुश्किल 'हम बच्चे हिन्दुस्थान के' इतना ही बोलना सीख पाये थे।

ग्रामीणों का कहना था कि शासन द्वारा 'बाल-विकास परियोजना' के अंतर्गत पौष्टिक-आहार के रूप में जो दलिया स्कूलों में वितरित किया गया वह विषाक्त था। उसके खाने से बच्चों की मृत्यु हुई। इसीलिए उनकी एकमात्र माँग थी कि जिम्मेवार व्यक्तियों को तुरंत निलंबित किया जाए। इस माँग को लेकर वे एक लंबे जुलूस में, आमगांव से जिला मुख्यालय तक आए और जिलाधीश को ज्ञापन सौंपा। जिलाधीश ने किसी राष्ट्रीय-अलंकरण की भांति समारोहपूर्वक ज्ञापन ग्रहण किया और संबंधित अधिकारियों की ओर ठेल दिया। हर तुकी- बे-तुकी को गंभीरता से लेने के आदी अधिकारियों ने ग्रामीणों द्वारा ज्ञापन में की गयी माँग को भी पूरी गंभीरता से लिया और इसे एक 'प्रैक्टिकल जोक' की संज्ञा देकर खूब हँसे। फिर हँसते-हँसते एक फाइल बना डाली और अपनी हँसी को फाइल में, भिन्न-भिन्न टिप्पणियों के रूप में दर्ज करते गये। थोड़े दिनों में फाइल में जान फूट गयी। वह टेबिल-दर-टेबिल उछलने-कूदने लगी। गोया, फाइल न हुई रबड़ की गेंद हो गयी! जिस अधिकारी के हाथ पड़ती, वह उसपर अपना आंग्लभाषीय शब्द -सामर्थ्य अंकित कर देता। 'हाऊ..., वाय..., मे बी..., कान्ट् बी..., रेफर टू...' रेफर बैक टू....' आदि और अगली टेबिल की ओर उछाल देता। देखते-देखते 'आमगांव कांड' की यह फाइल किसी भी कार्यालय में 'दक्षतापूर्वक कार्य निपटाने के लिए' अत्यंत उपयोगी ऐसी मार्गदर्शिका बन गयी।

इधर आमगांव में, 'तहलका' जिसे कहते हैं (पता नहीं, यह क्या होता है!) वह मच गया। वृद्धि की सभी शासकीय संभावनाएं झुठलाकर मृतकों की संख्या बेहिसाब बढ़ती

गयी। आसपास के गांवों से भी छुट-पुट बच्चे अपने प्राणों की कुर्बानी देकर आमगांव के शहीद-बच्चों की सूची में अपना नाम दर्ज कराते रहे। 'जस-जस सुरसा बदनु बढ़ावा' की भांति ज्यों-ज्यों कार्रवाई में विलंब होता गया, त्यों-त्यों निलंबन की माँग जोर पकड़ती गयी। आखिर जिलाधीश ने पवनसुत की भांति चतुराई से काम लिया और तहसीलदार को जांच-अधिकारी के रूप में नियुक्ति की घोषणा करके तहलके को कुछ हल्का कर दिया। वैसे भी कार्यालय में इस बीच कई बिल्कुल नयी नवेली, अधिक आकर्षक विषयोंवाली फाइलें पैदा हो चुकी थीं और 'दक्ष' अधिकारियों के हाथों फूलने -फलने के लिए लालायित थीं। नयी फाइलों की कामनापूर्ति के लिए यह आवश्यक था कि अधिकारियों को आमगांव वाली पुरानी और बेडौल हो चुकी फाइल से किसी प्रकार छुटकारा मिले!

जांच अधिकारी के रूप में नियुक्त किये गये तहसीलदार उसी तहसील के 'दार' थे जिसमें कई अन्य गांवों की तरह आमगांव भी एक गांव था। गांव में पटवारी, ग्राम सेवक, ग्राम सेविका तथा वे अन्य सभी कर्मचारी नियुक्त थे जो गांव को इक्कीसवी सदी में ठेलने के लिए आवश्यक निरूपित किये गये हैं। पर ये सब कर्मचारी चूंकि गांधी या विनोबा के देश के नहीं अपितु 'दून-संस्कृति' की देन थे इसलिए बजाए आमगांव के, आसपास के शहरों में बसे थे और वहाँ से आमगांव को अपनी सेवायें अर्पित करते थे।

खैर, तहसीलदार बड़े 'खुर्राट' किस्म के व्यक्ति थे। बेड़-रूम में सोते थे तो उनके खर्राटे आंगन में साफ सुनायी पड़ते थे। जांच-अधिकारी के रूप में उनकी नियुक्ति का समाचार सुनते ही तमाम ग्रामसेवक- सेविकाएं अपने स्थायी मुकाम छोड़कर अस्थायी मुकाम पर आमगांव आ गये और अपनी तथा शासन की छवि मलिन होने से बचाने के उपायों में अहर्निश जुट गये। तहसीलदार ने शासन के प्रति कर्मचारियों का तन-मन-धन से समर्पण देखा तो वे गद-गद हो गये। पर, ऊपर से खुर्राट बने रहे और तबतक बने रहे जब तक जांच पूरी न कर ली। खूब कसकर जांच की। हर उस घर जाकर हमदर्दी जाहिर की जहाँ का चिराग बुझ गया था। आमगांव की तमाम स्कूलों में गये। वहाँ का सारा रिकार्ड अपने कब्जे में कर लिया। तहसीलदार के तेवर और उनके काम करने का तरीका देखकर आमगांव वाले बड़े आशान्वित थे। उन्हें उम्मीद थी कि दलिया के लिए गेहूँ पैदा करने वाले किसान से लेकर दलिया में नमक भुरकाने वाले नौकर तक को देश निकाला दे दिया जाएगा। पर तहसीलदार बड़े अनुभवी थे। बगैर एक भी दिन दौरे पर गये, महीने में बाईस दिन का टी.ए.बिल बना लेते थे और किसी को शक तक नहीं हो पाता था। उन्होंने जांच तो खूब कसकर की पर क्या मजाल कि अपनी पूरी रिपोर्ट में शासन या किसी शासकीय कर्मचारी पर जरा सी भी आंच आने देते! पर गांववाले कहाँ माननेवाले थे! वे तो बस, एक ही माँग

पर अड़े बैठे थे कि संबंधित अधिकारियों को निलंबित करो और अब तो निलंबन वाली सूची में तहसीलदार को भी दाखिल कर लिया था गांववालों ने।

आखिर वह दिन भी आया जब सूर्योदय से पूर्व जिलाधीश खुद अपनी पूरी फौज के साथ आमगांव पहुँच गये। जिलाधीश आखिर जिलाधीश थे और किसी को भी तड़ से निलंबित कर देने के लिए विख्यात थे। उनकी फौज में उनके साथ उनका प्रिय कुत्ता भी था जो उनके तेवर खूब पहचानता था। जिलाधीश ने किसी से कुछ भेट स्वीकार की नहीं कि कुत्ता झट 'दाता' के पैर चाटने लगता था। इसी प्रकार जिलाधीश ने किसी पर फाइल फेंकी नहीं कि भौंक- भौंक कर सामने वाले का खून सूखा डालने का कार्य कुत्ता संभाल लेता था।

तो, जांच करते-कराते सूरज पूरब से पश्चिम की ओर लुढ़क गया। 'निलंबित करो' के नारे लगाते -लगाते ग्रामवासी पस्त हो गये। पर जिलाधीश थे कि गजब की चुप्पी साधे हुए थे। आखिर, तमाम ग्रामवासियों से घिरे हुए जिलाधीश ने गंभीरतापूर्वक अपना फैसला सुनाया- हमारे अधिकारियों और कर्मचारियों पर लगाये गये तमाम आरोप झूठे हैं। शासन को और मुझे बदनाम करने की यह एक गहरी राजनीतिक चाल है। न दलिया विषाक्त है और न कोई सरकारी कर्मचारी दोषी है। बच्चे अपनी मौत से मरे हैं...। फिर एक नजर अपने बिल्कुल करीब खड़े हुए वृद्ध ग्रामवासियों पर डालकर कहने लगे, 'अगर आप लोगों ने अपनी मनमानी इसी तरह जारी रखी तो मुझे शांति और व्यवस्था बनाये रखने के लिए मजबूर होकर पुलिस का सहारा लेना पड़ेगा।'

तभी उन्हें अचानक अपने प्रिय कुत्ते की याद आ गयी। वह होता तो अबतक अपनी रूह दरका देनेवाली खूंखार 'भौं-भौं' से पूरी भीड़ को कबका तितर-बितर कर देता। उसे समीप न पाकर वे तड़प उठे। तत्काल एक पुलिस जीप कुत्ते की तलाश में दौड़ पड़ी और थोड़ी देर बाद कुत्ते को जीप में डालकर ले आयी। कुत्ते के मुँह से सफेद झाग बाहर निकल रहा था। एक ग्रामीण बताने लगा कि जिलाधीश जब स्कूल से जांच पूरी करके लौट रहे थे तब कुत्ता वहीं कोने में दुबक गया था और भीड़ छँटते ही स्कूल के कमरे में पड़े दलिया पर टूट पड़ा। जिलाधीश ने अपने प्रिय कुत्ते पर एक निगाह डाली और अगले ही क्षण तहसीलदार समेत आमगांव में कार्यरत तमाम शासकीय कर्मचारियों को तड़ से निलंबित कर दिया।

(साप्ताहिक हिन्दुस्तान : 27 जुलाई, 1986)

--***--

32. बैसाखियाँ

सुमेरू नेताजी के घर गया तब वहाँ खासी भीड़ इकट्ठी थी। कई गंभीर विषयों पर बहस चल रही थी। सुमेरू के सिर से ऊपर जा रही थी। आखिर बहस आज के सर्वाधिक लोकप्रिय विषय पर आ गयी। नेताजी एकदम भाषण देने के मूड़ में आकर कहने लगे, "हम सबको गरीबी की रेखा के नीचे जी रहे लोगों को गरीबी की रेखा के ऊपर लाने के लिए एक होकर जुट जाना चाहिए और इसके लिए सरकार द्वारा घोषित विभिन्न योजनाओं के सफलतापूर्वक कार्यान्वयन के लिए निस्वार्थ भाव से काम करना चाहिए।"

सुमेरू जैसे इसी अवसर की ताक में था। वह झट नेताजी के समक्ष दाखिल हो गया और करबद्ध होकर कहने लगा - "हुजूर, माई-बाप! सुना है, आपकी कोई 'निराधार योजना' है जिसके अन्तर्गत गरीब-बेसहारा लोगों को ढाई हजार रुपये बांटे जा रहे हैं। मुझ गरीब को भी दिलवा दीजिए, हुजूर! बड़ी कृपा होगी आपकी।"

सुमेरू का भाग्य अच्छा था। शायद इसीलिए नेताजी ने सुमेरू को पहचान लिया। नेताजी जब मोहल्ले-स्तर के नेता थे तब सुमेरू की बीवी नेताजी के घर 'कपड़ा-बर्तन' किया करती थी। नेताजी मोहल्ले से गाँव, गाँव से ब्लॉक, फिर जिला और अब प्रदेश- स्तर के नेता बन गये। सुमेरू का जीवन-स्तर उसकी बढ़ती उम्र के उलटे क्रम में निम्न से निम्नतर होता चला गया।

"तो भर दो न फॉर्म। तुम्हारे ही जैसे लोगों के लिए तो है यह योजना।"

"शहर में फॉर्म तो खूब बंट रहे हैं मालिक! लेकिन मुझे नहीं मिल पा रहा है। चार दिन से कोशिश कर रहा हूँ। लेकिन हर रोज फॉर्म का कोटा मेरा नंबर आने से पहले ही समाप्त हो जाता है। आखिर कल गबरू की माँ ने कहा कि मालिक से जाकर मिल लो। तब आज आपके द्वार पर आया हूँ।"

सुमेरू की बात सुनकर नेताजी के होठों पर खास फोटो खिंचवाने वाले अवसरों के लिए सुरक्षित मुस्कान खेल गयी। फिर बड़ी शालीनता से उन्होंने अपने एक उपनेता को इशारे से निकट बुलाकर सुमेरू के लिए फॉर्म की व्यवस्था करने का कार्यभार सौंप दिया एवं स्वयं गरीबी की रेखा के तहखाने में जी रहे लोगों को रेखा की ऊपर वाली मंजिल में लाने के लिए जारी गंभीर चर्चा में पूर्ववत लीन हो गये।

उपनेता सुमेरू को लेकर बाहर आंगन में आ गया और सुमेरू को झिड़कते हुए कहने लगा, "तुम लोग भी बड़े अजीब आदमी होते हो! सड़े-सड़े से कामों के लिए नेताजी के पास चले आते हो। वहाँ कितने गंभीर विषय पर बात चल रही थी! तुम्हारे कारण मुझे बीच में ही उठकर आना पडा।" फिर उसने बाहर खड़े एक कार्यकर्ता को इशारा किया और सुमेरू को फॉर्म दिलवाने का कार्यभार उसे सौंपकर स्वयं भीतर लौट गया।

उपनेता के लौटते ही कार्यकर्ता ने एक चिट लिखकर सुमेरू को थमा दी और कहा कि जहाँ फॉर्म बँटते हैं वहाँ जाना और यह चिट देकर कहना कि तुम्हें मैंने भेजा है। फॉर्म मिल जाएगा।

कार्यकर्ता द्वारा प्रदान की गयी चिट को 'अमरफल' की भाँति कलेजे से चिपकाये सुमेरू वहाँ पहुँच गया जहाँ फॉर्म बँट रहे थे और पैरों के पंजों के बल उचककर चिट दिखाते हुए कुछ कहने ही जा रहा था कि भीड़ में से किसी ने चिट समेत उसका हाथ दबोच लिया और एक ओर ले जाकर कहने लगा-

"निकालो दस रुपये और यह लो फॉर्म।"

"लेकिन मुझे तो उन्होंने भेजा है, यह चिट देकर।"

"हाँ, इसीलिए तो फॉर्म दे रहा हूँ। तुम्हें।"

"फिर दस रुपये काहे के?"

"अरे, यह तो फॉर्म की कीमत है। निकालो जल्दी।.... अरे, दस रुपये में ढाई हजार मिल रहे हैं। इतने तो सट्टे में भी नहीं मिलते।"

गबरू की माँ (उर्फ सुमेरू की बीवी) ने दो घर से उधार माँगकर दस रुपये सुमेरू को दिये थे, गबरू की दवा लाने के लिए। 'दवा ढाई हजार मिलने पर भी लायी जा सकती है', उसने सोचा और एक हाथ से मुड़ा-तुड़ा नोट थमाकर दूसरे हाथ में उसने फॉर्म ले लिया। फिर तहसील कार्यालय के सामने जाकर वहाँ स्थित बरगद के नीचे बैठकर फॉर्म का एक-एक अक्षर पढ़ने की कोशिश करने लगा। तभी किसी की आवाज से उसका ध्यान भंग हो गया-

"क्यों, फॉर्म भरवाना है?"

"हाँ, हाँ, जरा भर दो बाबू।"-सुमेरू ने फॉर्म बाबू के हवाले कर दिया।

"एक रुपया लगेगा फॉर्म भरने का।"

"अब रुपया तो नहीं है बाबू....।"

बाबू ने फॉर्म लौटा दिया सुमेरू को और आगे बढ़ गया तो सुमेरू खुशामद करने लगा-

"भर दो बाबू। एक के बजाय दो रुपये ले लेना। लेकिन आज नहीं हैं। ढाई-हजार मिल जाएँगे तब मैं खुद आकर तुम्हें दो रुपये दे जाऊँगा।"

सुमेरू की बात सुनकर बाबू ने एक जोरदार ठहाका लगाया और दूसरे ग्राहक की ओर मुड़ गया। सुमेरू फॉर्म मोड़कर जेब के हवाले कर ही रहा था कि दूसरी आवाज आयी-

"लाओ, हो गया फॉर्म भरके!"

"वो बाबू एक रुपया माँग रहा था फॉर्म भरने के लिए।"

"अरे तो दे दो न झटपट एक रुपया।"

"लेकिन मेरे पास तो फूटी कौड़ी भी नहीं है।"

"अरे, अभी से यह हाल है तब तो मिल चुका तुम्हें ढाई हजार रुपया।...अभी तो इसमें कई काम बाकी हैं।"

"अच्छा! कौन-कौन से काम बाकी हैं, भैया?"

"सरकारी रुपया है, ऐसे थोड़े ही न मिल जायेगा! फॉर्म भरने पर उस पर गवाह के दस्तखत कराने होंगे। फिर पटवारी का सर्टिफिकेट लगेगा या अफीडेविट कराना पड़ेगा। तब फॉर्म जमा होगा, समझे!" इतना कहकर यह दूसरा बाबू भी आगे बढने लगा तो सुमेरू ने उसका हाथ थाम लिया और पूछा-

"क्या इन सब कामों में भी रुपया खर्च करना पड़ेगा बाबू?"

"तब क्या यहाँ तुम्हारी जागीरदारी है जो सब काम फोकट में हो जाएगा?" - और उपहासात्मक हँसी के साथ यह दूसरा बाबू आगे बढ़ गया। सुमेरू ने फॉर्म मोड़कर जेब के हवाले किया और घर की ओर निकल पड़ा। तभी उसे सुबह फॉर्म के लिए चिट देने वाला कार्यकर्ता दिखायी दिया। सुमेरू कार्यकर्ता के निकट जाकर उसे याद दिलाता हुआ बोला-

"हुजूर, सुबह नेताजी के घर आपने फॉर्म के लिए चिट दी थी...!"

"हाँ-हाँ! बोलो, क्या बात है। फॉर्म मिल गया कि नहीं?"

"फॉर्म तो मिल गया हुजूर, पर वे लोग तो रकम मंजूर होने के लिए खर्च की बात कर रहे हैं।"

"अरे बाबा, ये तो छोटी छोटी- सी बातें हैं। रुपया-दो रुपया फेंककर अपने काम करवा लो। आजकल तो ऐसा है कि अपने हक का रुपया प्राप्त करने के लिए भी रुपये खर्च करने पड़ते हैं। फिर यह तो सरकारी रुपया है...। ...हाँ, कोई बड़ा काम हो मेरे लायक तो कहना।"- इतना कहकर सुमेरू के कंधे थपथपाता हुआ कार्यकर्ता आगे बढ़ गया।

सुमेरू घर लौटा, तब दिन ढलने लगा था। घर में प्रवेश करते ही बीवी ने सवाल दागा-

"दवा लाये?"

"नहीं।"

"और सामान?"

"वह भी नहीं!"

"क्यों?" - और इस क्यों के साथ ही बीवी का कई दिनों का गुस्सा एक साथ फूट पड़ा। जब गुबार कुछ शान्त हुआ तब सुमेरू ने बीवी को सम्पूर्ण योजना की सविस्तर जानकारी दी। योजना तो किसी तरह बीवी के गले उतर गयी किन्तु फिर सवाल पैदा हुआ कि फॉर्म के दाखिल होने तक का खर्च कहाँ से पूरा हो! बड़ी जद्दोजहद के बाद बीवी इस विचार से सहमत हुई कि आवश्यक राशि जुटाने के लिए उनके पास बिकने लायक जो कुछ साधन हैं उन सबको बेच दिया जाए और ढाई हजार मिलने पर सारे साधन फिर जुटा लिए जाए।

अगले दिन सुमेरू ने अब तक उनके परिवार के एक सदस्य के रूप में साथ रह रही मुरगी, बीवी के गले में मंगलसूत्र के रूप में उपस्थित सोने की इकलौती एक मणि, रोजी-रोटी जुटाने में उसके सहायक गैती-फावड़ा - ये सब बेच दिये और प्राप्त राशि जेब के हवाले कर वह तहसील कार्यालय पहुँच गया।

फॉर्म दाखिल करने वालों की भीड़ आज दो- गुनी हो गई थी। फॉर्म भरकर देने वालों के रेट भी दो-गुने हो गए थे। सुमेरू को आज दो रुपये देने पड़े-फॉर्म भरवाने के लिए। फिर पाँच रुपये में एक ने गवाही कर दी। सुमेरू ने देखा, फॉर्म पूरा भरा जा चुका है। वह आश्वस्त हो गया। पल भर को उसे लगा, उसके हाथ में फॉर्म नहीं ढाई हजार रुपये का चेक है! इधर फॉर्म जमा किया और उधर ढाई हजार लिया! यही ख्वाब देखते-देखते वह तहसीलदार के कमरे में प्रवेश कर गया और येन-केन प्रकारेण उस क्लर्क तक भी पहुँच गया जिसके पास फॉर्म जमा किये जा रहे थे। क्लर्क ने फॉर्म उलट-पलटकर देखा और बन्दूक की गोली की तरह सवाल दागा-

"एफिडेविट कहाँ है?"

"कैसा एफिडेविट साहब!"

"इन्कम का एफिडेविट।"

"इन्कम तो कुछ है ही नहीं साहब! फिर कैसा एफिडेविट! बीवी चार-छह घर कपड़ा-बर्तन करती है। उसी से किसी तरह गुजारा चलता है।"

सुमेरू का वाक्य पूरा होने के पहले ही क्लर्क ने फिल्म के खलनायक की भाँति एक डायलॉग फेंका- "पता नहीं कहाँ-कहाँ से चले आते हैं लोग! जैसे इनके बाप की धरोहर रखी है यहाँ!" - और सुमेरू का फॉर्म पंखे की हवा में उछाल दिया। सुमेरू ने फॉर्म को किसी तरह क्लर्क के डायलॉग पर 'हें-हें...' करके अपने फॉर्म आगे खिसकाते लोगों की चरण-रज में मिलने से बचाया और जैसे भीड़ में घुसा था वैसे ही बाहर निकल आया। तत्काल एक अन्य कार्यकर्ता उसकी मदद के लिए हाजिर हो गया-

"तुम चाहो तो अधाई पर मैं तुम्हें यह रकम दिलवा सकता हूँ।"

"मैं आपका मतलब समझा नहीं।" -सुमेरू ने कहा।

"मतलब यह कि फॉर्म तुम मुझे दे दो। मैं सारी कार्रवाई पूरी करवाकर फॉर्म दाखिल करा देता हूँ और जो रकम मिलेगी उसमें आधी तुम्हारी, आधी मेरी।"

कार्यकर्ता के इस प्रस्ताव पर बिना कोई प्रतिक्रिया व्यक्त किए सुमेरू कार्यालय के बाहर निकलने लगा तो कार्यकर्ता ने फिर दूसरा प्रस्ताव रखा-

"या फिर सौ रुपये में मैं फॉर्म जमा करवा देता हूँ।"

"सौ रुपये! मैंने तो कई वर्षों से सौ-रुपये इकट्ठे नहीं देखे।"- सुमेरू का उत्तर था।

"फिर कितने हैं पास में?..... लाओ, जल्दी निकालो।"

"पर अभी तो आप कह रहे थे कि आधे देने पड़ेंगे।"

"हाँ, अधाई में रकम मंजूर होने की गारंटी है और सौ- रुपये में मैं केवल तुम्हारा फॉर्म जमा करा दूंगा। बाकी, रकम मिले न मिले, तुम देखते रहो।"

"लेकिन अधाई तो बहुत हो जाती है।"

"अरे, तो गारंटी भी तो है।.... एक तो पूरे ढाई हजार कभी मंजूर होते नहीं। और जो कुछ मंजूर होंगे उनमें से आधे तुम लेकर चल दोगे। शेष आधे में से मुझे क्लर्क-चपरासी से लेकर नेताजी तक को हिस्सा देना पड़ेगा। मेरे हिस्से में तो शायद दस-बीस ही आएं।"

"लेकिन मैं तो अपना सब कुछ बेच-बाचकर आया हूँ। यहाँ तक कि अपनी रोजी-रोटी के एक मात्र साधन गैती-फावड़ा भी। फिर भी सौ पूरे नहीं हो पाए।"

"रकम मंजूर हो जाएगी तो ऐसे दस गैती-फावड़े खरीद लेना, समझे। सोच लो, अगर नहीं करोगे खर्च तो अब तक जो रुपये लगे, वह भी पानी में गये समझो....!"

सुमेरू ने जेब में हाथ डाला और जितने रुपये निकले, सब कार्यकर्ता को थमाते हुए कहने लगा- "बस, इतने हैं। बाकी चाहो तो रकम मंजूर होने पर दे दूँगा।"

कार्यकर्ता ने सुमेरू के हाथ से मुड़े-तुड़े नोट समेटकर अपनी जेब के हवाले किये और अपनी बैग में से पटवारी द्वारा तैयार करवाये गये कागजातों में से एक निकालकर उसमें सुमेरू का नाम आदि लिखकर उसी क्लर्क की ओर बढ़ गया जिसने सुमेरू का फॉर्म हवा में उछाल दिया था। पीछे-पीछे सुमेरू भी हो लिया। उसने देखा, कार्यकर्ता ने क्लर्क की कुर्सी के पीछे से जाकर क्लर्क की दराज खोली, उसमें पहले से भरे पड़े नोटों की संख्या में कुछ वृद्धि कर दी, फिर फॉर्म को टेबल पर रखी ट्रे के हवाले कर दिया। लौटकर कार्यकर्ता ने सुमेरू से कहा-

"फॉर्म अब नियमपूर्वक दाखिल हो गया है। चार दिन बाद तुम आकर देख लेना। यहाँ लिस्ट लगेगी, जिन्हें रकम मंजूर होगी, उनकी।"

घर लौटकर सुमेरू चार दिनों तक इकट्ठे ढाई- हजार रुपये मिलने के ख्वाब देखने लगा, ख्वाब ओढ़ने लगा और ख्वाब ही बिछाने लगा। इसमें उसके परिवार के सब सदस्य भी उसके साथ थे- एक मुरगी के सिवा।

आखिर वह दिन भी आ गया जब रकम मंजूर होने वालों की सूची तहसील कार्यालय के पटल पर झलकी। सुमेरू ने भगीरथ-प्रयासों से पूरी सूची कई बार देखी। लेकिन उसे अपना नाम कहीं भी दृष्टिगोचर नहीं हुआ। उसे लगभग गश सी आ गयी। थोड़ी देर बाद उसने अपने आपको संभाला और तेजी से नेताजी के घर की ओर निकल पड़ा।

अबकी नेताजी उसे आंगन में ही मिल गये। आगामी चुनावों में अपनी रणनीति के बारे में कार्यकर्ताओं को आवश्यक निर्देश दे रहे थे। सुमेरू के मन का आक्रोश उसे सीधे नेताजी के सामने ले गया। नेताजी को उसने प्रथम दिन से आज तक की सारी घटना विस्तारपूर्वक बयान की और अंत में बिलखककर कहने लगा-

“मालिक, मैं तो पूरी तरह बरबाद हो गया। यदा-कदा रोजी-रोटी देने वाले मेरे साधन तक मैं दांव पर लगा चुका हूँ।”

नेताजी सुमेरू की पीठ थपथपाकर उसे सांत्वना देते हुए से कहने लगे....‘‘सुमेरू, बात यह है कि निराधार योजना के अंतर्गत बांटी जाने वाली राशि सीमित थी। इसलिए जो बिल्कुल निराधार थे, उन्हें ही दी गयी। तुम्हारे पास तो खैर, कुछ आधार था। मुरगी थी, मंगलसूत्र था, गैती-फावड़ा थे। सही माने में तो तुम अब निराधार हुए हो। पूर्णत: निराधार। इसलिए हम चाहेंगे कि अगली बार तुम्हें अवश्य निराधार-योजना के अंतर्गत रकम मिले। लेकिन यह तभी संभव है जब हम फिर चुनकर आयें। इसलिए तुम कल से अपने समस्त आदमियों के साथ हमारे आगामी चुनाव के लिए प्रचार का काम करो।”

सुमेरू नेताजी की बातें सुनकर अपने घर की ओर लौट रहा था। रास्ते मे उसे एक पत्रकार मिल गया।पत्रकार को देखते ही उसका सारा आक्रोश एक प्रश्न के रूप में फूट पड़ा - “आखिर इन्होंने हम गरीबों को समझ क्या रखा है?”

पत्रकार ने देखा, सड़क की ओर से कुछ लंगड़े चले आ रहे हैं। उनकी बगल में खास रूप से बनायी गयी लाठियाँ थीं, जिनके सहारे वे ठक-ठक करते तेजी से आगे बढ़ रहे थे। उसने सुमेरू से पूछा - “वे लंगड़े जिन लाठियों के सहारे आगे बढ़ रहे हैं, उन्हें क्या कहते हैं?”

सुमेरू ने देखा और चुपचाप आगे बढ़ गया। उसके प्रश्न का उत्तर जो मिल गया था!

(साप्ताहिक हिन्दुस्तान : 26 अप्रैल, 1986)

--***--

33. भूमिपूजन से त्रस्त भूमि

नगर की भूमि अपने बार-बार के पूजन से त्रस्त है। चप्पा-चप्पा त्राहि-मां कर रहा है भूमि का, पूजन से। पार्षद, विधायक, सांसद, नेता उपनेता, कार्यकर्ता सब पड़े हैं कुदाल-फावड़ा लेकर भूमि के पीछे। नित्यकर्म की भांति दिनचर्या का अभिन्न अंग हो गया है भूमिपूजन! अधिक से अधिक भूमिपूजन अपनी जेब में डाल लेने की होड़ जो लगी है नगर में! मैदान में पार्क बनेगा (जरूरी नहीं कि बन ही जाए), उसका भूमिपूजन। पार्क के लिए रास्ता बनेगा, उसका भूमिपूजन। रास्ते पर गिट्टी बिछाई जाएगी, उसका भूमिपूजन। गिट्टी पर मुरूम बिछेगा, उसका भूमिपूजन!

दिन निकलते ही नेताजी पहला प्रश्न पूछते हैं अपने पी.ए. से, "क्यों भई, आज कितने भूमिपूजन का शेड्यूल है ?'' पी.ए.कुछ मायूस होकर जवाब देता है, "सर, आज सिर्फ दो हैं।'' नेताजी कुछ झुंझलाकर कहते हैं, "भैया, दो से कैसे चलेगा! क्या नगर की सारी भूमि समाप्त हो गयी?'' पी.ए. डरते-डरते कहता है, "नहीं सर, भूमि तो है पर जनता कह रही हैं कि पहले वे काम पूरे करो जिनका भूमिपूजन हो चुका है।'' नेताजी पी.ए.को समझाते हैं, "अरे यार, समझाओ लोगों को। काम करने के लिए तो सारी उम्र पड़ी है। लेकिन यह दौर तो भूमिपूजन का है। भूमिपूजन होगा तभी तो पता चलेगा कि हम कुछ कर रहे हैं। कम से कम चार भूमिपूजन होने चाहिए प्रतिदिन लंच के पूर्व और चार लंच के बाद।'' नेताजी जान चुके हैं कि वैसे भाषण देने जाएँ तो पैसे लेकर भी नहीं आते लोग सुनने के लिए। लेकिन उसी मोहल्ले की नाली के काम का भूमिपूजन हो तो पूरा मोहल्ला हाजिर हो जाता है। यह सर्वशिक्षा-अभियान का परिणाम है। लोग अखबार पढ़ने लगे हैं और यह जान चुके हैं कि जो काम हुए हैं नगर में, वे भूमिपूजन के बाद ही हुए हैं और जो नहीं हुए वे भूमिजूजन न होने के कारण नहीं हुए। वैसे नेता और जनता दोनों जान चुके हैं कि भूमिपूजन कुंआरी कन्या का यौन-शोषण करने के पूर्व उसे दिया गया विवाह का वह आश्वासन है जिसे पूरा करना जरूरी नहीं होता।

एक किलोमीटर लंबी सड़क के 'डामरीकरण' का भूमिपूजन पिछले माह सत्तापक्ष के एक राज्य-स्तर के नेता के हस्ते सम्पन्न हुआ था। सड़क के उत्तरी छोर पर एक

टेबुल-स्पून डामर छिड़क कर इस माह उस सड़क के दक्षिणी छोर का भूमिपूजन विरोधी-पक्ष के राज्य-स्तर के नेता के हस्ते सम्पन्न हुआ है। अब सड़क स्थानीय स्तर के नेताओं के सुपुर्द हो चुकी है। रोज एक मीटर सड़क का भूमिपूजन होता है, तब सड़क आगे बढ़ती है। नालियाँ, पुल, रोड-डिवायडर सब चपेट में है भूमिपूजन के। मेरे घर के सामने की सड़क पर एक स्पीड-ब्रेकर बनना है। उसके बायीं छोर का भूमिपूजन सम्पन्न हो चुका है और इसका बा-कायदा बोर्ड भी लग चुका है। लेकिन मैं जानता हूँ, स्पीड-ब्रेकर अभी नहीं बनेगा। क्योंकि दायीं छोर का भूमिपूजन बाकी है। उसके बाद भी स्पीड-ब्रेकर बन ही जाएगा यह कौन बता सकता है?

(लोकमत समाचार: 11 अप्रैल, 2006)

--***--

34. मैचिंग-पीस

"आइए सा'ब, आइए मेम सा'ब! कहिए, क्या दिखाऊँ ? प्योर सिल्क.. बनारसी... कांजीवरम्... या पोलिएस्टर-टेरीकॉटन!" -- प्रवेश करते ही सारे सेल्समैन एक साथ बज उठे हैं और बीवी मुझे ओवरटेक करके एक के बाद एक काउंटर पार करती हुई दुकान के गर्भगृह में घुसती चली जा रही है। धड़ से उसने एक काउंटर पर हॉल्ट करके तड़ से पर्स में से साड़ी बाहर निकाल ली है-

"इसके लिए मैचिंग-पीस चाहिए।"

"ओह!... कृपया ऊपर निकल जाइए।"

मन में उठी खीझ को युवा नेता की झिड़की-सा पचाते हुए ऊपर पहुँचे तो दिल को बड़ा सुकून मिला। वहाँ पहले से दो-चार 'बीवियाँ' मैंचिंग-पीसेज् निकलवा रही थीं और मुझ जैसे उनके निरीह पति एक ओर खड़े होकर किसी 'पीस' के जल्दी से साड़ी के साथ 'मैच' हो जाने के लिए प्रार्थना कर रहे थे। अबकी पूरे आत्मविश्वास के साथ आगे बढ़कर बीवी ने पर्स से साड़ी विमोचित कर कांउटर पर फैला दी। सीधी आंख से साड़ी और तिरछी से बीवी को ताकता सेल्समैन ऐसे सोच में डूब गया जैसे उसे किसी व्यंग्य-रचना का पहला वाक्य लिखना हो।

"कौन-सा रंग दिखाऊँ? किनारी वाला कत्थई या ग्राउन्ड कलर हरा या डिजाइन का लाल, चाकलेटी या...। वैसे यह बैंगनी भी खूब मैच होगा। आजकल तो कांट्रास्ट का फैशन है।"

"कत्थई दिखाओ "-- सेल्समैनी धाराप्रवाह को खटाक से ऐसे काट दिया बीवी ने जैसे कोई डाइरेक्ट-रिक्रूट अफसर पहली ही मुलाकात में चापलूस कर्मचारी की पत्ती काट देता है। मैं बीवी की इस प्रशासनिक मुस्तैदी और रंगों की च्वाइस पर मुग्ध हो, निकट खड़े अन्य पतियों की ओर देखता हूँ। वे सब निर्विकार थे। मानों कह रहे हों, 'बेटा, रंगों की च्वाइस तो हमारी बीवियों की भी तगड़ी है। तभी न हम तुम्हारे पहले से यहाँ झख मार रहे हैं।'

सेल्समैन चुन-चुनकर कत्थई शेड्स बीवी के सामने बिछाता जा रहा है और बीवी

उसी उफ्तार से उन्हें सामने से हटाती जा रही है। मेरे निकट खड़े पतियों में से एक सीनिअर प्रतीत होते पति ने जेब से ट्रांजिस्टर निकाल लिया। बाढ़ में घिरे हुओं ने मानो हेलिकॉप्टर देख लिया! हमारे चेहरे खिले हुए देखकर ट्रांजिस्टर निकालने वाले पति के अनुभव-पटल पर राजनीतिक मुस्कान के साथ अंकित हो उठा - 'प्यारे, छोटी लाइन की गाड़ी गंतव्य-स्थान पर कब पहुँचेगी और साड़ी के साथ 'पीस' कब मैच होगा, यह आज तक कोई कम्प्यूटर भी नहीं बता पाया। इसलिए अपने टाइम-पास के साधन साथ लेकर चलना चाहिए।' उसने कमेंट्री लगा दी है। बीवी सेल्समैन के निकाले हुए सारे पीसेस् लौटाने में सफल हो चुकी है।

"मैडम, पोलिएस्टर में से दिखाऊँ ?" सेल्समैन मिमियाने लगा है।

"अरे तो मैंने कब कहा कि कॉटन दिखाओ... वो तो तुम खुद ही दिखाने लगे थे। जब दो ढाई- सौ की साड़ी खरीद सकती हूँ मैं, तो क्या उस पर का बीस-पच्चीस का 'पीस' नहीं ले सकती ?"

सेल्समैन बदल गया है। नया सेल्समैन पोलिएस्टर का ढेर रैक से उतारकर काऊंटर पर बिछा रहा है। ट्रांजिस्टर कह रहा है- 'आज मैच का अंतिम दिन है। 'ड्रा' होने की पूरी संभावना। फील्डिंग में थोड़ा-सा परिवर्तन।' पत्नी ने फिर आधे से अधिक ढेर छांट कर अलग दिया है और शेष से फिर साड़ी का मिलान करके देखती जा रही है।

"यह स्काई-ब्लू है। इसमें थोड़ा गहरा चाहिए।" सेल्समैन गहरा निकालकर दिखा रहा है और -- "अरे बाबा, यह तो नेवी-ब्ल्यू हो गया। इतना भी नहीं समझते। आई मीन्ट् इंक-ब्लू....।"

ट्रांजिस्टर में जोर का शोर- "एक खतरनाक गेंद। शानदार कैच.... लेकिन बॉल हाथ से छूट गयी और इसी के साथ एक और ओवर समाप्त।"

दो-तीन महिलाएं बिना मैच्चिंग-पीस लिए ही काउंटर छोड़कर सीढियां उतरने लगीं-

"चलो जी, कहीं और चलते हैं। यहाँ तो बिल्कुल भी स्टॉक नहीं है।" सीढियां उतरते-उतरते फेंका हुआ उनका यह फिकरा जिन पतियों पर लागू हुआ वे भीं उन उतरती हुईं (!) बीवियों के पीछे हो लिये। जैसे वे स्कूटर और ये स्टैपनी हों! मुझे यह देखकर खुशी हो रही है कि स्टैपनियों में ट्रांजिस्टर वाला पति शामिल नहीं है। ट्रांजिस्टर में मेंडेटरी ओवर की गिनती आरम्भ हो गई है। परचेजिंग से जल्दी निपटकर स्पेशल मेटनी-शो देखने की मेरी अव्यक्त योजना इंद्रधनुषी रंगों की बाढ़ में पूरी तरह डूब गई है। मैं अपना पूरा ध्यान अब काउंटर की ओर लगाता हूँ। कम ग्राहक रह जाने के कारण सेल्समैन उनकी ओर उसी तरह गंभीरता से ध्यान दे रहे थे जिस तरह कुर्सी छूट जाने के बाद मंत्री आत्मचरित्र-लेखन की

ओर देते हैं।

"बेन जी, इस साड़ी पर तो रेड-शेड खूब फबेगा।" एक सीनिअर सेल्समैन ने चार्ज लेकर लाल रंग के एक थान को साड़ी से मिलाते हुए बीवी को सुझाव दिया।

"वो तो मैं भी जानती हूँ। लेकिन रेड और व्हाइट तो कॉमन कलर हो जाते हैं न। इसलिए मैं अवाएड कर रही थी। खैर! लेकिन यह आरेंजिश रेड नहीं चलेगा। ब्रीक-रेड दिखाओ।"

अब सेल्समैन तरह-तरह के लाल रंगों के शेड्स निकालकर काउंटर पर रखने लगा। बीवी फिर एकेक थान उलटने लगी। सारे ढेर को फिर रिजेक्ट होता देख सेल्समैन ने बिल्कुल वैसे ही तीखे तेवर दिखाये, जैसे अपने गुट में से किसी का भी नाम दरबारियों की सूची में न पाकर असंतुष्टों द्वारा दिखाये जाते हैं।

-"बेन जी, अब कोई-न-कोई तो पसंद कर ही लीजिए। दुकान में उपलब्ध सभी लाल रंग मैंने आपके सामने पेश कर दिये हैं और सभी 'मैच' हो रहे हैं।"

"लेकिन इनमे ब्रीक-रेड कहाँ है ? यह ऑरेंजिश-रेड है। यह चॉकलेटी-रेड है। वह मरून- रेड है। यह पिंक है। यह ब्लड-रेड...।" बीवी ने एकेक कर सारे लाल रंगों का नामकरण कर दिया।

आर ई डी रेड यानी 'लाल' पढ़ा हुआ दुकान-मालिक बीवी के इस रंग वर्गीकरण से इतना अभिभूत प्रतीत हो रहा था कि अगर उसका बस चले तो वह बीवी को तुरंत अपना चीफ सेल्स-मैन बना ले।

लेकिन मंजे हुए राजनीतिज्ञ की भांति सिर खुजाकर सेल्समैन ने एक नया रास्ता निकाल ही लिया ---

"मैडम्, आपको चाहिए वैसा ब्रीक-रेड थान में तो नहीं मिलेगा। अलबत्ता पीस में अवश्य निकाल देता हूँ।" और बीवी की सहमति के पूर्व ही उसने तीन पीसेज् ब्रीक-रेड के लाकर हाजिर कर दिए। अबकी बीवी के चेहरे पर मुझे वैसी ही झलक दिखाई दी जैसी उसकी पूज्य माताजी के मेरे घर आगमन पर दिखायी देती है। मैं खुश कि चलो, नहीं मेटनी, तो फर्स्ट-शो ही देखकर लौटेंगे।

"अरे, यह तो डैमेज्ड, है!" मुझ पर जैसे बिजली गिरी। लेकिन डैमेज्ड् हटाकर दूसरे दो सामने करते हुए सेल्समैन ने झट राहत पहुँचा दी।

"कीमत!" ट्रांजिस्टर वाला पति ट्रांजिस्टर बंद करके सलेक्शन में अपनी बीवी का हाथ बंटा रहा था। उससे प्रेरणा लेकर मैं भी अपनी बीवी के निकट पहुँच गया। 'कीमत' वाली बात मैंने ही उठायी थी।

"यह अठारह रुपये मीटर और वह अट्ठाईस रुपये।"

"मतलब! यह अठारह वाला कॉटन है क्या ?"

"जी हाँ, वाश एन्ड वीयर..."

"लेकिन मुझे कॉटन बिल्कुल नहीं चाहिए। बड़ी जल्दी फेंट हो जाता है। इसी का बताइए ठीक -ठाक।" बीवी ने कॉटन का पीस एक ओर हटाकर पोलिएस्टर से आत्मीयता स्थापित कर ली।

"बेन जी, यह तो कंपनी-रेट है। इसमें कुछ कम नहीं होगा।"

"मगर यह तो 'पीस' है ना। कंपनी-रेट तो थान के लिए होता है।"

- बीवी की यह दलील मुझे भी जरा वजनदार लगी। लेकिन दुकानदार था कि 'हाईकमांड' की तरह सख़्त हो गया था।

"आखिर है कितना यह पीस ?"-- मैं ही रिस्क लेकर पहल करता हूँ।

मेरे कहते ही सेल्समैन ने झट कपड़े को मीटर के साथ लंबाना शुरू किया। और कपड़ा लंबते -लंबते साठ सेंटीमीटर के भी काफी पहले 'टें' बोल गया।

बीवी ने शायद मुझसे पहले ही 'मीटर-रीडिंग' ले ली थी, इसीलिए मैं उसकी ओर देखूं उससे पहले ही उसके 'तीरे-नीमकश' मेरी और तन चुके थे। गोया, मेरे बीच में मुंह मारने के कारण ही कपड़ा सिकुड़ गया हो! सेल्समैन की समझ में कुछ आए इसके पूर्व ही बीवी उफनती हुई नदी की तरह दुकान से बाहर हो गयी है। पीछे-पीछे मैं निकल रहा हूँ, यह सोचते हुए कि काश, वह ब्रीक-रेड का पीस अस्सी सेंटीमीटर तक तन जाता... या काश! साड़ी खरीदने से पहले मैं 'पीस' खरीद देता, फिर उसके मैचिंग की साड़ी खरीदवाता!

(धर्मयुग: 13 फरवरी, 1983)

--***--

35. युवा-कवि का यौन परिवर्तन

वह युवा, कवि है। वह कवि, युवा है। वैसे तो वह और भी कई कुछ है। जैसे शासन का निकम्मा नौकर, बात-बात पर बीवी को प्रताड़ित करनेवाला बहादुर पति, पिता से आंतकित दो अदद बच्चों का बाप, अपने खुद के साहित्य का महान अध्येता, मोहल्ले के निठल्ले युवाओं के लिए एक जलती हुई मशाल और पूरे गांव के लिए ऊंची कंपनी का 'लेबल' लगी हुई एक घटिया शॉल। पर इन सबसे ऊपर वह कवि है।

उससे मेरा परिचय उसी के घर पर हुआ था। मैं अपने एक आलोचक-मित्र के घर बैठा समकालीन साहित्य को मित्र की मार से बचाने का असफल प्रयास कर रहा था। मित्र (उन्हीं के शब्दों मे) आलोचना क्षेत्र के महारथी है और मैं मात्र एक मसिजीवी मच्छड़। इसलिए जाहिर है, समकालीन साहित्य के जिस छोर को मैं बचाने का प्रयास करता उसी ओर मार पड़ रही थी। गंभीर चर्चा के साथ-साथ पापड़ भी खाये जा रहे थे। यह साहित्येतर कर्म पूरा होते ही मैं उठ जाना चाहता था। तभी पड़ोस से मेघ-गर्जन सुनायी दिया। मित्र ने कहा, "एक युवक है। काव्य-पाठ कर रहा है।'' बस, इतना सुनना था कि मैं आलोचक मित्र से विदा लेकर बाहर निकल पड़ा। वैसे भी, पापड़ कब के समाप्त हो चुके थे और एक कप चाय की खातिर मैं समकालीन साहित्य को और अधिक प्रताड़ित नहीं होने देना चाहता था।

मेरे, युवा कवि के घर प्रवेश करते ही काव्य-पाठ बंद हो गया। मैंने कहा, "जारी रखिए। मैं कविता प्रेमी हूँ।'' काव्य-पाठ फिर आरंभ हो गया। मुझे श्रोता के रूप में पाकर युवा- कवि का उत्साह दुगुना हो गया था। जो लोग युवा-साहित्य को वास्तव में प्रोत्साहन देना चाहते है, उनसे मेरी बिनती है कि वे और कुछ न करें। बस, श्रोता के रूप में युवा-साहित्यकारों को अपनी सेवाएं दे। तो, युवा-कवि कविता पढ़ने लगा। कविता लंबी थी। बिना ओर- छोर की नदी की तरह। मैं अनुभव कर रहा था, नदी में विकराल बाढ़ आयी हुयी है और मैं अकेला नदी किनारे खड़ा हूँ। इसके अतिरिक्त कविता में वही सब कूड़ा- कचरा था जो बरसाती बाढ़ में बह जाने में बाद नदी किनारे बसे गांव साफ सुथरे हो जाते हैं।

काव्य-पाठ बीच में ही रोक कर पसीना पोंछते हुए युवा-कवि ने प्रश्न किया, ''कैसी हैं!'' संक्षिप्त प्रश्न था। मानों प्रश्न नहीं, कविता की कोई लंगड़ी पंक्ति हो। युवा-कवि इससे

अधिक कुछ बोल भी नहीं सकता था। उसकी सांस जो फूल गयी थी! मैंने कहा, "पता नहीं।... कविता तो पल्ले नहीं पड़ी पर आशय समझ में आ गया। लगता है, आपको स्कूल में किसी दिन खूब मार पड़ी और आप मास्साब का कुछ नहीं बिगाड़ सके इसलिए पढ़ायी छोड़कर कविता लिखने लगे। या आपकी सहपाठी कन्याएं बड़ी होकर बैंकों में अफसर हो गयीं और आप घास छीलते रह गये इसलिए कविता लिखने लग गये।'' मेरी बात सुनकर युवा-कवि का मस्तक आदर से झुक गया। बुद्ध की अमृतवाणी से प्रभावित होकर आम्रपाली ने शीश झुकाया हेगा, वैसे।(पता नहीं, आम्रपाली ने कैसे झुकाया था!) उसने कहा, ''आपने बिल्कुल ठीक समझा। मुझ जैसे होनहार बिरवान की मिट्टी पलीद करने के लिए आज की व्यवस्था जिम्मेवार है इसलिए मैंने निश्चय किया कि इस व्यवस्था को बदलकर रख दूँगा, अपनी कविता से! तब तक लिखूँगा जब तक इस सड़ी व्यवस्था का अंत न हो जाए। क्रांति करके दिखा दूंगा एक दिन, अपनी कविता के माध्यम से।'' कहते-कहते युवा कवि ने ब्रूस-ली की तरह पैंतरा ले लिया था। मैंने इर्द-गिर्द देखा। कमरे में मार्क्स और लेनिन फडफ़डा रहे थे। निराला और पाब्लो नेरूदा झूल रहे थे। मैं चूंकि खाली हाथ था इसलिए युवा-कवि के खाते में मात्र अपनी शुभकामनाएं जमा करके लौट आया उस दिन।

अगली बार युवा-कवि को मैंने एक चुनाव सभा को संबोधित करते देखा। इस बीच स्थानीय अखबारों में उसकी कुछ कविताएं छप चुकी थीं। अखबारों की उन्हीं कतरनों को मशाल की तरह हाथ में थामें युवा-कवि चुनावी भाषण दे रहा था। भाषण के साथ-साथ कविता की पंक्तियाँ भी सुनायी जा रही थीं। कविता की पक्तियाँ सुनकर मंच पर बैठे कविता-प्रेमी तालियां पीटते जा रहे थे। दाद बटोरकर कवि कहता, "यह मेरी अपनी कविता की पंक्तियां हैं।'' मैं रुक गया था। इसलिए नहीं कि मुझे चुनाव भाषण में रस आ रहा था बल्कि इसलिए कि मंच पर बैठे, घटिया से घटिया बात पर तालियां पीटनेवालों को मैं खूब पहचानता था। भाषण समाप्त होते ही मैंने युवा कवि से कहा, "आप कवि से वक्ता कैसे बन गये!'' उसे बहुत बुरा लगा। मानो किसी वेश्या को सरेआम वेश्या कहकर पुकारा गया हो! उसने चिढ़कर उत्तर दिया, "वक्ता नहीं, मैं कवि ही हूँ। सुनीं नहीं आपने मेरी कविता की पंक्तियां भाषण के बीच!... और रही बात इस राजनीतिक मंच की तो इतना समझ लीजिए कि आज अगर हमें इस व्यवस्था को बदलना है तो राजनीति से अलग रहकर नहीं बदला जा सकता। राजनीति से अलग रहकर कुछ भी नहीं किया जा सकता। सेंध लगानी है तो भीतर घुसना ही पड़ेगा। हमारी बुर्जुग पीढ़ी यही नहीं समझ पायी इसलिए साहित्य और राजनीति को तलाकशुदा दंपति की तरह अलग-अलग कर दिया। इससे जानते हैं आप,

आज हमें कितनी कठिनाइयों का सामना करना पड़ रहा है ? एक ओर साहित्य की धारा सूख रही है और दूसरी ओर राजनीति चरबी का ढेर बनकर रह गयी है। लेकिन मैं उस ढेर में घुसकर उसे तोड़ दूंगा एक दिन।'' बात करते-करते कवि कविता पढ़ने लग गया है, यह देख मैं खिसक लिया।

कुछ दिनों बाद मैंने देखा, कवि व्यवस्था में घुसने में सफल हो गया है। सामने के दरवाजे से संभव नहीं हुआ तो पीछे के दरवाजे से घुस गया। उसने अपनी साढ़े-तेरह 'चिंतनशील प्रदीर्घ क्रांतिकारी' कविताओं का एक संकलन महारथी आलोचक की सत्ताईस पृष्ठों की भूमिका के साथ छपवाकर चुनाव में विजयी पार्टी का मैनिफेस्टों लिखने वाले महान लेखक के हस्ते पुस्तक का विमोचन करवाया। मैंने महारथी आलोचक से कहा, "आपकी भूमिका के कारण पुस्तक उठ गयी।'' आलोचक ने जवाब दिया, "मैं तो पूरे काव्य-साहित्य को ही उठाना चाहता था। इसलिए आधुनिक कविता पर कई लेख लिखे और तमाम राष्ट्रीय-स्तर की पत्र-पत्रिकाओं को प्रेषित किये। पर जब सारे के सारे लेख चारों धामों की यात्रा करके सखेद घर लौट आये तो मैंने उन्हें आल-इन-वन करके युवा-कवि के पुस्तक की भूमिका में डाल दिया। युवा-कवि की पुस्तक उठे न उठे, मेरा जीवनस्तर अवश्य उठ गया। भूमिका से मिले पाँच-सौ रुपयों से दो अच्छे पतलून सिलवा लिये मैंने।''

पुस्तक छपते ही युवा-कवि कविता लिखना छोड़कर कविता पर लंबे-चौड़े लेख लिखने लगा। लेखों में व्यवस्था होती, अव्यवस्था होती, महंगाई, राजनीति होती, नैतिकता-अनैतिकता होती। तथा अंतिम पड़ाव पर कविता होती। युवा-कवि की अपनी साढ़े-तेरह में से कोई एक। इसी अंतिम पड़ाव पर यह भी होता कि अगर व्यवस्था को बदलना है, बनाये रखना है, उतारना है, चढ़ाना है, उलटना है, पलटना है या और जो भी कुछ किया जा सकता है वह करना है या नहीं करना है तो मेरी कविता की किताब पढ़िए। गोया तमाम बीमारियों की जड़ कब्ज़ हो और कब्ज़ की दवा युवा-कवि की कविता हो। मैंने कहा, "अपनी इज़ाद की हुई इस दवा का खुद विज्ञापन बनने की बजाए यह काम किसी विज्ञापन एजंसी को सौंप दो।'' युवा कवि ने कहा, "मैं अपनी कविताएं खुद पहुँचाऊंगा जन-जन तक ताकि एक दिन वे 'हमारी माँगे पूरी करो'- वाले नारे की तरह हर व्यक्ति की ज़ुबान पर चढ़ जाए और जिस दिन यह होगा, आप देख लेना उसी दिन क्रांति होगी। हर आदमी, आदमी नहीं, शोला होगा, उसकी रगों में खून नहीं पेट्रोल होगा..।'' युवा -कवि फिर कविता पर उतर आया था। पूरी कविता पेट्रोलयुक्त थी। मैंने सोचा, चलो अच्छा है, अगर ऐसा हुआ तो पेट्रोल खरीदने की आवश्यकता नहीं रहेगी। जरूरतमंदों को लोग

‘पेट्रोल’ डोनेट कर दिया करेंगे। ब्लड-बैंको के नाम बदलकर ‘पेट्रोल- बैंक’ हो जाएँगे।

उन दिनों, कवि अपनी ऊंचाइयों पर था। (कितनी नीची होती है कुछ ऊंचाइयाँ भी!) दस-बीस मंत्रियों के नाम गिनाकर वह कहता कि इनको ‘लंबा करने के लिए’ मेरी कविता की महज एक पंक्ति काफी है। खासकर उसे शिक्षा एवं संस्कृति मंत्रालय से बड़ी चिढ़ थी। कहता था, ‘यह मंत्रालय प्रतिवर्ष सैंकडों घटिया पुस्तकों को पुरस्कृत कर लाखों रुपया बरबाद कर रहा है। इतना रुपया अगर शासन रिक्शेवालों को बांटता तो आज हर रिक्शेवाला अपने रिक्शा का मालिक खुद होता।

तभी एक घटना घटित हुई। कैसे, यह युवा कवि ही जाने। युवा कवि की पुस्तक शासन द्वारा पुरस्कृत घोषित हो गयी। बस, यह होना था कि कवि की रगों का तमाम पेट्रोल पानी हो गया। वह कहने लगा, “यह व्यवस्था उतनी बुरी नहीं है, जितनी कि समझी जाती है। हमारे मंत्रीगण विद्वान हैं। उन्हें अपने साहित्य एवं संस्कृति का अच्छा ज्ञान है। इसलिए जनता को चाहिए कि वे ऐसी व्यवस्था के हाथ मजबूत करें।'' आजकल युवा-कवि, कवि से व्यवस्था की सीमेंट बनकर कार्य कर रहा है। उसे उम्मीद है, उसकी कविता की किताब की तरह उसका प्रचार कार्य भी एक दिन जरूर रंग लाएगा और सत्तापक्ष अपने आगामी चुनाव का मैनिफेस्टो उसी से लिखवाएगा।

(नवभारत: दीपावली विशेषांक 1986)

--***--

36. रसोई घर में इमली की तलाश

मेरा मानना है कि राजनीतिक जीवन में विवादास्पद वक्तव्यों की जितनी अहमीयत है उतनी ही गृहस्थी में पतियों के किचिन-प्रवेश की है। चर्चा में बने रहने के लिए गाहे-ब-गाहे दोनों जरूरी हैं। पहला न्यूज चैनल पर जीवंत बनाए रखता है तो दूसरा, किटी-पार्टियों में। इसी के चलते, मैं अवसर मिलते ही किचिन में घुसपैठ कर लेता हूँ। उस रोज भी यही हुआ। बेगम ने मायके जाने से पहले खाक़सार के दो समय के खाने का पुख़्ता बंदोबस्त कर दिया था। पास के होटल से दिन में दो बार टिफ़िन आ जाया करता था और सबकुछ वैसा ही चल रहा था जैसा अनचाहे मेहमान और मेजबान के बीच चलता रहता है। होटलवाले एडवान्स लेकर मजबूर थे और मैं, इस व्यवस्था के लिए अपनी सम्मति देकर। बेगम आश्वस्त थीं कि उनकी यह व्यवस्था मायके से उनकी वापसी तक मुझे उनके प्रति शत-प्रतिशत निष्ठावान बनाए रखने में सफल होगी। वे मायके से होटल वाले को सीधे फोन करके मेरे टिफिन में चावल और चीनी से लेकर तेल और नमक तक की मात्रा नियंत्रित किए जा रही थीं ताकि मेरी तबीयत कोई बवाल खड़ा न करें और उन्हें 'मायका-मिशन' अधूरा छोड़कर लौटना न पड़े। उनकी इस निगरानी का नतीजा रंग ला रहा था। बेगम को मायके गए चौंतीस दिन हो चुके थे और खाकसार का वजन चार ग्राम भी ऊपर-नीचे नहीं हुआ था। ऐसे में वाकई कोई जरूरत नहीं थी कि मैं कुम्हड़े की सब्जी पकाने जैसे किसी पचड़े में पड़ूं। लेकिन पाण्डेय जी के बगीचे से सीधे मेरी रसोई में पहुँचकर वहाँ कुंडली मारे बैठे कुम्हड़े ने मुझे मजबूर कर दिया था। छुट्टा सांड की तरह दिखाई देने वाला भारी-भरकम वजन का वह कुम्हड़ा मुझे जब-तब ऐसे घूरता जैसे मुझपर निगाह रखने के लिए बेगम ने अपने भाईजान को 'सीएजी' (कम्प्ट्रोलर एण्ड ऑडिटर जनरल) बनाकर रसोई में डेप्युट कर रखा हो। मैं पानी लेने के लिए भी रसोई में जाऊं तो मटके या गिलास पर नजर बाद में पड़ती थी, कुम्हड़े पर पहले।

इत्तिफ़ाक से रविवार था। याद आया, निर्मल जी भी अकेले ही हैं घर पर। फ़ोन करते ही वे आ गए। उन्हें कुम्हड़े की सब्जी पकाने के अपने इरादे के बारेमें बताया तो वे ऐसे खुश हो गए जैसे मैंने उन्हें राखी सावंत के किसी कार्यक्रम की फ्री-पास ऑफ़र की हो। उन्होंने

आनन-फ़ानन कुम्हड़े की सब्जी की पूरी रेसीपी बखान कर दी। मैंने पूछा, 'लगता है, घर में कुम्हड़े की सब्जी आप ही पकाते हैं!'

'जी, मैं स्वयं नहीं पकाता पर जब भी श्रीमती जी कुम्हड़े की सब्जी पकाती हैं, मुझे उनके सहायक के रूप में ड्यूटी बजाना अनिवार्य होता है।'

'तब छौंक आप लगाएंगे या मैं लगाऊं?'

'आपकी इजाजत हो तो मैं लगा देता हूँ छौंक। इसमें मेरा छोटा-सा स्वार्थ भी है।'

'कैसा स्वार्थ!'

'जी, पंद्रह साल हो गए सहायक के रूप में सेवाएं देते हुए लेकिन खुद छौंक लगाने का अवसर कभी नहीं मिला। जब भी प्रस्ताव करता हूँ, श्रीमती जी यह कहकर हतोत्साहित कर देती हैं कि 'यह दफ़्तर में फ़ाइल पर नोट लिखने जितना आसान नहीं है।' लेकिन आज मैं साबित कर देना चाहता हूँ कि इस मामले में किसी फ़ाइव-स्टार शेफ़ से कम नहीं हूँ।'

'शाब्बास' कहकर मैंने गैस के ओटे से सटी हुई रैक में से मसाले का तेरह कटोरी वाला डिब्बा खोलकर प्रस्तुत कर दिया। हल्दी और हींग से लेकर काली मिर्च और दालचीनी तक सब एक झटके में हाजिर हो गए। अदरक, लहसून और रेसीपी का शेष साहित्य जुटाना शुरु हो गया। उधर, निर्मल जी कुम्हड़ा हलाल करने में ऐसे मगन हो गए थे जैसे जुए में जप्त रकम का बटवारा करने में जुटा थानेदार हो। उसके बाद निर्मल जी ने सारी सामग्री पर एक नजर डाली और कुर्ते की बांहें ऊपर करके कढ़ाई गैस पर चढ़ाने ही वाले थे कि सहसा उन्हें कुछ याद आ गया। कहने लगे, 'भाईसाहब, सामान में एक चीज निकालने की तो छूट ही गई!'

'कौन-सी चीज! आपने जो-जो कहा, वह सब तो जुटा लिया है भाई।' - मैंने कहा।

'इमली रह गई है जनाब। बिना इमली के, कुम्हड़े की सब्जी तो वैसे ही है जैसे बिना साली के ससुराल।'

'अच्छा, मैं इमली तलाशता हूँ, तबतक आप सब्जी बनाना शुरु कीजिए।'

'नहीं भाईसाहब, इमली को भिगोकर रखना पड़ता है। थोड़ी देर भीग जाए तब कहीं सब्जी में डाली जा सकती है।'

'ठीक है, मैं इमली ढूंढता हूँ, तबतक आप दो कप चाय बना लीजिए। मुझे पता है, आप चाय अच्छी बना लेते हैं।'

'अरे वाह भाईसाहब, श्रीमती जी को अबतक सैंकड़ो कप चाय बनाकर पिला चुका हूँ लेकिन उसने एक बार भी तारीफ़ नहीं की जबकि आपने पता नहीं कब पी थी मेरे हाथ की चाय...!'

'पी नहीं अलबत्ता जानता जरूर हूँ। क्योंकि मेरी श्रीमती जी किटी-पार्टी में जब भी अपनी बदनसीबी की गजल सुनाती हैं तब गजल का काफ़िया यही होता है कि 'इनको तो एक कप चाय तक ढंग से बनानी नहीं आती।' जबकि भाभीजी यानी मिसेज निर्मल यह कहकर पूरा 'मुशायरा' अपने नाम कर लेती हैं कि 'वैसे चाहे किसी काम के न हों पर, निर्मल जी चाय गजब की बना लेते हैं। इसलिए जब भी कोई मेहमान आते हैं तब किसी न किसी बहाने भीतर बुलाकर चाय तो मैं इन्हीं से बनवाती हूँ।'

प्रशंसा से आत्ममुग्ध होकर निर्मल जी चाय बनाने में जुट गए। मैंने इमली की चाह में किचन की पहली रैक का पहला डिब्बा उठाया तभी मुझे मेरी अपनी बीस साल की गृहस्थी के कुछ निचोड़ याद आ गए। उनमें पहला है, 'किचन में जो चीज जहाँ रखी है ऐसा मानकर चलोगे वो वहाँ कभी नहीं मिलेगी।' दूसरा निचोड़ है, 'जो चीज पहले जहाँ रखी मिली थी वो अगली बार वहाँ कभी नहीं मिलेगी।' तीसरा निचोड़ है, ' जिस चीज की तलाश हो उसका रिटेलर-डिब्बा आपने अगर ढूंढ भी लिया और वह अगर खाली निकला तो उसका होलसेलर-डिब्बा तभी मिलेगा जब उस चीज के बिना काम चला लिया जाएगा या उस चीज की आपकी इच्छा स्वर्ग सिधार जाएगी।'

मैंने सारे अनुभव दांव पर लगाए और उल्टे सिरे से रैक का एकेक डिब्बा खोलना शुरु किया। इस प्रयास के शत-प्रतिशत विफ़ल साबित होने के बाद मैंने दूसरी, तीसरी और चौथी रैकों पर दांव लगाया। रैकों में सैंकड़ों डिब्बे थे, छोटे-बड़े, रंग-बिरंगे, प्लास्टिक, कांच, चीनी, विभिन्न धातु और कंटेनर उद्योग में कार्यरत दुनियाभर की कंपनियों द्वारा निर्मित। ख्याल आया, 'किचन-कंटेनर्स' से संबंधित किसी विषय पर पी-एचडी करने वालों के लिए मेरा रसोईघर अच्छा-खासा 'लैब' साबित हो सकता है! डिब्बों में वर्षों से समाधिस्थ कई चीजों से मेरा साक्षात्कार हुआ। मसलन, हनीमून के लिए गए थे तब गोवा से 'उत्कृष्ट दर्जे' का समझकर खरीदा हुआ घटिया काजू, दस साल पहले केरल-पर्यटन के दौरान 'ताजा' के चक्कर में खरीदे गए लेकिन रखे-रखे फॉसिल बन चुके मसाले के पदार्थ, बेहतरीन की तलाश में शिरडी से हर बार खरीदकर 'डंप' की गई भांति-भांति की सस्ती-महंगी किशमिश, पुरानी राजनीतिक पार्टियों की तरह अपनी पहचान खो चुकीं कई तरह की चाय-पत्ती, नरक की यातनाएं भुगत रहीं बेर और आंवले की पाउडर। एक बड़ा-सा डिब्बा खोला तो इक्कीस नारियल से साक्षात्कार हो गया। सब के सब आलूबुखारे के आकार के। मेरी पचमढ़ी-यात्रा ताजा हो गई। मैंने श्रीमती जी से पूछा था, 'आखिर इत्ते छोटे-छोटे नारियल खरीदकर क्या करोगी ? और वह भी एक-दो नहीं बल्कि पूरे बाईस!' जवाब था, 'एक अपनी शो-केस में रखूंगी और बाकी आगामी संक्रांत में सुहागिनों को भेट

करके सरप्राइज दूंगी।' आपको बता दूं, तबसे आज तक ग्यारह मर्तबा संक्रांत आकर चली गई है. शो-केस के हिस्से में आया एक नन्हा नारियल पचासों मर्तबा मुझसे अपने सहोदरों का पता पूछ चुका है। कुछ चीजें ऐसी भी मिलीं जो सालारजंग म्यूजियम में रखी चीजों से भी दुर्लभ और सिंधु-संस्कृति की खोज में मिली वस्तुओं से अधिक हैरतअंगेज लग रही थीं और जिन्हें श्रीमती जी शायद अपनी स्मृति से बे-दखल कर चुकी थीं। मसलन, प्लास्टिक के एक डिब्बे में दो किलो के लगभग ऐसी चीज दृष्टिगोचर हुई जो डिब्बे के साथ पूरीतरह एकाकार हो चुकी थी। यह समझ पाना कठिन था कि डिब्बे की सीमा कहाँ समाप्त होती है और वस्तु कहाँ से आरंभ होती है! बीस डिब्बे आगे निकल गया तब याद आया कि उस डिब्बे में रखी वह वस्तु और कुछ न होकर सात साल पहले लाए हुए मथुरा के सुप्रसिद्ध पेड़े थे जो विदर्भ की गरमी सहते-सहते सीमेंट का डिब्बाकार पाषाण बन चुके थे। एक एयर-टाइट डिब्बे में अवस्थित वस्तु की पहचान के लिए जब सारे ज्ञानेंद्रियों ने जवाब दे दिया तब मुझे अपनी जिह्वा को दांव पर लगाना पड़ा। उसके बिना यह समझ पाना कठिन था कि मैं जिसे गोंद समझ रहा हूँ वह मुरमुरे के लड्डू बनाने के लिए आठ साल पहले तामिया (मध्य प्रदेश) से लाया हुआ खास किस्म की चिकी वाला गुड़ है। एक रैक की सबसे पीछेवाली पंक्ति में बड़े-छोटे बीस डिब्बे मिले जिनमें अलग-अलग समय पर खरीदे गए बादाम, पिस्ता, खजूर, अंजीर, अखरोट नामक सूखे मेवे समाधिस्थ थे। उनकी शक्ल को देखकर लगता था जैसे वे इजिप्त के पिरामिड में किसी 'ममी' के साथ रखी गई वस्तुएं हों। कई डिब्बों में कैद रवा, मैदा, पोहा पुरातत्व विभाग के कुतुहल का विषय बन चुके थे।

जी हाँ, ये सब खूब मिला। लेकिन वो नहीं मिली जिसकी तलाश में मैं पसीना-पसीना हो चुका था। अर्थात, इमली।

भारत-इंग्लैंड के बीच क्रिकेट मैच का समय हो चुका था। चाय का कप लेकर निर्मल जी ड्राइंगरूम में टी वी देखने चले गए थे। वे लौटे तो कहने लगे, 'भाईसाहब, भारत के बीस ओवर फेंके जा चुके हैं। शायद आपके यहाँ इमली होगी ही नहीं। आप मैच देखिए। मैं अपने घर से इमली लेकर आता हूँ।' मैंने कहा, 'निर्मल जी, श्रीमती जी के मायके जाने के एक सप्ताह पहले मैं इतवारी बाजार से दो किलो इमली खरीदकर लाया था और वे और चाहे जो लेकर मायके गई हों पर इमली लेकर कदापि नहीं जाएंगी क्योंकि वहाँ इमली की कोई जरूरत ही नहीं है। जिस घर के प्रत्येक सदस्य के स्वभाव में इमली से पचास गुना अधिक खटास मौजूद हो वहाँ भला इमली की क्या बिसात! बहरहाल, आप अपने घर से ले आइए।' मैंने एक बार फ़िर पसीना पोंछा और क्रिकेट-मैच देखने बैठ गया।

निर्मल जी लौटे तब श्रीलंका का बीसवां ओवर चल रहा था। उन्हें खाली हाथ लौटा देख मैंने पूछा, 'क्या हुआ, इमली नहीं मिली?'

'इमली आ रही है।'

'आ रही है मतलब!'

'वर्मा जी का लड़का अखबार माँगने आया था। मैंने उससे कहा है अपने घर से इमली लाकर देने के लिए। मैं भी पिछले हफ़्ते ही खरीदकर लाया था लेकिन मिसेज ने पता नहीं कहाँ रख दी है।'

'तो तबतक हम लोग शुरु कर सकते न सब्जी बनाना। इमली ऊपर से डालकर एक उबाल ले आएंगे।'

'चलेगा।' कोई और पर्याय न देख निर्मल जी ने सम्मति दर्शाई और सब्जी की प्रोसेस शुरु हो गई। निर्मल जी अपने सैद्धांतिक ज्ञान को व्यावहारिक आयाम देने में जुट गए और मैं किचिन की एकेक रैक को थके हुए यात्री की तरह निहारते हुए स्मरण करने लगा कि मुझे किस स्थान पर, किस डिब्बे में, किस चीज के, किस ऐतिहासिक रूप में दर्शन हुए थे। इस बीच वर्मा जी का पुत्र एक कटोरी में कोई चीज लेकर आया। कहने लगा, 'मम्मी मंदिर गई है। पापा को इमली तो नहीं मिली पर उन्हें फ्रीज में रखी इमली की यह पेस्ट हाथ लग गई।'

मैं पेस्ट निर्मल जी के हवाले कर ड्राइंग-रूम में आया कि फ़ोन बजा। मायके से बेगम साहिबा बोल रही थीं। तबीयत और मौसम की गैरजरूरी जानकारी के आदान-प्रदान के बाद मैंने साहस करके पूछ ही लिया, 'वो इमली कहाँ रखी है ?'

'क्यों, इमली की आपको क्या जरूरत पड़ गई!'

'वो सामनेवाली शर्मा आंटी का नौकर आया था इमली माँगने। मैंने कह दिया, भई किचिन में कहाँ क्या रखा है, मुझे नहीं पता'- मैंने चालाकी से जवाब दिया।

'अरे, दे देनी थी न! वो बेचारी कभी-कभार ही तो कुछ माँगती हैं। आज रविवार है न, दही -बड़े बना रही होंगी।'

'लेकिन कहाँ रखी है यह पता हो तब न!'

'वहीं तो है। चावल स्टोर करके रखने का वो बड़ा ड्रम खाली पड़ा था न, उसमें मैंने सिवई-पापड़ भर कर रख दिए हैं। जल्दी में, इमली का पैकेट भी उसी में रख छोड़ा था। आने के बाद साफ़ करके सुखाऊंगी तब इमली के डिब्बे में भरकर रख दूंगी।'

मुझे अफ़सोस इस बात का है कि मैंने इमली की तलाश में किचिन के शत-प्रतिशत डिब्बे ढूंढ लिए थे, उस चावल स्टोर करके रखने के ड्रम को छोड़कर।

(साहित्य अमृत : जुलाई 2014)

--***--

37. रामबाण नुस्खा

जिस वर्ष मैंने स्कूल में कदम रखा, उस वर्ष केवल एक कमरा टपकता था। देखते-देखते चार साल बीत गये। और इन चार सालों में इतनी तरक्की हो गयी कि मेरे स्कूल के संस्थापक-संचालक, जिनकी शहर में मोसंबी-नारंगी (देशी शराब) की मात्र एक दुकान थी, अब पूरे क्षेत्र के लीकर-किंग माने जाने लगे हैं। स्कूल का एक भी कमरा, कमरे का एक भी कोना शेष न रहा, जहाँ वर्षा का पानी आसमान से सीधे जमीन पर न टपकता हो। मैंने स्कूल की इमारत की खस्ता हालत की ओर संस्थापक-संचालक महोदय का ध्यान आकर्षित करने के लिए पत्र लिखा, तो इन्होंने मुझे बुलाकर टका-सा जवाब दिया, 'स्कूल की इमारत में पैसा बरबाद करने की बजाए मैं शराब की एक और दुकान खोलना पसंद करूंगा। वो तो दस-पाँच रिश्तेदार हैं, जो मास्टरी करके अपना पेट पाल रह हैं, वरना इस स्कूली धंधे में रखा ही क्या है! आपको अगर मौजूदा हालातों में पढ़ाना मुश्किल हो रहा है, तो शौक से दूसरी ओर निकल जाइए, किसी अच्छी इमारत वाले स्कूल में। वैसे, मेरे ख्याल से तो स्कूल की इमारत का पढ़ाई से कोई सम्बन्ध नहीं होता। हमारे जमाने में तो शालाएँ बरगद के नीचे लगती थीं। फिर भी किसी अध्यापक को कोई शिकायत नहीं थी।'

जवाब सुनकर सचमुच इस्तीफा देने की इच्छा हो गयी थी लेकिन स्कूल के मार्फत बी-एड्. का जुगाड़ कर लेने की तुच्छ आकांक्षा ने ऐसा डैशिंग कदम उठाने से रोक लिया।दूसरे दिन शहर के नगर पालिकाध्यक्ष को पत्र लिखकर स्कूल की इमारत की ख़स्ता हालत बयान की। उन्हें लिखा कि इमारत किसी भी समय धराशायी हो सकती है-अल्पमत वाली सरकार की तरह। इसलिए ढाई तीन- सौ छात्रों के सिर पर मौत की छाया मंडरा रही है। नगराध्यक्ष होने के कारण आपकी यह जिम्मेदारी है कि शहर की आबादी एक झटके में ढाई-तीन सौ से कम होने के खतरे को आप तुरंत दूर करें। जवाब में नगराध्यक्ष ने लिखकर क्रमबद्ध खेद प्रकट किया। यथा, वह म्युनिसिपल स्कूल नहीं है इसलिए उसकी मरम्मत की ओर ध्यान देना हमारा काम नहीं है। दूसरे, अगर ध्यान दें भी, तो वह स्कूल जिस वार्ड में आबाद है, वहाँ से जो वार्ड सदस्य निर्वाचित हुए हैं, वे विपक्ष के हैं। इसलिए उस वार्ड की किसी भी समस्या की ओर ध्यान देना हमारे चुनाव-मेनिफेस्टो के अंतर्गत नहीं आता।

तीसरे, अगर भविष्य में कभी म्युनिसिपल कमेटी ने नागरिकों से टैक्स के रूप में बमुश्किल वसूल की गयी राशि स्वास्थ्य या शिक्षा जैसे अनुत्पादक कार्यों पर खर्च करने का निर्णय लिया तो पहले उन म्युनिसिपल स्कूलों और अस्पतालों की इमारतों को दुरुस्त करना पड़ेगा, जिनमें खिड़की दरवाजे न होने के कारण लावारिस पशु आश्रय लेते हैं और आम नागरिकों को स्कूल, कांजीहौस और अस्पताल, पशु चिकित्सालय में भेद करना कठिन हो गया है।

नगराध्यक्ष का प्रत्युत्तर आने तक कुछ खपरैल और धराशायी हो गये थे तथा छात्र अपनी, भगीरथ प्रयासों से प्राप्त कंट्रोल की कापियों को सीने से चिपकाकर कक्षाओं में हो रही सीधी वर्षा से बचाने का असफल प्रयास कर रहे थे। मैं सिर पर छाता तानकर राजस्थान और बिहार में सूखा पड़ने के कारण पढ़ाने लगा। तभी अचानक ज्ञात हुआ कि श्रीमान दरबारी लाल मेरे शहर में पधार रहे हैं। दरबारी लाल मेरे सहपाठी थे एवं हाल ही में संपन्न संतुष्ट-असंतुष्ट की उठापटक में उन्हें मंत्री पद प्राप्त हो गया था।

आनन-फानन मैंने दरबारी लाल को अपनी पुरानी मित्रता का वास्ता देते हुए चुपचाप एक चिट्ठी डाल दी कि आपके इस नगर में आगमन के दौरान मैं अपनी शाला के प्रांगण में आपके कर-कमलों द्वारा एक कैक्टस का पौधा रौंपना चाहता हूँ। इससे छात्रों के मन में बाल्यावस्था से ही वृक्षों के प्रति आस्था निर्माण होगी एवं उन्हें वृक्षों का महत्व समझने में बड़ी सहायता होगी।

बस, चार दिन बाद देखता क्या हूँ कि शहर के मुख्य मार्ग से मेरी स्कूल की ओर जाने वाले फटीचर रास्ते पर सरकारी बुलडोजर धड़धड़ाने लगे हैं। जिला परिषद के ट्रकों में गिट्टी और बोल्डर लदकर आने लगे हैं। म्युनिसिपल के टैंकर पानी ढो रहे हैं। लोक कर्म विभाग के अधीक्षक-यंत्री से लेकर म्युनिसिपैलिटी के अध्यक्ष तक फौजें लेकर इधर से उधर दौड़ रहे हैं। सड़क तेजी से बनते-बनते मेरे स्कूल तक आ पहुँची। अब स्कूल की इमारत की बारी थी। पूरी छत उधेड़कर रात भर में दूसरी चढ़ा दी गयी -- इतनी आसानी से कि जैसे छोटे बच्चे के पूरे वस्त्र उतारकर नये पहना दिये गये हों। पलस्तरविहीन दीवारों पर रंग-रोगन चढ गया। छात्रों के बैठने के लिए बाबा आदम के जमाने से रखी गयीं फट्टियों के स्थान पर लकड़ी के बेंच आ गये। शाला के प्रांगण में नैसर्गिक रूप से बढ़े हुए कई पुराने वृक्ष जड़ समेत उखड़वाकर मंत्री जी द्वारा रौंपे जाने वाले कैक्टस के लिए जगह बनायी गयी।

छात्रों की समझ में नहीं आ रहा था कि यह सब अचानक क्या हो रहा है। शाला के संस्थापक-संचालक एक दिन आंधी की तरह आकर मात्र इतना बता गये थे कि अमुक दिन मंत्री महोदय अपनी स्कूल में पधार रहे हैं। इसलिए सबको नये साफ कपड़े पहनकर

स्कूल में आना है। जिनके पास नये या साफ धुले कपड़े न हों, वे गंदे कपड़े पहनकर आने की बजाए उस दिन स्कूल से अनुपस्थित रहें। घोषणा सुनकर आधे से अधिक छात्र वैसे ही खुश हो गये थे।

जैसा कि अक्सर होता है, निश्चित तिथि पर मंत्री महोदय का 'तार' मिला कि किसी अपरिहार्य कारणवश दौरा स्थगित हो गया है। चुनाव आयुक्त द्वारा दोबारा मतदान कराने की घोषणा सुनकर चुनाव में गड़बड़ी करने वालों की जो दशा होती है, वही सबकी हो गयी है-- मंत्री जी का दौरा स्थगित हुआ जानकर। उन्हें उनकी मेहनत बाढ़ में बहती-सी नजर आने लगी है। पर, मैं खुश हूँ। बेहद खुश! मंत्री जी आएं या न आएं। अब मुझे पढ़ाते वक्त सिर पर छाता तानने की जरूरत नहीं है। बल्कि मैं तो चाहता हूँ, अब मंत्री जी मेरे स्कूल में न ही आएं। किसी और स्कूल में जाएं। किसी ऐसे स्कूल में, जहाँ की हालत जैसी मेरे स्कूल की थी, वैसी हो।

जो अपने स्कूल ही हालत में सुधार चाहते हों, उनसे मेरा निवेदन है कि वे मेरा 'रामबाण नुस्खा' आजमाकर देखें। एक बार अपने स्कूल में किसी मंत्री को बुलाकर देखें!

(धर्मयुग: 13 मार्च, 1983)

--***--

38. राष्ट्र के विकास में सड़कों का बलिदान

मेरे कमरे की एक खिड़की पूरब की ओर खुलती है। खिड़की के खुलते ही सामने एक सड़क दिखायी देती है जो आगे जाकर राष्ट्रीय राजमार्ग से मिलती है। मुझे किसी ने बताया था कि राष्ट्रीय राजमार्ग वह मार्ग होता है जो हर छोटे-बड़े मार्ग के कंधों से होते हुए पार्लियामेंट-हाउस तक पहुँचता है। मेरी खिड़की से सड़क का पृष्ठभाग वैसा ही दिखलाई देता है जैसे चाँद का पृष्ठभाग। इसलिए मुझे चाँद के चित्रों में कभी कोई दिलचस्पी नहीं रही। लोग चाँद के चित्र देखने के लिए इंटरनेट खोलकर बैठते हैं। मैं अपनी खिड़की के पट खोलकर बैठ जाता हूँ। चाँद का चाँद और खुली हवा की खुली हवा। यहाँ आपको यह रहस्य भी बता दूँ कि मैंने चाँद पर जितनी भी यथार्थवादी कविताएँ लिखी हैं वे सब सामने वाली सड़क को देखकर ही लिखी हैं।

सड़क की चौड़ाई यूं तो बमुश्किल बीस फ़ीट होगी। लेकिन सड़क की सेहत से जुड़े लोगों का कहना है कि सड़क की चौड़ाई अस्सी फीट है। मैं इस झगड़े में कभी नहीं पड़ा और आपको सलाह दूंगा कि आप भी मत पड़िए। क्योंकि इस विषय में आप चाहे जितनी दलीलें पेश करें, आप जीत नहीं सकते। कारण आपकी दलीलें चाहे जितनी मजबूत हों, अंतत: वे एक अदद फ़ीते पर आकर दम तोड़ देंगीं। जी हाँ, लंबाई-चौड़ाई नापनेवाला एक अदद फ़ीता। जबकि सड़क की सेहत से जुड़े लोग पिछले पचीस साल में सड़क के नाम पर पैदा हुई सैंकड़ों सरकारी फ़ाइलों का अंबार लगा देंगें। गवाह के रूप में मजदूर, ठेकेदार, सब-इंजीनियर से लेकर उस चीफ़-इंजीनियर तक को पेश कर देंगे जो किसी भी कोर्ट में गीता पर हाथ रखकर कहेगा कि अब चाहे जितनी बाकी रही हो पर, मैंने अपने कार्यकाल में खुद बनवाई थी 80 फ़ीट की सड़क। कहना न होगा कि आप या अदालत माँगें तो पचास दिन पहले बनी किसी 'आदर्श-सोसायटी' की फ़ाइल भी नहीं मिलेगी। गुम हो जाएगी। चूहे खा जाएंगें। लेकिन उन्हें अगर कुछ साबित करना रहा तो वे कब्र से निकलवाकर मुर्दों को भी खड़ा कर देंगे गवाही देने के लिए। ऐसे में, आपका फ़ीता कहाँ तक टिक पाएगा!

वस्तुत: पिछले पचीस सालों में मैंने सड़क को जितनी बार चौड़ा होते देखा है उसी के आधारपर कहना हो तो कहा जा सकता है कि सड़क अस्सी फ़ीट नहीं बल्कि

एक-सौ अस्सी फ़ीट चौड़ी होनी चाहिए। क्योंकि साल-दो-साल में अखबार में छपता रहता है कि मेरे इलाके के जनप्रतिनिधियों ने माँग की है कि अमुक सड़क चौड़ी होनी चाहिए। कभी छपता है कि सड़क 'टू-लेन' भी नहीं है जबकि उसपर के आवागमन के मद्देनजर वह 'फ़ोर-लेन' होनी चाहिए। कभी कहते हैं कि सड़क की चौड़ाई में बाधक बने पेड़ काटकर कुछ दूरीपर नए सिरे से वृक्षारोपण होना चाहिए। समाचार पढ़कर अखबार के पाठक जनसमस्याओं के प्रति मेरे क्षेत्र के जनप्रतिनिधियों की जागरुकता की दाद देते हैं। मैंने कइयों को कहते सुना है कि जनप्रतिनिधि हो तो ऐसे! फ़िर समाचार छपता है कि सड़क के विस्तारीकरण के लिए सरकार ने सौ-करोड रुपए (यह रकम कितनी भी हो सकती है) मंजूर किए हैं। 'भूमिपूजन' संपन्न हो जाता है। जनप्रतिनिधियों के फ़ोटो छप जाते हैं। कुछ दिनों बाद सड़कपर बोल्डर, गिट्टी, मुरुम आदि के ट्रक, रोड-रोलर, डामर के डिब्बे चलते-फ़िरते नजर आने लगते हैं। सड़कपर बनी कोई पुरानी पुलिया उजड़ती है। पेड़ धराशायी होने लगते हैं। सड़क के अगल-बगल में मजदूरों की झोपड़ियाँ उगती हुई-सी नजर आने लगती हैं। कभी 'वोट' के लिए मिले नोट तो कभी बीपीएल-कार्ड के लिए की जानेवाली जद्दोजहद की चर्चा करते कुछ मजदूर भी दिखाई दे जाते हैं सडकपर। आपको बताऊँ, जब-जब भी ऐसा हुआ तो मुझे लगा कि सड़क-चौड़ाईकरण के मामले को सचमुच गंभीरता से ले लिया गया है। कई बार, मैंने फ़ोन पर अपने मित्रों को सूचित भी कर दिया कि भाइयों, अबकी आओगे तो सड़क चौड़ी भी मिलेगी और शानदार भी। एकबार प्रदीर्घ शासकीय-सेवा के अनुभवी एक बुजुर्ग-मित्र ने चकित होकर पूछा भी था, 'बरखुरदार, क्या चौड़ी और शानदार, दोनों एक साथ!' मैंने उसे आश्वस्त करते हुए कहा था, 'हाँ मित्र, तभी तो 2020 का निर्धारित लक्ष्य प्राप्त होगा न!'

लेकिन दो-चार दिन धूल उड़ने के बाद फ़िर वही...! मैं, मेरी खिड़की और चाँद का टुकड़ा मेरी सड़क। साल-दो साल बीते नहीं कि फ़िर वही सिलसिला पुन: शुरु। चिल्ल-पो, निवेदन, प्रस्ताव, एस्टिमेट, स्वीकृति, राशि का आबंटन, भूमिपूजन....। पर सड़क ज्यों की त्यों। गोया सड़क न हुई विदर्भ के किसानों की हालत हो गई! क्या किया जाए? अन्ना हजारे जी की याद आयी। लेकिन सोचा, एक अन्ना कौन-कौन-सी भांड फ़ोड़ेंगे? और उन्होंने सोच भी लिया, तो फ़िलहाल वे जिस 'राष्ट्रीय-मुद्दे' को लेकर आंदोलनरत हैं उससे मेरे घर के पासवाली सड़क के मुद्देपर आते-आते सौ साल लग जाएंगे।(ईश्वर उन्हें इतनी लंबी उम्र बख्शे)। इसलिए सोचा, क्यों न मैं खुद पहल करूँ! और अंतत: वही किया। सड़क के स्वास्थ से संबंधित एक इंजीनियर से पूछ ही लिया, 'श्रीमान, आखिर इस सड़क के साथ इस प्रकार का सलूक क्यों हो रहा है?'

इं- सीधी-सी बात है। आपको यह समझना चाहिए कि सड़क का विकास राष्ट्र का विकास है। राष्ट्र का विकास यानी अंततोगत्वा राष्ट्र की जनता का विकास। और

हमारा अंतिम लक्ष्य वही है। जनता का विकास। अब बिना पहाड़ों से पत्थर निकाले, बिना सड़कों पर गिट्टी-डामर बिछाए, बिना वाहनों का डिजल-पेट्रोल जलाए अगर हम सीधे अपना लक्ष्य प्राप्त कर लेते हैं तो उसमें आपको ऐतराज क्यों है?'

मैं- मैं समझा नहीं।

इं- मैं समझाता हूँ। पचीस साल पहले किसी की झूठी शिकयतपर हमारे एक चीफ़-इंजीनियर के घर आयकर वालों ने छापा मारा तो उनके घर से सोने के जेवरात के नामपर कुल साढ़े-तेरह ग्राम का मंगलसूत्र निकला था। जबकि हाल ही में हमारे एक एक्जक्युटिव इंजीनियर के घर से बीस किलो सोना निकला। नगद रकम और अन्य संपत्ति अलग। इसे कहते हैं विकास। पहले मनोवांछित स्थानपर ट्रांसफ़र के लिए पाँच हजार देने पड़े तो सालभर रोते रहते थे लोग। अब पाँच लाख में सामने वाला ना-नुकुर करें तो दस लाख फ़ेंककर मंत्रालय से आर्डर निकलवा लेते हैं। घर के हर सदस्य के लिए अलग फ़ोर-वीलर मेनटेन करते हैं हमारे अधिकारी। चार कमरे के सरकारी क्वार्टर से रिटायर होने वाले अधिकारियों के मेट्रोसिटीज में दस-दस फ़्लैट होते हैं। फ़ार्म-हाउजेस, होटल, फॉरेन-टूर...। पहले हजार की रकम बड़ी बात होती थी। अब छोटे से छोटा भी प्रोजेक्ट हो तो करोड़ से कम में कागज नहीं हिलता टेबिल से। पकड़े भी गए तो सौ करोड़, दो सौ करोड़, तीन सौ करोड़ ऐसी रकम निकलती है घर से। इसे कहते हैं विकास।... भाईसाहब, पहले दिन से आजतक आपकी इस सड़क के लिए जितनी राशि मंजूर की गई वह समूची अगर इस पर खर्च होती तो इस सड़क ने पूरे भारत के दो चक्कर लगा लिए होते और इतनी शानदार होती कि पेरिस के लोग भारत आकर ताजमहल बाद में देखते, आपकी सड़क देखने के लिए पहले यहाँ आते। लेकिन हमारी जनता कहाँ होती? वहीं, पचीस साल पहले जहाँ थी। अर्थात, रिटायरमेंट के बाद मिलने वाली मुट्ठीभर रकम से बने, तीन कमरोंवाले, रेल के डिब्बेनुमा मकानों में!

मैं- लेकिन सड़क का विस्तारीकरण...!

इं- सड़क का क्या है? दस ट्रक साथ-साथ दौड़े क्या और एक के पीछे एक दौड़े क्या? क्या फ़र्क पड़ता है?

मैं- तो क्या आपको लगता है कि इसी प्रकार से विकास होगा समूचे राष्ट्र का?

इं- होगा क्या भाईसाहब, हो रहा है। दुनिया के अरबपतियों में हमारी संख्या दिन-दूनी बढ़ती जा रही है। हमारे नागरिकों द्वारा जमा की गई राशि से विदेशों के बैंक ओवर-फ़्लो हो रहे हैं। ...बाकी छोड़िए, आपकी इस जरा-सी सड़क ने कइयों को करोड़पति बना दिया, जानते हैं आप?

मैं- लेकिन मुझे अब भी इस सड़क को लेकर चिंता है।

इं- भाईसाहब, आप अपने मन से यह निकाल दीजिए कि जो हो रहा है वह केवल आपकी ही सड़क के साथ हो रहा है। हमारे देश में हजारों मील लंबी सड़कों का जाल बिछा हुआ है और सबके साथ 'समान व्यवहार' की कोशिश की जाती है। यह अलग बात है कि किसी के साथ कुछ जियादा ही 'समान व्यवहार' हो जाता है। अब दूसरी बात। आपको लगता है कि सड़क बनते-बनते रुक गई है जबकि हमारे रिकॉर्ड पर सड़क बाकायदा उतनी बन जाती है जितनी बनाने के लिए सरकार से मंजूरी और राशि प्राप्त होती है।'

मैं- कागज पर सड़क बन जाने से कैसे मान लें कि सड़क बन गई?'

इं- देखिए, सड़क निर्माण अथवा विस्तारीकरण का प्रस्ताव कागजपर तैयार होता है। निर्माण-कार्य का प्रारुप कागज पर तैयार होता है। बजट की मंजूरी कागज पर प्रदान की जाती है। टेंडर कागज पर निकलते हैं। वर्क-रिपोर्ट कागज पर प्रस्तुत की जाती है। कम्प्लीशन-रिपोर्ट कागज पर बनती है। -इन सारी कागजी कार्रवाइयों पर जब आपको कोई ऐतराज नहीं है तब कागजपर संपन्न हुए सड़क के निर्माण-कार्य पर आपको ऐतराज क्यों होना चाहिए- यह मेरी समझ में नहीं आता!

मैं- अच्छा, यह तो बताइए कि जो राशि निर्माण-कार्य के लिए मंजूर की जाती है वह कहाँ चली जाती है?

इं- जाती कहाँ है, विकास पर खर्च होती है, शत-प्रतिशत।

मैं- किसके?

इं- देश की जनता के। आखिर मंत्रालय से लेकर मजदूर तक अर्थात, सड़क निर्माण से जुड़ा हर वह सरकारी-गैरसरकारी व्यक्ति हमारे देश का नागरिक है जिसका विकास देश का विकास है। और मैं आपको बतला ही चुका हूँ कि हमारा अंतिम लक्ष्य हमारी जनता का विकास ही है!

इंजीनियर से चर्चा के बाद से मुझे अपनी खिड़की से दिखलाई देने वाली सड़क के प्रति गहरी सहानुभूति उभर आई है। मैं उसकी ओर ही नहीं अपितु देश की हर सड़क की ओर कुछ अधिक श्रद्धा और आदरभाव से देखने लगा हूँ। मुझे राष्ट्र बनाम 'राष्ट्र की जनता' के विकास में हर सड़क का महत्वपूर्ण 'बलिदान' जो नजर आने लगा है!

(राष्ट्रधर्म : अक्टूबर 2012)

--***--

39. वसंत ऋतु और सी.आर.की बयार

वसंत ऋतु यानी वह ऋतु जो प्रतिवर्ष अनिवार्य रूप से वसंत में आती है और सी.आर. यानी अधीनस्थों की वह रिपोर्ट जो हर वर्ष लिखी जाती है। बड़े दफ्तर से,माथे पर 'गोपनीय' की मुहर लगे बंद लिफाफे की डोली में चढ़कर आती है और अफसर की कलम से अपनी माँग में 'गोपनीय'ता का अक्षुण्ण सिंदूर भरकर उसी प्रकार सीलबंद डोली में अपने मुकाम पर लौट जाती है। स्वतंत्र भारत के तमाम दफ्तरों में, जहाँ राजभाषा का तथाकथित बोलबाला है! इसे गोपनीय-रिपोर्ट की अपेक्षा सी.आर.के नाम से ही अधिक जाना और पहचाना जाता है। चूंकि यह 'सुरभि' की तरह चुपचाप आती है और बिना कोई आहट किये लौट जाती है इसलिए कुछ कर्मचारी इसे सरल हिन्दी में 'सियार' भी कहते हैं।

बहरहाल, यह एक संयोग ही है कि वसंत ऋतु और सी.आर.दोनों साथ-साथ 'डयू' होती हैं। फर्क सिर्फ इतना है कि एक 'बनन् में, बागन में, कानन् में, कुंजन में' 'ड्यू' होती है तो दूसरी दफ्तर में दराजन में, लिफाफों और गराजन् में 'ड्यू' होती है। दोनों की खासियत यह है कि ये छिपाये नहीं छिपतीं। वसंत आया कि कोयलिया कूकने लगती है। आम्रवृक्ष बौराने लगते हैं और जंगल में टेसू जलते अंगारे के समान दहकने लगते हैं। संपूर्ण वातावरण में मादकता छा जाती है। ठीक इसी प्रकार जब बड़े दफ्तर से सी.आर.आते हैं तब बख्तर-बंद तोप की तरह पुख़्ता लिफाफा और उस पर 'रडार' की भांति अतिरिक्त सावधानी पूर्वक लगी 'गोपनीय'ता की मुहर से यह छिपाये नहीं छिपता कि उसमें अधीनस्थों की भाग्य-रेखा बनने वाले सी.आर.के फार्मस् हैं। वैसे, हर गोपनीय-पत्र की विशेषता यही होती है कि उसकी अंतर्वस्तु कम-से-कम समय में अधिक से अधिक व्यक्तियों तक पहुँच जाए फिर भी सबके सब अनभिज्ञता का स्वांग करते रहे। गोपनीयता की गरिमा भी इसी में है कि आप स्वयं तो गाँव भर बताते फिरें पर अगले से यह झूठी अपेक्षा करें कि वह 'गोपनीयता' बनाये रखे।

खैर, तो दफ्तर में सी.आर.का लिफाफा आते ही वसंत ऋतु में भ्रमरों के गुंजन की भांति चपरासियों की कानाफूसी आरंभ हो जाती है, स्टेनो कूकने लगती हैं और अफसर के मन का मयूर नाच उठता है।

मेरे पड़ोस के पार्क में कुछ पौधे ऐसे हैं जिन पर सालभर में एक फूल तक नहीं खिलता, भले ही उनकी खाद और पानी की खुराक बारहमासी गुलाब से छटाक भर ज्यादा ही है। पर ऋतुराज वसंत का आगमन होते ही उन पर पता नहीं कहाँ से कुछ हरी पत्तियाँ दिखायी दे जाती हैं। ठीक इसी प्रकार दफ्तर में कुछ कामचोर कर्मचारी ऐसे होते हैं जो सालभर काम से जी चुराते रहते हैं पर सी.आर. की भनक लगते ही अचानक उनकी कर्तव्य-निष्ठा जाग उठती है और वे एकदम भवनिष्ठ हो जाते हैं। कार्यालयीन समय के बाद जब अधिकतर कर्मचारी अपने घर लौट जाते हैं और अधिकारी दफ्तर में बैठे रहते हैं तब ये सालभर के निकम्मे कर्मचारी चापलूसी के नये प्रतिमान स्थापित करते हुए प्राणपन से यह प्रतिपादित करने में जुट जाते हैं कि दफ्तर उन्हीं के बलबूते पर चल रहा है!

वसंत ऋतु में कलियाँ चटखने को और फूल थिरकने को आतुर दिखायी देते हैं। उनके भीतर के मन-मयूर नृत्य करने लगते हैं। इसकी कुछ छटा दफ्तरों के भीतर भी परिलक्षित होती है। दफ्तरों में कार्यरत युवतियाँ जूड़े में चम्पा के फूल और वासंती परिधान धारण करके अगले वर्ष रिटायरमेंट के लिए 'ड्यू' बड़े बाबू को ऋतुराज के आगमन का संदेश देकर सूखे दरख़्त को हरा करने का प्रयास करती हैं। इसी प्रकार दफ्तर में आयी 'गोपनीय' सी.आर.की बयार देखते-देखते चाय की कैन्टीन, पान की टपरिया, कालोनी, पड़ोसी, परिवार और महरियों से होती हुई वासंती छटा की तरह यत्र-तत्र सर्वत्र बिखर जाती है।

वसंत ऋतु में अकेला पलाश जैसे पूरे जंगल पर हावी हो जाता है उसी प्रकार सी.आर. के आते ही एक अदना-सा अफसर पूरे दफ्तर पर भारी हो जाता है। उसका उठना, उसका बैठना, उसका खाँसना, उसका खकारना, यहाँ तक कि उसका साँस लेना और साँस छोड़ना भी अचानक अर्थपूर्ण हो जाता है। सच पूछिए तो कुछेक काबिल! अफसरों के लिए पूरे साल में यही एक ऋतु ऐसी होती है जब अधीनस्थ उन्हें अपना अधिकारी समझने पर मजबूर होते हैं और ये खुद भी कुछ दिन के लिए ही क्यों न हो पर, अपने आप को टीपू सुल्तान और अपनी कलम को टीपू के बाप की तलवार समझने लगते हैं। आखिर जब हम यह कहते हैं कि ऋतुराज वसंत के आगमन से पूरा विश्व झंकृत हो जाता है तब बंधुवर, चमगादड़ और गीदड़ भी तो इसी विश्वरूपी मशीनरी के नट-बोल्ट हैं। वासंती-बयार से फिर वे ही क्यों अछूते रहें!

वसंत ऋतु की एक और विशेषता यह है कि वह शिशिर के तुरंत बाद आएं और संपूर्ण सृष्टि को आलोड़ित करके ग्रीष्म के पूर्व लौट जाएं। पर सी.आर.की महत्ता इसी में है कि वे बड़े दफ्तर से जल्दी प्राप्त हो जाए और महीनों तक सी.आर.लिखनेवाले अधिकारी की दराज में लदी हुई पिस्तौल की तरह पड़े रहें। इस प्रकार सी.आर.अपने टेबिल की

दराज में बंद करके रखने से कुछ अधिकारियों को बड़ा सुख मिलता है। गोया, माली बसंत को बगिया की चार दिवारी में बंद करके रखने के मुगालते में खुश हो रहा हो! सी.आर. भेज देने के बाद कई अधिकारी कांतिहीन हो जाते हैं मानों, मणिधारी भुजंग की मणि या डी.एस.पी.की पिस्तौल या मंत्री से उसकी कोठी और कार छिन गई हो। दरअसल इतिहास में दर्ज कई सुलतान जैसे महज तलवार के बलपर राज करते रहे, वैसे ही आज कई अफसर केवल सी.आर.के बल पर शासन करते हैं। उनका बस चले तो जैसे तांगेवाले के एक हाथ में सदैव लगाम और दूसरे में हंटर रहता है वैसे वे एक हाथ में सी.आर.फार्मस् और दूसरे में कलम लेकर दफ़्तर में घूमते रहे सालभर!

बहरहाल वन-उपवन का महकना, चिड़ियों का चहकना, कोपलों का फूटना और नर-कोकिलों का कुहुकना देखकर जैसे हम यह जान जाते हैं कि वसुंधरा पर वसंत-ऋतु का पदार्पण हो चुका है उसी तरह समय से पूर्व दफ्तर से घर पहुँचने वाले कामचोर कर्मचारी जब देर रात तक दफ्तर में सिर खपाते दिखायी दें, सालभर चूहे कीं भांति अपने कक्ष में बैठा रहनेवाला अफसर सीना तानकर दफ्तर में रिंग-मास्टर की भांति ठकुराई जतलाने लगे एवं दफ्तर के तथाकथित 'शेर' अचानक सर्कस के जानवरों की भांति दुम दबाकर आज्ञाकारी हो जाएँ और नयी-पुरानी ललनाएं अफसर के इर्दगिर्द फुदकने के लिए आपस में होड़ लगाएं तब चाहे कोई लाख छिपाए पर यह तथ्य उजागर हो ही जाता है कि दफ्तर में सी.आर.आए हैं।

(योगक्षेम: नवम्बर 1983)

--***--

40. विवाह और नृत्य

नृत्य एक कला है और विवाह एक संस्कार। दोनों मानव-सभ्यता की सरिता के दो किनारे। एक-दूसरे से जितने दूर, उतने ही करीब। कह नहीं सकते कि आदम और हौआ ने पहले नृत्य किया और इसी की परिणति-स्वरूप परिणय-सूत्र में बंध गए या विवाह के बाद उन्हें नृत्य की सूझी! आजकल के रिवाज को देखते हुए पहली घटना की संभावना का पलड़ा अधिक भारी लगता है। पहले नाच लो, जितना नाचना है। विवाह के बाद, 'दो पाटन के बीच' से साबित बच निकलोगे तभी न नृत्य करोगे!- जो भी हो, पर इतना सत्य है कि नृत्य-कला के विकास में विवाह का योगदान, भ्रष्टाचार के विकास में राजनीति के योगदान से कहीं अधिक है। विवाह के रीति-रिवाज बदलते रहे लेकिन नृत्य-कला के विकास पर आंच न आने दी। गली-गली और चौक-चौक पर सहज-सुलभ कराते हुए सीधे विवाह-मंडप की चौखट पर लाकर खड़ा कर दिया कि लो, देख लो नृत्य! न कोई टिकट, न कोई टैक्स। बिना रेशन-कार्ड या बिना नॉन-क्रीमीलेयर सर्टिफिकेट के, गरीबी रेखा के नीचे रहने वाले आदमी को भी सड़क चलते उपलब्ध होनेवाली कला आज 'नृत्य' से दूसरी कोई नहीं है। आप न केवल अपनी खिड़की से देख सकते हैं अपितु शिरकत भी कर सकते हैं। बाराती, राहगीर, तमाशबीन, ट्रैफिक-पुलिस, वाहक, चालक, नर-नारी और तृतीय पुरुष भी! सबके लिए खुला है सड़क से गुजरता यह खुला रंगमंच! जनवासे से विवाह-मंडप तक और बारात निकलने से आपकी तबीयत तर होने तक कोई नहीं रोक सकता आत्माभिव्यक्ति के इस मुक्त व्यापार का उन्मुक्त होकर लाभ उठाने से। भरत-नाट्यम्, कथकली, कथ्थक, मणिपुरी, ओडिसी, कुचिपूडी, यक्षगान, ओट्टन तुल्लल आदि स्थापित नृत्य प्रकार पानी भरते नजर आएंगे इस ऑल-इन-वन स्टाइल के सामने। स्पांडिलाइटिस और आरथ्राइटिस से जकड़े बुजुर्ग, वे घूँघट जिनके पट अन्यत्र कहीं नहीं खुले, वे ग्रीवाएँ जो अपनी गोलाई के कारण कभी नहीं मुडीं, वे कटिकाएँ (या कमरें!) जो अपनी मोटाई के कारण कहीं नहीं मटकीं- इन सबको एक धुन पर और एक साथ थिरकते देखना हो तो किसी बारात में शामिल हो जाइए। बिहू, मणिपुरी, सांथाल, भांगडा, घूमर (राजस्थानी), करमा, बैगा, गरबा, दण्डार-इन सबका घोल है बारात-नृत्य। अनेकता में

एकता का अद्वितीय उदाहरण। पहले यह कार्य घोड़ा करता था। बाराती देखते थे। अब घोड़े के दिन फिर गए हैं। बाराती नाचते हैं। घोड़े का मनोरंजन होता रहता है। क्या कहा, आप नहीं जानते नृत्य! तो यहाँ कौन जानता है बन्धु! नृत्य में मग्न ये सब बाराती तो वे ही हैं जिन्हें सामने से खींचा गया है और पीछे से धकियाया गया है। आगे साला, पीछे समधन। बचने की कोई गुंजाइश नहीं है। इसलिए आगे कदम बढ़ाइए और नाचिए। आप नाचेंगे नहीं तो दूल्हेराजा का हौसला कैसे बढ़ेगा विवाह के लिए!

(लोकमत समाचार: 26 जुलाई 2005)

--***--

41. वी.आई.पी. और सूटकेस

सुरसतिया ने प्रवेश किया तब मैं अपने कमरे में बैठा गप्पे मार रहा था। या कहना चाहिए, अपनी साहित्यिक उपलब्धियों की डिंगे हाँक रहा था। श्रोता-स्वरूप जो व्यक्ति कमरे में उपलब्ध थे उनके लिए साहित्य 'भैंस के आगे बीन' से अधिक कुछ नहीं था। उनकी इस मर्मज्ञता का मुझे खासा लाभ मिल रहा था। मैं लगभग यह प्रस्थापित कर ही चुका था कि मैं अपनी गली का तीसमार-खां हूँ। पर तभी सुरसतिया ने प्रवेश किया। कमरे में पैर रखते ही उसने एक ऐसा प्रश्न उछाला मेरी ओर कि मुझे मेरी औकात ज्ञात हो गयी। मेरी तमाम तथाकथित साहित्यिक उपलब्धियाँ धूल चाटने लगीं। मेरा सिर शर्म से सिग्नल की तरह झुक गया। यह शर्म भी बड़ी गजब की चीज है। जिसे नहीं आती तो किसी भी बात पर नहीं आती और जिसे आती है तो हर किसी बात पर आ जाती है।

सुरसतिया आते ही पूछ बैठा, "आपके पास वी.आई.पी. सूटकेस है?" मुझे मेरे श्रोताओं की उपस्थिति में सुरसतिया का यह प्रश्न ऐसे लगा जैसे अपनी रईसी की डिंगे हाँकते हुए ए. सी. कोच में सफर कर रहे बिना टिकट यात्री से अकस्मात कन्डक्टर टिकट पूछ बैठे। मेरा हजारों रुपयों की साहित्यिक पुस्तकों का संग्रह एकबारगी मुझे तुच्छ लगने लगा। मैंने देखा, अभी-अभी जो श्रोता मेरी बातें सुनकर अभिभूत हुए जा रहे थे, उनकी दृष्टि में मेरे प्रति करूणा उभर आयी है। मैं बगलें झांकने लगा। फिर कुछ हिम्मत जुटाकर सुरसतिया से उलटा प्रश्न किया। यह एक नायाब तरीका है प्रश्नकर्ता को बेदखल करने का। प्रश्न के उत्तर से अगर आपकी कलाई खुलती है तो प्रश्न के जवाब में जवाब न देकर उलटा प्रश्न दागो। इस नुस्खे की बदौलत मैंने कई मंत्रियों को अपना दामन बचाते देखा है। तो मैंने सुरसतिया से उलटा प्रश्न किया, "क्या करोगे वी.आई.पी.सूटकेस का ?"

"मुझे अपने गांव बलिया जाना है।"

"तो क्या बिना वी.आई.पी. सूटकेस के नहीं जाया जा सकता, बलिया ?"

"जा तो सकते हैं साहब। पर क्या है कि मुझे दफ्तर से साल में एक बार अपने घर जाने के लिए फर्स्ट-क्लास का रेल-किराया मिलता है। और फर्स्ट-क्लास में सफर करना है तो वी.आई.पी. सूटकेस तो होना चाहिए न!"

मैंने कहा, "फर्स्ट-क्लास में सफर के लिए फर्स्ट-क्लास का टिकट आवश्यक है। न कि वी. आई. पी. सूटकेस।"

"साहब, टिकट तो दरवाजे पर कन्डक्टर को दिखाने के लिए होता है। पर भीतर जाकर स्थान पाने के लिए और स्थान मिलने पर कूपे में बैठे सह यात्रियों से बराबरी का दर्जा पाने के लिए तो वी.आई.पी. सूटकेस जरूरी है पास में। वी.आई.पी. सूटकेस से आदमी का स्टेटस् कैसा एकदम ऊपर उठ जाता है" -सुरसतिया ने तर्क दिया।

सुरसतिया की बातें सुनकर मुझे अपने बुजुर्गों का वह जमाना याद आ गया जब सफर का विचार मन में आते ही स्टेटस् के ऊपर उठने या नीचे बैठने का विचार किये बगैर वे घर की किसी कील पर टंगा दो कानवाला झोला उठाकर चल देते थे। झोले में वह सबकुछ समा जाता था जो सफर के लिए आवश्यक है। धोती-कुर्ते से तंबाकू की डिबिया और कोर्ट-कचहरी के कागजात तक। दरअसल झोला, संयुक्त परिवारों के रहने के लिए बनाये गये पुराने मकानों की तरह था। जिधर चाहा, उधर पांव पसारने के लिए जगह निकल आयी। दो चार मेहमान आये तो वे भी समा गये। गाय खरीदी और आंगन के कोने में एक ओर बांध दी। छोटा-मोटा आयोजन हुआ तो आंगन में दरियाँ बिछा दीं।

बड़ी सहूलियत थी झोले में। उंगलियों में लटका लिया। कांख में दबा लिया। रेल-बस में चढ़े तो किसी भी कील के हवाले करके गप्पे मारने लगे। बैठे तो कमर के पीछे रखकर लोढ़ बना लिया ओर लेटे तो सिरहाने रख दिया। गोया, झोला झोला न हुआ 'आम आदमी' नाम का वह लब्ज हो गया जिसे जब जी चाहा सरकारी बजट से कविता, कहानी और स्कूल की डिबेट से चुनाव मैनिफेस्टों तक में उलटा-सीधा, जैसा चाहा, इस्तेमाल कर लिया। बेल्ट-बटन नहीं कि ताला-चाबी नहीं। सब कुछ खुला। हाथ डालो और देख लो कि झोले में क्या रखा है। तब झोले में छिपाने लायक होता भी क्या था यात्री के पास! जो कुछ होता था, यात्री के चेहरे पर दिख जाता था साफ-साफ। चेहरा देखकर ही यात्री की पहचान हो जाया करती थी कि यात्री वी.आई.पी. है, आई. पी. है या केवल पी. है। पर अब सब कुछ बदल चुका है। आधुनिक परिवार वन-रूम-फ्लैट में रहने लगा है। मेहमान की छोड़िये जनाब, एक चिड़िया भी रहना चाहे रातभर तो कहीं स्थान नहीं मिलेगा फ्लैट में। दुल्हन का मूल्य उसके दहेज से और आंगतुक का उसके असबाब से आंका जाने लगा है। चेहरे के भीतर चेहरा, चेहरे के बाहर चेहरा, चेहरे के आगे और पीछे चेहरा रहने लगा है। पता ही नहीं चलता कि आदमी का कौन- सा चेहरा असली है। अधिकतर लोग अपना असली चेहरा झोले में ही रखकर सफर करने लगे हैं। यह कहना चाहिए जो झोले में होता है वही उनका असली चेहरा है। इसलिए व्यक्ति कि पहचान के लिए उनका व्यक्तित्व नहीं

बल्कि झोला महत्वपूर्ण है। सबब, झोले में चेन लगी। बेल्ट -बटन लगे। कई-कई ताले लगे। आवरण सख्त और आकर्षक हो गया। कुल मिलाकर, आदमी जितना उखड़ता चला गया, खोखला होता चला गया, झोला उतना ही चिकना और ठोस होता गया।

मुझे सुरसतिया से पूर्ण सहानुभूति है। सहानुभूति तो मुझे अपने-आपसे भी है। और तो और मुझे उन तमाम नागरिकों से सहानुभूति है जिनके पास एक भी वी.आई. पी. सूटकेस नहीं है। बिना इस सूटकेस के उनकी वी.आई.पी. तो क्या केवल पी. की पहचान भी नामुमकिन है। जिन्होंने वी.आई.पी. सूटकेस के महत्व को समय रहते पहचाना उन्होंने भले ही पूरे परिवार के लिए बरसों तक एक ही टूथ ब्रश इस्तेमाल किया पर वी.आई.पी. सूटकेस खरीद लिया। आज भी कई लोग हैं जो ड्राइंगरूम में केवल अंडरवीयर पहनकर रह लेते हैं पर वी.आई.पी. सूटकेस अवश्य खरीदते हैं। खरीदना ही चाहिए। भले ही सूटकेस के भीतर वही पुराना मुरादाबादी लोटा, नीम की बासी दतून और खरीदने के बाद आजतक कभी न धुला हुआ अंगोछा ही क्यों न हो! या हम कहते हैं, यह कुछ भी न हो! पर वी.आई.पी. सूटकेस तो होनी ही चाहिए। आज व्यक्ति की सही पहचान वी.आई.पी. सूटकेस ही है। काश, मैंने वक्त की इस ताजा माँग को पहचाना होता और पाँच-सौ महंगी पुस्तकें जुटाने की बजाए पाँच वी. आई.पी. सूटकेस खरीदे होते!

हर वर्ष करोड़ों रूपयों के घाटे का बजट लेकर जब हमारे वित्त मंत्री सदन में पेश होते हैं तब समूची पार्लियामेंट की, बल्कि कहना चाहिए समूचे देश की निगाह वित्त मंत्री की बजाए उनकी वी.आई.पी. सूटकेस पर टंगी होती है। सब जानते हैं, सूटकेस के भीतर घाटा ही घाटा है। फिर भी उन्हें सूटकेस में अपार संभावनाएं नजर आती हैं। सूटकेस है ही ऐसी चीज कि हर देखने वाले के दिल में (चाहे वह चोर, उचक्का या उठाईगीर ही क्यों न हो!) उम्मीदों के बीज बोती है। हमारे हर खोखलेपन को एक पुख्ता आवरण प्रदान करती है।

सोचता हूँ, कुछ दिन अखबार लेना बंद कर दूं। पत्र -पत्रिकाएं खरीदना बंद कर दूं। और इससे जो बचत होगी उससे एक वी.आई.पी. सूटकेस खरीद लूं। कम-अज-कम एक। भले ही मैं अपने लिए उसका प्रयोग न करूं पर खरीद अवश्य लूं। ताकि किसी सुरसतिया के काम आए। लोगों की निगाह में मेरा न सही पर उसका स्तर ऊंचा उठे। जो लोग वाकई अपना स्तर एक झटके में उठाना चाहते हैं, उनसे मेरा अनुरोध है कि वे घर में पहनने के लिए पाजामा या लूंगी खरीदने की बजाए एक वी.आई. पी. सूटकेस अवश्य खरीदे। सरकार से मेरा निवेदन है कि अबकी बजट में चाहे जितना घाटा निकले वित्तमंत्री की सूटकेस से पर गरीबी रेखा के नीचे जीने वाले नागरिकों को कम-अज-कम एक वी.आई.पी. सूटकेस प्रदान करने की योजना अवश्य घोषित करे। इससे 'रेखा' के नीचे जीनेवालों का स्तर

ऊंचा उठेगा। आज जहाँ की आधी से अधिक आबादी नित्यकर्म के लिए रेल की पटरियाँ इस्तेमाल करती है वे शहर भी इक्कीसवीं सदी में जाने के सपने देख रहे हैं। ऐसे शहरों के नागरिकों के हाथों में और कुछ नहीं तो कम-अज-कम एकेक वी.आई.पी. सूटकेस तो हो! ताकि दुनिया वाले देखें और कहें कि यह लोग सीधे अठारहवीं सदी से नहीं बल्कि बाकायदा उन्नीसवीं और बीसवीं सदी का सफर तय करते हुए आ रहे हैं, इक्कीसवीं सदी में।

(साप्ताहिक हिन्दुस्तान : 26 जुलाई, 1987)

--***--

42. वे जो कहीं भी (नहीं) हैं

दरअसल मेरा घर और बनवारीलाल की दुकान के बीच और भी कुछ दुकानें थीं। पर मैं उन्हीं की दुकान पर जाता था। बाल कटवाने। कभी-कभी महज डाढ़ी कराने भी चला जाता था। कारण यही था कि उनका उस्तरा जितनी रफ्तार से चलता था उससे कई गुना अधिक रफ्तार उनकी ज़ुबान की थी। पता नहीं, यह हुनर उनकी 'मार्केटिंग' का हिस्सा था या उन्हें विरासत में मिला था!

बनवारीलाल मुझे कॉमेडी-नाइट्स के किस्से सुनाकर एंटरटेन करते थे। एक पंथ, दो काज! डाढ़ी-कटिंग के चार्जेज़् में आधा घंटा मनोरंजन फ्री! एक दिन मैं जैसे ही कुर्सी पर विराजा, वे कहने लगे, "सर, आप कल कवि-सम्मेलन में नहीं दिखे?" मैं अवाक! बनवारीलाल और कवि-सम्मेलन!! मैंने पूछा, "आपने कहाँ सुना कवि-सम्मेलन?"

"सर, अपने सांस्कृतिक-भवन में था और मैं सुनने नहीं अपितु काव्य-पाठ करने गया था।" अब मैं भौंचक। बनवारीलाल ने आगे कहा, "सर, टीवी पर कार्यक्रम सुनते-सुनते मुझे लगा, 'हास्य-व्यंग्य' जिसे कहते हैं उसकी कविताएं तो मैं भी सुना सकता हूँ। दिनभर जोक्स ही तो चलते रहते हैं इस सलून में और ग्राहक दिल खोलकर हँसते रहते हैं। बस, तुकबन्दी ही तो करनी है!... आप आइए कभी। मैं खबर करूंगा आपको, अबकी कोई आयोजन रहा तो।"

उसके बाद बनवारीलाल के कवि-सम्मेलनों के समाचार अखबार में आते रहे। उनके फोन, एसेमस भी मिले। मैं कुछेक कवि सम्मेलनों में गया। कविताएं तो क्या, बनवारीलाल निखालस जोक्स सुनाते थे और 'हिट' होते थे जैसे जोक्स सुनाने वाले तथाकथित कवि होते हैं। कभी अगर बनवारीलाल की बारी पहले आ गयी तो बाद के कवि जो सचमुच कविताएं सुनाते, बुरीतरह पिट जाते। श्रोता जहाँ बनवारीलाल के लिए 'वंस-मोर' कहते वहाँ स्थापित कवि 'हूट' होते। उन्हीं दिनों बनवारीलाल हैदराबाद गए थे, अपने एक रिश्तेदार की शादी में शरीक होने। लौटते समय उनका ऑटो ट्रैफिक में फंस गया। बस छूट गयी। अगली बस चार घंटे बाद थी। बनवारीलाल को समय गुजारना था। एक जगह भीड़ दिखी। जाकर देखा तो कवि-सम्मेलन था! चाय के अंतराल का लाभ उठाकर बनवारीलाल

ने अपने आठ-दस घिसे-पिटे चुटकुले पेल दिए। उससे उस कवि-सम्मेलन का पता नहीं क्या हुआ पर बनवारीलाल की एक 'उपलब्धि' हो गयी। वे 'अखिल भारतीय' हो गए। कवि-सम्मेलनों की एक खासियत है। जिसे उसका दूधवाला अथवा कालोनी का चौकीदार नहीं जानता या पड़ोसी धोबी जिसकी चार आने की उधारी बर्दाश्त नहीं करता वह भी एक छलांग की दूरी पर स्थित दूसरे राज्य की सीमा के पार आयोजित किसी कवि-सम्मेलन के मंच पर चार चुटकुले सुनाकर आ जाए तो अगले दिन का स्थानीय अखबार उसे 'अखिल भारतीय स्तर का कवि' करार दे देता है।

एक दिन बनवारीलाल एक प्रकाशन-समारोह में मिल गए। मैंने पूछा, "कवि-सम्मेलन कैसे चल रहे हैं?" बनवारीलाल ने जवाब दिया, "सर, कवि-सम्मेलनों से मैंने तौबा कर ली है।"

"क्यों...सुना है, आपकी कविताएं तो बड़ी 'हिट' हो रही थीं।"

"सर, लोग तालियां जरूर बजाते थे पर, बाद में, मेरी समझ में आ गया कि समय से पहले बजने वाली तालियां मुझे नीचे बिठाने के लिए होती थीं।"

"ऐसा तो नहीं होना चाहिए था। आप चुटकुले तो बढ़िया सुनाते थे।"

"सर, बढ़िया भले हों पर हर बार नये कहाँ से लाऊँ? वैसे भी बर्नाड-शॉ ने चुटकुलों की किसी नस्ल को बख्शा न था। थोड़ा-बहुत 'स्टफ' जो बाद में पैदा होता रहा, उसे खुशवंत सिंग के 'संता,बंता' चट कर गए। अब रोज जो 'चूजे' निकलते हैं, उन्हें मुर्गा बनने से पहले ही वॉट्स-अप खा लेता है। आप चाहे जो सुनाओं, लोग चिल्लाने लगते हैं, 'घिस चुका है...पिट चुका है...।' इसलिए अब अपनी कविताओं का संकलन निकालने का सोच रहा हूँ।"

"चलो, यह भी ठीक ही है।"-मैंने सांत्वना-सी दी। मन में चिंता भी हुई कि 'मंच' तो बच गया पर अब प्रकाशन-क्षेत्र का हश्र पता नहीं क्या होगा!

"सर, पुस्तक से ख्याति भी मिलती है और एक सॉलिड उपलब्धि हो जाती है। किसी के भी मुंह पर तड़-से मार सकते हैं कि ले बच्चू, देख ले, ये मेरी चार-सौ ग्राम वजन की कविताएं एक साथ...!"

"तो किसी के मुंह पर मारने के लिए निकालना चाहते हैं आप...?"

"अरे सर, कवि-सम्मेलन में कोई भी टुच्चा पूछ लेता था कि क्या कोई संग्रह भी निकला है कविताओं का?"

"ओह..., तो कब तक आ रहा है संग्रह?"

"सर, अबतक तो आ जाना चाहिए था। पर, एक तकनीकी दुविधा आ गयी है।"

“दुविधा और वह भी तकनीकी?”

“जी, सर। बात यह है कि मेरी कविताएं छोटी-छोटी हैं। कुछ साढ़े-तीन लाइन कीं तो कुछ पौने-छह लाइन कीं। आधे पृष्ठ में समा जाती हैं। कोई-कोई तो एक पृष्ठ पर तीन-तीन, चार-चार आ जाती हैं। प्रकाशक चाहता है, एक पृष्ठ पर जितनी आ सकती हैं, उतनी छापी जाएं। जबकि मैं चाहता हूँ, एक पृष्ठ पर एक ही कविता छपे। प्रकाशक कागज बचाकर पर्यावरण की रक्षा करना चाहता है पर, मैं अपने ‘कवित्व’ का वजन बढ़ाना चाहता हूँ।”

"तो क्या अब कवि सम्मेलन में नहीं जाएंगे?"

"जाऊंगा कैसे नहीं सर? पर बुलावा भी तो आना चाहिए न!"

अगली बार बनवारीलाल स्मशान-भूमि में मिले। शहर के एक समाजसेवी की अंत्येष्टि पर आयोजित श्रद्धांजलि-कार्यक्रम का संचालन कर रहे थे। मैंने उनके संचालन-कौशल की प्रशंसा की तो कहने लगे,

"सर, आजकल मैं संचालन-क्षेत्र में आ गया हूँ। पिछले तीन माह में तेरह कार्यक्रम कर चुका हूँ। यह बहुत बढिया क्षेत्र है। पूरे कार्यक्रम के सूत्र आपके हाथ में होते हैं। लगता है, जैसे आप किसी ‘सृष्टि’ के संचालक हैं! सब अगले आइटम के लिए आपका मुंह देखते रहते हैं। अखबारों में, तीन माह में जितने फोटो छपे उतने पहले तीन साल में भी नहीं छपे थे।”-उनका चेहरा इस प्रकार प्रसन्न दिख रहा था जैसे वे अपनी ‘लंका फतह’ करने का किस्सा सुना रहे हो।

“वो, कबिता-संग्रह का क्या हुआ?”-मैं चाहता था कि स्मशान-भूमि का गांभीर्य बना रहे।

“बेकार है, सर...। दुनियाभरे की माथा-पच्ची करो और होना-जाना कुछ नहीं। पता नहीं, आप लोग कैसे छाप लेते हैं...आठ-आठ, दस-दस पुस्तकें...! फिर भी अभी छोड़ा नहीं है। मौका मिलते ही छपवा लूंगा संग्रह।”

“चलिए, मेरी शुभकामनाएं हैं आपके साथ।”

“वो तो चाहिए ही सर! नये रेलवे-स्टेशन के उद्घाटन के लिए राष्ट्रपति महोदय आनेवाले हैं, अपने शहर में। उस कार्यक्रम का संचालन करने की इच्छा है, मेरी। ”

उस कार्यक्रम में मैं बनवारीलाल को खोजता रहा। पर वे नहीं मिले। और जब मिले तो उनका कार्यक्षेत्र बदल चुका था। कार्यक्रम के बाद मैंने पूछा, “आप इस गौ-रक्षा समिति के कार्यक्रम में कैसे?”

जवाब मिला, "सर, किसी राष्ट्रीय-अभियान से जुड़ने की बड़ी तमन्ना थी। पिछले दिनों बद्रीनाथ गया था। वहाँ एक स्वामी जी से दीक्षा ले ली। उन्होंने उन्नति का मार्ग

बताया। कहा, गो-माता का दामन थाम लो। वही तुम्हारा मार्ग प्रशस्त करेगी। अब भारत भर भ्रमण करता हूँ। गो-रक्षा का प्रचार करता हूँ।"

"और वह संचालन आदि...?"

"वह तो लगा ही रहता है सर...। छूटता थोड़े ही न है?"

लंबे अंतराल के बाद एक सभा में दर्शन हुए उनके। बनवारीलाल आयोजकों के प्रतिनिधि के रूप में उपस्थित थे। आयोजन था, योग के प्रचार-प्रसार से संबंधित। मैंने पूछा, "आप और योग-प्रचार!" तो बनवारीलाल कहने लगे, "सर, 'प्रथम सुख,निरोगी काया।' उत्तम स्वास्थ्य के बिना सब व्यर्थ है। अब तो हमारी योग विद्या का महत्व समूचा विश्व भी मान चुका है। सोचा, क्यों न इसका प्रचार-प्रसार किया जाए! क्या पता, विदेश जाने का भी अवसर हाथ लग जाए!"

परसों, बनवारीलाल से जहाँ मुलाकात हुई वह एक अंध विद्यालय का प्रांगण था। विद्यालय द्वारा आयोजित कार्यक्रम में, ब्रेल में लिखी एक पुस्तक का विमोचन था, उनके हाथों। मुझसे मिलकर कहने लगे, "सर, समाज-सेवा से बढ़कर कोई धर्म नहीं। इसलिए मैंने अपना शेष जीवन समाज-सेवा को समर्पित कर दिया है। सुबह सात बजे घर से निकलता हूँ। लाइब्रेरी में जाकर अखबार देखता हूँ। पिछले दिनों जिन कार्यक्रमों में उपस्थित रहा, उनकी रिपोर्टें पढ़ता हूँ। कुछ के मोबाइल से फोटो लेकर रख लेता हूँ। फिर अखबार में 'आज के आयोजन' तलाशकर अपनी डायरी में नोट करता जाता हूँ। और दिनभर समाज-सेवा के कार्यक्रमों में शामिल होता रहता हूँ।"

"वो आपका 'हेअर-कटिंग सलून' आपने बेच दिया है क्या? नये-नये लोग दिखाई देते हैं, दुकान में आजकल।" -मैं पूछ लेता हूँ

"नहीं सर, बेचा नहीं है। बेचूंगा भी नहीं। वह तो अपना पुश्तैनी धंधा है। ... पहले ठेके पर दे दिया था। फिर छोटा भाई चलाने लगा। कुछ दिनों बाद उसने अन्यत्र अपना जेन्ट्स-पार्लर खोल लिया है। अब मेरी दुकान मेरा साला चलाने लगा है। धंधा एक बार जम जाए तो फिर कोई भी चलाए, फर्क नहीं पड़ता। इंदिरा जी के कार्यकाल में एक दौर ऐसा आया था न, जब लोग कहते थे कि कांग्रेस के नामपर चुनाव में पत्थर भी खड़ा कर दो तो जीत कर आ जाएगा! वैसा ही है। पर सोचता हूँ, कोई क्षेत्र ऐसा मिल जाए जिसमें नाम भी कमा लूं।"

"तो राजनीति क्यों ट्राई नहीं करते?" मैंने पहली मर्तबा बनवारीलाल को कोई सुझाव दिया।

"सर, सोचा तो था पर राजनीति अब पहले जैसी नहीं रही। हमारे धंधे में दूसरे समाज के लोग आने लगे हैं। जूते-चप्पलों की दुकानें भी अब समाज-विशिष्ट के लोगों तक सीमित

न रहीं। पर, राजनीति में उलटा हो गया। वह पुश्तैनी धंधा हो गया... शत-प्रतिशत पुश्तैनी।"

"ऐसा नहीं है बनवारीलाल। ऐसे लोग भी हैं राजनीति में जिनके परिवार में पहले कोई इस क्षेत्र में न था।"

"सर, ऐसे जो लोग आपको दिखाई देते हैं, वे केवल 'लंगोट संभालने वाले' हैं। उन्हें कुश्ती खेलने के लिए अखाड़े में उतरने को कभी नहीं मिलता।"

बनवारीलाल की आधी उम्र अभी बाकी है। इस दौरान पता नहीं, वे और कितनी टोपियां बदलेंगे! हे प्रभु, जीवन में बनवारीलाल के समान बार-बार टोपियां बदलनेवालों को कभी तो कोई मुकम्मल पहचान बख्श दो!

(हिमप्रस्थ : मार्च 2018)

--***--

43. शो-केस में बंद कप-सॉसर

बां केलाल के शो-केस में रखी कप-सॉसर को लेकर आज मैं बे-इंतिहा निराश हूँ। वैसे, इस मामले में मैं इसके पूर्व भी कई मर्तबा शिकस्त खा चुका हूँ। बल्कि कहना चाहिए कि जब-जब मैंने शो-केस में बंद कप-सॉसर में चाय नसीब होने की उम्मीद की है, तब-तब, मुझे सिवा निराशा के और कुछ हाथ नहीं आया और हर बार मैं एक ठंडी आह भरकर रह गया हूँ।

बांकेलाल के ड्राइंग-रूम की शो-केस में करीने से रखी गयीं उन खूबसूरत कप-सॉसर से मेरा परिचय बड़ा पुराना है। अगर मिनटों की गिनती को हिसाब में लिया जाए तो बांकेलाल से भी अधिक पुराना है। क्योंकि में पहली मर्तबा जब बांकेलाल से मिलने उनके घर गया था तब बांकेलाल बाथरूम में बंद थे और उनके विशाल ड्राइंग-रूम में, जहाँ कि मैं बैठा था, सिवा शो-केस में बंद उन एक दर्जन कप-सॉसर के दूसरी कोई चीज ऐसी नहीं थी जो आगंतुक को अपनी ओर आकर्षित कर सके। होने को तो वे तमाम चीजें मौजूद थीं वहाँ जो कि अक्सर हर ड्राइंग-रूम में हुआ करती हैं। मसलन-टूटे हुए झाड़-फानूस, महीने भर की आयु वाले शिशु के हाथ कभी थमाए गये झुनझुनें,गिलहरी की पूँछ, गीदड़ के नाखून, जाने कहाँ-कहाँ से उठाकर लाये गये फालतू पत्थर और ऊटपटांग आकार-प्रकार वाले काष्ठ के टुकड़े, चुराकर लायी गई घोड़े की नाल और कछुए की खाल तक! पर पिरामिड के आकार में सजाकर रखी गईं उन कप-सॉसर के सिवा मुझे किसी चीज ने अपनी और आकर्षित नहीं किया। यहाँ तक कि ड्राइंग-रूम में चारों ओर लटकाये गये बांकेलाल और उनकी पूरी खानदान के विभिन्न पोजों में खींचे गये छायाचित्रों ने भी नहीं। दरअसल, ड्राइंग-रूम में कप-सॉसर को प्रदान किये गये वी.वी.आई.पी. स्थान को देखकर कोई अजनबी भी यह कह सकता था कि बांकेलाल और उनके पूरे खानदान की नाक, अगर कोई चीज है तो, बस शो-केस में बंद कप-सॉसर ही है! फैक्टरी से निकलते ही मानो पिरामिड का आकार ले लिया और शो-केस में बंद हो गईं। बारह की बारह, बिल्कुल इनटैक्ट!

कोई आधे घंटे बाद जब बांकेलाल तैयार होकर ड्रांइग-रूम में पधारे थे तब कप-सॉसर के सामने वे बिल्कुल फटीचर लग रहे थे। उनके चेहरे पर जीवन की तमाम दुर्घटनाओं के

निशान, चिंता की लकीरें, समय की खरोंचें और उम्र की झुर्रियाँ दृष्टिगोचर हो रही थीं। मैंने मन-ही-मन बांकेलाल का उनकी इस उपलब्धि के लिए हार्दिक अभिनंदन किया कि वे दुनियादारी में इतना कुछ अकेले ही झेलते रहे और कप-सॉसर को धक्का तक न लगने दिया! और तो और, वे जहाँ बंद हैं उस शो-केस तक पर कोई आँच न आने दी! दरअसल, मैं बांकेलाल के माध्यम से उन सबका हार्दिक अभिनंदन करना चाहता हूँ जो जीवन में संघर्ष करते हुए टूट जाते हैं, पिट जाते हैं, मिट जाते हैं, बिक जाते हैं पर शो-केस में बंद अपनी कप-सॉसर पर जरा-सी खरोंच तक नहीं आने देते!

बांकेलाल को मेरी मनोदशा भांपते देर न लगी थी। उन्होंने मेरी जिज्ञासा शांत करते हुए कप-सॉसर का परिचय दिया, 'बहुत मंहगी हैं। चीन में बनी हुई। पिताजी को एक अंग्रेज अधिकारी से 'इनाम' के रूप में प्राप्त हुई थीं।' -इसी बीच चाय आ गई थी। नाक-कान टूटे कप-सॉसर में। शो-केस में बंद कप-सॉसर की तुलना में चाय-वाली कप-सॉसर की दशा ताजमहल होटल की तुलना में गंगाराम की रामभरोसे होटल से भी बदत्तर थी। मैं खंडित कप से चाय सुड़कता रहा और बांकेलाल के मुख से 'शो-केस' वालीं की महिमा सुनता रहा। पर लौटते समय एक हसरत दिल में लेकर आया था कि कभी तो 'शो-केस' वालीं में चाय नसीब होगी!

इसके बाद मैंने बांकेलाल के घर जाने का कोई मौका हाथ से नहीं जाने दिया। इच्छा न होते हुए भी चाय के लिए स्वीकृति देता रहा। पर शो-केस वालीं अपने स्थान से टस-से-मस न हुई। मेरी हिम्मत पस्त होती गई पर उसका 'पिरामिड' डिस्टर्ब नहीं हुआ। अब मैं समझ चुका था कि शो-केस वालीं यूं आम अवसरों के लिए नहीं हैं। इसलिए मैं खास अवसर तलाशता रहा। और ऐसा पहला अवसर जो मेरे हाथ आया वह था बांकेलाल का जन्म दिन! मैं अलस्सुबह, ताजे फूलों का गुलदस्ता लेकर पहुँच गया था बांकेलाल के घर। बिल्कुल चाय के समय पर। मैंने श्रीमती बांकेलाल को हिन्ट भी दी कि भाभीजी, आज कुछ खास हो जाए!

'भाभी जी' की रहस्यभरी मुस्कान देखकर लगा भी था कि आज कुछ और न सही पर 'शो-केस' वालीं में चाय तो अवश्य ही नसीब होगी! थोड़ी देर बाद सचमुच चाय आ गयी। 'भाभी जी' खुद चाय लेकर प्रस्तुत हो गई थीं। पर कप-सॉसर वही थी, औरंगजेब की मूर्ति-भंजकता की याद ताजा करती हुई। चाय अच्छी थी। गर्म भी थी। पर मेरा उत्साह ठंडा पड़ गया था। मैं टूटे कप का कोई साबित किनारा ढूँढने लगा जिधर से उसे होठों से लगाया जाए। तभी 'भाभी जी' ने संकेत दिया, "भाई साहब शादी के बाद, इनके जन्मदिन या अन्य किसी अवसर पर कोई विशेष आयोजन करना बंद कर दिया गया है। बस, अब तो शादी की सालगिरह भर मनाते हैं हम लोग खूब धूमधाम से।''

'भाभी जी' की बात सुनकर मुझे कुछ तसल्ली हुई। मैंने अपने दिल को दिलासा दिया कि बांकेलाल के जन्मदिन पर न सही, शादी की सालगिरह पर तो दीदार हो ही जाएंगे करीब से, शो-केस वाली के। पर हाय री किस्मत! शादी की सालगिरह गर्मियों में आयी और चाय की बात ही बेमानी हो गई। तमाम आमंत्रित नीबू-शरबत पी रहे थे। मैं भी दिल पर पत्थर रखकर उनमें शामिल हो गया और हसरत भरी निगाहों से शो-केस वालीं को दूर से देखता रहा।

पर मैंने हिम्मत नहीं हारी। बल्कि उस दिन के बाद मैं शिद्दत से उस मौके की तलाश करने लगा जब शो-केस वाली बाहर निकलेगी और मैं उसमें चाय पिऊँगा। दरअसल मुझे शो-केस वाली से एक अजीब-सा इश्क हो गया था। उन्हें देखते ही मेरे दिल की धड़कन बढ़ जाती थी और बिना देखे चैन नहीं पड़ता था। मैं उन्हें बिल्कुल करीब से देखना चाहता था। अपने हाथों से छूना चाहता था। होठों से लगाना चाहता था। और इसके लिए मैं कुछ भी करने को तैयार था। कभी जब कई व्यक्ति एक-साथ बांकेलाल के घर बैठे दिखते तब मैं बेशर्मी से वहाँ पहुँच जाता कि नाक-कान टूटे कप-सॉसर की संख्या कम पड़ जाने के कारण ही क्यों न हो, शायद शो-केस वाली बाहर निकल आएं! कुछेक अवसर तो सचमुच ऐसे आएं कि बाहर निकल ही आना चाहिए था उन्हें। बांकेलाल की कंपनी के मैनेजिंग-डायरेक्टर जब उनके घर पधारे थे तब बांकेलाल का पूरा दफ्तर उनकी किस्मत से ईर्ष्या करने लगा था। मैं सारी शर्म-हया छोड़कर दाखिल हो गया था उनके ड्राइंग रूम में। -उसके बाद, जब श्रीमती बांकेलाल के भाई-भौजाई और पिता आये थे बांकेलाल के घर तब 'मेहमानों' को अपने घर चाय पर आमंत्रित करने के बहाने घुस गया था बांकेलाल के ड्राइंग रूम में, ऐन चाय के समय पर।

बांकेलाल का प्रमोशन हुआ तब पूरा दफ्तर हाजिर था, बांकेलाल के घर। मुझे पूरी उम्मीद थी कि आखिर किसी अवसर पर तो निगलेगीं शो-केस वाली बाहर! पर हाय, मेरी हर उम्मीद पर पानी फिरता गया। बांकेलाल रोजमर्रा वाली बिना नाक-कान की कप-सॉसर कम पड़ने पर मोहल्ले-पड़ौस से उधार माँगकर ले आते। महत्वपूर्ण व्यक्तियों के आगमन पर उन्हीं के घर से अच्छी क्वालिटी की कप-सॉसर उठा लाते। घर में, नाक-कान टूटी वालीं की पूरी 'बैच' शहीद हो जाने पर बारह रुपये दर्जनवाली दूसरी 'बैच' उठा लाते। पर, उसे बाहर न निकालते जिसके दीदार के लिए मैं लंबे अरसे से तरस रहा था।

किंतु आज का अवसर अभूतपूर्व था। अभूतपूर्व इस माने में कि आज न किसी घर से अच्छी क्वालिटी की कप-सॉसर उधार माँगी जा सकती थीं न बिना नाक-कान वाली से काम चल सकता था। आखिर आदमी दुनिया भर की अच्छी से अच्छी वस्तुएँ खरीदकर

घर में इसीलिए तो संजोकर रखता है न कि किसी महत्वपूर्ण अवसर पर काम आए! और आज का अवसर ऐसा था जब आदमी अपना सब कुछ दाँव पर लगा देता है। आज बांकेलाल की इकलौती कन्या की सगाई थी। इस रिश्ते को मुकम्मल करने में मेरा अपना भी कम योगदान नहीं था। वर-पक्ष से मेरा बड़ा पुराना परिचय था। मैंने अपनी तरफ से कोई कसर नहीं उठा रखी थी इस रिश्ते को पक्का करने के लिए। अब आपको बता दूँ कि इस जद्दोजहद का भी एकमात्र कारण यही था कि इस निमित्त से ही क्यों न हो, शो-केस वाली कप-सॉसर बाहर निकलेंगी।

मैं बांकेलाल के होनेवाले दामाद के बगल में बैठा चाय की प्रतीक्षा कर रहा था। एक-एक पल मेरे लिए मानो एक-एक युग के समान बीत रहा था। तभी चाय आ गयी। कप-सॉसर बिल्कुल नये थे। पर वे नहीं थे जिनकी मुझे प्रतीक्षा थी। बांकेलाल बारह रुपये दर्जन वाली दूसरी 'बैच' खरीदकर ले आये थे।

अब मुझे पूरा यकीन हो गया है कि बांकेलाल जिंदगीभर टूटे कप-सॉसरों में चाय पीते रहेंगे और पिलाते रहेंगे। सस्ती दरों पर नयी 'बैच' उठाकर ले आएंगे। मेरे, आपके घरों से उधार माँगकर काम चलाएंगे। किराये की ले आएंगे। पर उन्हें इस्तमाल नहीं करेंगे जो उनके अपने शो-केस में पिताश्री के जमाने से रखी हैं। क्योंकि वे 'मेड-इन-चायना' हैं और अंग्रेज अफसर ने दी हैं। उन्हें उपयोग में लाने की बजाए खुद चाकर बनकर जीवनभर उनके पिरामिड को संभालते रहेंगे और अंत में अपनी संतान को विरासत के रूप में कप-सॉसर का एक पुराना 'पिरामिड' सौंप जाएंगे, यही सब करते रहने के लिए। सचमुच, बांकेलाल धन्य हैं और धन्य हैं वे सब लोग जो बांकेलाल की तरह जीवन भर घटिया कप-सॉसर में चाय पीते रहते हैं और शो-केस में रखी कप-सॉसर की खिदमत में खुद खर्च हो जाते हैं।

(नवभारत भोपाल : 26 जून, 1991)

--***--

44. शो –पीस की सिसकियां

मैंने पुराना रैपर हटाया। शो-पीस का सूक्ष्म निरीक्षण किया और आश्वस्त होते ही कि उस पर कहीं कुछ नहीं लिखा है, नया रैपर चढ़ाने लगा। तभी सिसकियों की आवाज आयी। सामने टी.वी. पर 'तलाक क्यों' सीरियल चल रहा था जिसमें रोना ही रोना था। मैंने सोचा, सिसकियों की आवाज वहीं की होगी! लेकिन रैपर चढ़ाकर नाम की 'विद् बेस्ट कम्प्लीमेंटस्' की चिट चिपकाने लगा तब देखा कि न केवल शो-पीस का पैकिंग पूरा भीग गया है बल्कि उसके आंसू बाहर निकलकर दरिया बना रहे हैं। मैंने रैपर खोल दिया और शो-पीस से प्रश्न किया, ''क्यों जनाब, आप क्यों रोने लगे? मैंने तो आपका पुराना रैपर हटाकर उसके ऐवज में नया चढ़ा दिया। इस पर तो आपको खुश होना चाहिये।'' शो-पीस ने कहा, ''मैं आपकी इस हरकत पर नहीं अपितु अपनी किस्मत पर रो रहा हूँ, श्रीमान। मैं जानता हूँ, आप मुझ पर नया रैपर चढ़ाकर फिर किसी को "विद् बेस्ट कम्प्लीमेंटस्' देने जा रहे है।'' मैंने कहा, ''भाई, मैं चाहता हूँ कि तुम ऐसे घर पहुँच जाओ जहाँ शो-केस की शोभा बनो। मेरे घर तो बस, अटारि पर पड़े -पड़े सड़ जाओगे।'' शो-पीस ने कहा, ''आपको जिसने मुझे सौंपा था उसने भी यही किया था। उसके पहले भी पाँच मर्तबा मैं इस हाथ से उस हाथ पहुँच चुका हूँ, 'विद् बेस्ट कम्प्लीमेंटस्।' जिसने मुझे खरीदा वह मेहनतकश आदमी था। मेरी सौ रुपए की कीमत चुकाते वक्त उसने मुझे पचासों मर्तबा परखा और सैंकड़ों में से चुना था। फिर उसने अपने नाम की चिट चिपका बड़ी आत्मीयता से अपने सेठ जी की कन्या के ब्याह में दे दिया था,विद् बेस्ट कम्प्लीमेंटस्। वहाँ हजारों रुपये मूल्य के एक से बढ़कर एक उपहार आये थे। ऐसों में मेरी भला क्या बिसात!कुछ दिन उनके कार की गिराज में पड़ा रहा। फिर एक दिन सिठानी ने मुझे अपनी कामवाली बाई के पुत्र के जन्म-दिन पर उपहार-स्वरूप दे दिया। इस प्रकार किसी दीवार पर या शो-केस में स्थान पाने की बजाए मैं फुटबॉल बन गया हूँ। जिसके हाथ लगा, उसने दूसरे की ओर ठेल दिया।'' मैंने कहा, ''लेकिन भाई, मेरा क्या कसूर है? मैं तो वही कर रहा हूँ जो सब करते हैं। बल्कि कुछ लोग तो रैपर भी नहीं बदलते। ऊपर का कार्ड भर बदल देते हैं।'' शो-पीस ने कहा, ''मुझ जैसे सामान्य कीमत वाले शो-पीस का आजकल यही हाल है। या तो धूल

खाते पड़े रहते हैं या अवसर मिलते ही झट अन्यत्र पेल दिये जाते हैं। कुछ लोग तो कार्यक्रम के अगले दिन सीधे किसी दुकानदार को बुलाकर पूरा लॉट उसके हवाले कर देते हैं। यह चक्र तब तक चलता रहता है जबतक हम टूट नहीं जाते या बिखरकर भंगार नहीं हो जाते! ...बहरहाल, दिल भर आया था इस कारण अपना दुखड़ा कह दिया आपसे। अब आप चिपका दीजिए मुझपर वह कार्ड जिस पर आपने लिखा है- विद् बेस्ट कम्प्लीमेंटस्!''

(लोकमत समाचार: 27 सितंबर, 2005)

--***--

45. श्रीमंत की शॉल-अभिलाषा

श्रीमंत बड़े निराले व्यक्ति हैं। हर समय इसी जुगाड़ में रहते हैं कि अगली शाल कहाँ से मिले! मैं उन्हें सलाह दे चुका हूँ कि अब तो छोड़िए मोह शाल का। घुटने जवाब दे चुके हैं आपके। अपने शरीर का भार उठाना मुश्किल हुआ जा रहा है। ऐसे में एक और शाल क्यों लादना चाहते हैं आप, अपने कंधों पर! उसकी बजाए बढ़िया-सी शेरवानी सिलवा लीजिए। खूब फ़बेगी आप पर। जवाब में श्रीमंत कहते हैं, ''बरखुरदार, शाल कि गरिमा और शालीनता शेरवानी में कहाँ! टुच्चे से टुच्चा आदमी भी गौरवान्वित हो जाता है कंधे पर शाल बिछते ही। मल्टी-विटामिन की कैप्सुल का काम करती है सार्वजनिक रूप से पहनायी गयी शाल, यह तुम क्या जानों! और फिर मेरा तो यह अधिकार है! कौन-सा ऐसा क्षेत्र है जो मेरे पावन-स्पर्श से पुनीत न हुआ हो!'' अपनी इस अवधारणा के कारण श्रीमंत जब भी किसी आयोजन में जाते हैं तो इसी उमीद से कि आयोजन चाहे किसी पोल्ट्री-फार्म के उद्घाटन का क्यों न हो, एक शाल उनके कंधों को अवश्य पहनायी जाएगी।

किसी मंच पर जब आमंत्रित अतिथियों को शालें पहनायीं जाती हैं तब श्रीमंत उचक-उचक कर आयोजकों का ध्यान अपने 'कमान' हुए जा रहे कंधों की ओर आकर्षित करते हैं। उनकी इस अविरत साधना का ही नतीजा है कि वे शहर में सर्वाधिक शाल पहनने वाले प्रथम-पुरुष के रूप में जाने जाते हैं। शहर, समाज अथवा श्रीमंत से जुड़ी कोई घटना, दुर्घटना, तिथि, अवसर, प्रसंग अथवा निमित्त ऐसा नहीं छूटा जिसे स्मरण करके श्रीमंत को शाल न पहनायी गयी हो! शाल के प्रति श्रीमंत का यह अलौकिक अनुराग कब 'बीमारी' में बदल गया, कोई नहीं जानता। अब हालात इतने बे-काबू हो चुके हैं कि साल-छह माह में कोई शाल न पहनायी गयी तो श्रीमंत अस्वस्थ होकर हताशा की गहरी गर्त में डूबने लगते हैं। वे हर किसी परिचित-अपरिचित से हाथ पहड़कर कहने लगते हैं कि लोगों ने उन्हें जीते-जी भुला दिया।

वे अखबार में विविध आयोजन की तिथियां तलाशने लगते हैं। आयोजकों के पते पूछते रहते हैं। उन्हें इस प्रकार के 'दौरों' से उबारने के लिए कई बार उनके आप्त-जन आयोजन का पूरा खर्च उठाकर किसी संस्था के मार्फत श्रीमंत को शाल पहनवा देते हैं।

आप्त-जनों का कहना है कि श्रीमंत की बीमारी का अब यही एकमात्र इलाज रह गया है। इन दिनों श्रीमंत जी हिसाब की अपनी डायरी लेकर दर-दर घूम रहे हैं। उनका कहना है, शादी में पहनायी गयी शाल को मिलाकर उन्होंने पहनी कुल शाल का जोड़ एक-सौ हो चुका है। पचहत्तर साल की आयु में एक-सौ शाल! अपनी इसी उपलब्धि के लिए वे चाहते हैं कि उन्हें एक-सौ एक वीं शाल पहनायी जाए। शायद वे आपके पास भी पहुँचे, अपनी इस अभिलाषा -पूर्ति की आस लेकर!

(लोकमत समाचार: 4 जनवरी, 2005)

--***--

46. समाज- सेवक का तिलक

भैया जी ने एक समरोह में उपस्थित लोगों में से कुछेक के माथे पर एक विशिष्ट तिलक देखा। तिलक बड़ा आकर्षक था। जिन-जिन के माथे पर चमक रहा था उनके कार्य, कीर्ति, नाखून, नाक और नज़र से ध्यान हटाकर सिर्फ अपनी ओर आकर्षित किये जा रहा था। भैया जी की इच्छा हो गयी उस प्रकार का तिलक अपने माथे पर लगवाने की। उन्होंने एक तिलकधारी से पूछताछ की तो पता चला, वह 'समाजसेवा' का तिलक है और उसकी डीलर-शिप नगर के ही एक स्थापित-समाज सेवी के पास है। भैया जी ने स्थापित समाज सेवी से संपर्क करके तिलक की चाह जतायी तो स्थापित समाज सेवी ने कहा, ''तिलक धारण के लिए जन्म-दिन सर्वमान्य साढ़े-तीन मुहूरतों में सर्वाधिक उपयुक्त है। जन्म-दिन का जश्न आप शाम को मनाइएगा। दिन में एक घंटे का समय निकालिए। उसमें तिलक-धारण प्रक्रिया संपन्न हो जाएगी। ये सूची लीजिए सामान की। सूची में एक फोटोग्राफर के साथ दस-बीस व्यक्ति भी लाने के लिए लिखा है। आप कहें तो व्यक्तियों का इंतजाम मैं कर लूंगा। आजकल सार्वजनिक कार्यक्रम के लिए बाकी सब जुट जाता है लेकिन उपस्थिति जुटाना दुष्कर कार्य है। इसलिए मैंने दस-बीस व्यक्ति रख लिए हैं अपने पास। वे तयशुदा स्थान तथा तयशुदा समय पर आकर ताली बजा जाते हैं।''

भैया जी ने स्थापित समाज सेवी की बात मान ली और जन्म-दिन पर पहुँच गये सूचीनुसार शेष सामान लेकर, नियत स्थान पर। स्थान था, नगर का टी.बी. अस्पताल। भैया जी ने इस स्थान के चयन पर आश्चर्य व्यक्त किया तो स्थापित समाज सेवी ने कहा, ''इससे उपयुक्त और किफायती स्थान और कोई नहीं हो सकता। महामारियों के जमाने में टी.बी. दुनिया की 'सबसे बड़ी बीमारी' के खिताब से नवाजी गयी बीमारी है। उस बीमारी की नगर में यह सबसे बड़ी इमारत है और विशाल प्रांगण वाला एकमात्र अस्पताल है जहाँ भर्ती मरीजों की संख्या सबसे कम होती है। वैसे भी आजकल इस बीमारी के इनडोर-पेशंट दुर्लभ हो गये हैं। वो तो डॉक्टर साहब भले आदमी हैं जो दो-चार पेशंट सदैव भर्ती रखते हैं ताकि हमारे इस तिलक -समारोह में काम आएं।

फिर झटपट तिलक प्रक्रिया आरंभ हो गयी। स्थापित समाज सेवी ने अस्पताल में

प्रवेश किया। डॉक्टर ने उनका अभिवादन किया। फिर भैया जी के जन्म-दिन की घोषणा हुई। पेशेवर तालीबाजों ने तालियां बजायीं। भैया जी हाथ जोड़कर दोहरे हो गये और स्थापित समाज सेवी के इशारे पर मरीजों को फल बांटने लगे। फोटोग्राफर ने अपनी भूमिका निभायी। -अमरुद, बेर, हरा चना; कुल मिलाकर पाँच किलो ठेठ गावरानी फल वितरित कर दिए भैया जी ने मरीजों में, जिसका समाचार अगले दिन फोटो के साथ अठारह अखबारों में छप गया और 'भैया जी' के रूप में एक और व्यक्ति के माथे पर 'समाज-सेवक' का तिलक लग गया।

(लोकमत समाचार: 1 फरवरी, 2005)

--***--

47. स्क्रू-डाइवर की भटकती आत्माएं

सच कहूँ तो बांकेलाल की इस 'विशेषता' के विषय में आपको आगाह करने की मुझे कदापि आवश्यकता नहीं थी। वैसे तो बांकेलाल के किसी भी गुणावगुण के संबंध में किसी को भी और कुछ भी बताने की मुझे कोई आवश्यकता नहीं थी। क्योंकि बांकेलाल और मैं गाँव की टपराट स्कूल में पूरे दस-वर्ष एक साथ पढ़े हैं और वह टपराट स्कूल किसी जमाने में सहपाठियों की मित्रता और उनके कारनामों के लिए उतनी ही चर्चित रही है जितनी आजकल 'देहली पब्लिक स्कूल' या दून स्कूल हैं। हमारें साथ उस टपराट स्कूल में पढ़े हमारे सहपाठी आज किसी एक ही शहर में थानेदार भी हैं और चोर भीं। पर क्या मजाल कि दोनों एक दूसरे के काम में किसी प्रकार की कोई दखलअंदाजी करें! बल्कि परस्पर एक-दूसरे की इज्जत-अफजाई का कोई अवसर हाथ से नहीं जाने देते। थानेदार को जब कभी गाँव की जनता निकम्मा साबित करने पर तुली होती हैं, तब हमारा 'चोर- सहपाठी' खुद को पुलिस के हाथों पकड़वाकर थानेदार की लाज रखता है, और थानेदार लॉक-अप में बंद सहपाठी के लिए अपने घर से खाना भिजवाकर उसके और अपने बीच 'मौसेरे भाई' के रिश्ते को अंजाम देता है। इतना गहरा संबंध तो बस, विभिन्न पार्टियों में बँटे पुराने कांग्रेसियों में ही हो सकता है।

पर, इन सबके बावजूद मैं आपको बांकेलाल से आगाह कराना चाहता हूँ। क्योंकि अब बात मेरे बस में नहीं रही। या कहना चाहिए कि मेरा घर उजाड़कर अब बांकेलाल किसी अन्य घर की तलाश में निकल पड़े हैं।

इस शहर में, बांकेबाल से मेरी मुलाकात अचानक उस दिन मार्केट में हो गई जिस दिन पूरा मार्केट बंद था। मैं बगल में अपना दो-बैंडी ट्रांजिस्टर दाबे किसी रेडियो-मैकेनिक को तलाश रहा था। दुआ-सलाम और इस शहर में तबादले की तिथि की जानकारी देने के बाद मैंने बांकेलाल पर अपनी परेशानी उजागर की और हर छोटी-मोटी चीज के लिए 'शहर-बंद' का आह्वान करनेवालों को कोसने लगा तो बांकेलाल ने टोकते हुए कहा, 'जनाब, ये बंद और हड़तालें तो अपने अधिकारों के प्रति हमारी जागरूकता के परिचायक हैं। जितनी हडतालें और बंद अधिक होंगे उतना यह माना जाएगा कि हम अपने अधिकारों के प्रति

सचेत हैं। बल्कि मैं तो उस दिन की बाट जोह रहा हूँ, जिस दिन किसी गैर मोहल्ले की बिल्ली पर आपके मोहल्ले का कुत्ता आँख उठाए और विरोध में पूरे शहर को बंद रखने का ऐलान हो। खैर, जहाँ तक ट्रांजिस्टर का सवाल है, उसे कल डाल देना किसी मेकेनिक के पास। मैंने कहा, 'यार, बात यह है कि मैं कल जा रहा हूँ दो-दिन के दौरे पर। और इधर शारजाह में क्रिकेट चल रहा है। सोचा, दुरुस्त हो जाएगा तो कमेंट्री सुनने के काम आएगा। वैसे तो पड़ा रहता है घर में....।' बांकेलाल ने कहा, 'मुझे ताज्जुब तो इस बात का है, कि तुम अब भी क्रिकेट की कमेंट्री सुनने में दिलचस्पी रखते हो।' मैंने कहा, 'क्या मतलब!'

'मतलब साफ है यार। कमेंट्री तब सुननी चाहिए जब मैच में कुछ दम हो। हमारे जीतने की कोई न कोई उम्मीद बाकी हो। पर अब तो मामला साफ है। कहो तो हम अगले दो सालों में खेले जाने वाले अपने सारे मैच कितने रनों से हारेगें यह भी बता दूँ।'

मैंने कहा, 'कुछ तो मैच पर छोड़ दो भाई। सबकुछ इतना अग्रिम बताना आरंभ कर दोगे तो दर्शकों की तो छोड़ो पर बैट और बॉल बनाने वाली कंपनियों को अपनी दुकानें बंद करनी पड़ेंगी।'

बाते करते-करते हम लोग मेरे घर आ पहुँचे थे और चूँकि बांकेलाल से एक अरसे बाद मुलाकात हुई थी इसलिए उन्हें कम-अज-कम एक कप चाय पिलाना तो सहपाठी-धर्म था ही। मैं चाय की व्यवस्था देखने भीतर गया और दो कप चाय लेकर बाहर आया। बस, इतनी देर में देखता हूँ कि मेरा नन्हा-सा ट्रांजिस्टर, जिसे मैं अभी कुछ समय पूर्व अपनी गोद में लेकर घूम रहा था, अपने आवरण से पूर्णत: वंचित हो चुका था और बांकेलाल की उँगलियाँ उसके अनावृत शरीर से खेल रही थीं।

मेरे प्रवेश करते ही बांकेलाल ने कहा, 'बंधुवर, तुम्हारा यह ट्रांजिस्टर स्टेशन पकड़ता तो है पर, छोड़ देता है। जब तक स्क्रू-ड्राइवर से नब्ज दबाए रखो तब तक बजता है। और स्क्रू-ड्राइवर हटाते ही बंद हो जाता है।' ट्रांजिस्टर का मेकेनिज्म और बांकेलाल की इस संबंध में योग्यता इन दोनों बातों से मैं उस घड़ी तक तो भी पूर्णत: अनभिज्ञ था। इसलिए सिवा बांकेलाल की बात मानने के कोई चारा न था। बांकेलाल ने विश्वास दिलाया कि कोई बड़ी खराबी नहीं है। बस अभी दूर हो जाती है। मैं पूर्णत: आश्वत होकर अपने दौरे की तैयारी में जुट गया। कोई पौन घंटे बाद बाहर आकर देखता हूँ तो स्क्रू-ड्राइवर से खुलने लायक जितने पुर्जे थे ट्रांजिस्टर के, वे सब कक्षा छूटने के उपरांत शाला के प्रांगण में बिखरे छात्रों की भांति पूरे कमरे में छितर चुके थे। मुझे देखते ही बांकेलाल बोल पड़े, 'लगता है, इसे मेकेनिक को ही दिखाना पड़ेगा'- और वह तड़ से उठकर चले गए।

बांकेलाल द्वारा छितराये गये ट्रांजिस्टर के पुर्जों को यथास्थान जोड़ने के लिए और ट्रांजिस्टर को ट्रांजिस्टर कहलाने लायक बनाने के लिए मुझे उसकी आधी कीमत से

अधिक रकम खर्च करनी पड़ी और वह मैंने बिना किसी चूं-चपाट के की भी। पर अभी बांकेलाल के स्क्रू-ड्राइवर की आत्मा को शांति मिलना बाकी था।

शायद इसीलिए एक दिन शाम को मैं घर लौटा तो देखता क्या हूँ कि बांकेलाल का स्क्रू-ड्राइवर मेरे टी.वी.सेट से खेल रहा है। पता नहीं, किस अशुभ घड़ी में मेरे मुख से यह निकल गया था कि टी.वी. की ऑन-ऑफ वाली बटन में कुछ खराबी है। बस, मेरी अनुपस्थिति में जब बांकेलाल घर पधारे तो, यह बात बीवी ने उनपर उजागर कर दी। मैं बांकेलाल के स्क्रू-ड्राइवर को अपने टी.वी. सेट से अलग करता इसके पूर्व टी.वी. की तमाम बटनें बिगड़ चुकी थीं और टी.वी. ने मेरे हर किसी प्रयास को दाद देना बंद कर दिया था।

घर की वस्तुओं को बांकेलाल के स्क्रू-ड्राइवर की आत्मा का शिकार होने से बचाने का मेरा हर संभव प्रयास विफल रहा है। दरअसल, बांकेलाल खुद स्क्रू-ड्राइवर की आत्मा का शिकार हो चुके हैं। या कहना चाहिए बांकेलाल के शरीर पर उनकी अपनी आत्मा का नहीं बल्कि स्क्रू-ड्राइवर की आत्मा का शासन है। इसलिए बांकेलाल को हर घर में कोई उपकरण नहीं बल्कि उपकरण में लगे स्क्रू-मात्र दिखायी देते हैं। और स्क्रू देखते ही बांकेलाल स्क्रू-ड्राइवर लेकर टूट पड़ते हैं। और तब तक लगे रहते हैं जब तक उपकरण में एक भी स्क्रू-खुलना शेष हो!

इसलिए एक-एक कर मेरे घर का मिक्सर, पंखा, वाशिंग-मशीन, सिलाई-मशीन और दीवार घड़ी तक बांकेलाल के स्क्रू-ड्राइवर का शिकार हो चुकी हैं। और अब मुझे इस बात की प्रसन्नता है कि मेरे घर में ऐसी कोई वस्तु शेष नहीं है, जिसमें स्क्रू लगे हों और बांकेलाल के स्क्रू-ड्राइवर ने उन्हें छुआ न हो। शायद इसलिए आजकल बांकेलाल इधर दिखायी नहीं देते। संभव है, अपने स्क्रू-ड्राइवर की आत्मा के वश में होकर वे आपके घर के आसपास चक्कर काट रहे हों। मेरी हार्दिक इच्छा है, वे आपके घर पधारें और आपके घर के विविध उपकरणों में लगे स्क्रू से खेलें ताकि उनके स्क्रू-ड्राइवर की आत्मा को मुक्ति मिल सकें!

(नवभारत दीपावली विशेषांक: 1990)

--***--

48. स्टेटमेंट-प्रधान देश हमारा

एक जमाना था, जब हमारा देश कृषि-प्रधान था। वास्तव में चाहे जो हो, पर कहलाता तो यही था। मेले में जाते वक्त कृषक-पिता की अंटी से बच्चों के लिए बमुश्किल इकन्नी निकलती थी। पर पाठ्यक्रम में छपी यह पंक्ति देखकर कि 'हमारा देश कृषि-प्रधान है' कृषक-पिता बच्चों की सालभर की फीस सहर्ष चुका दिया करता था। दरअसल कृषक-पिता इस मुगालते में रहता था कि बच्चों के पाठ्यक्रम में लगी यह पंक्ति उसके अपने गौरव-ग्रंथ का धृव-पद है। राष्ट्र के प्रधान भी साल में कम-अज-कम दो मर्तबा लाल किले की प्राचीर से यह दोहरा ही देते थे कि भाइयों और बहनों, भूलो मत कि हम 'कृषि-प्रधान' हैं। पर अब न वैसी कृषि रही और न वैसे प्रधान हीं कि एक मर्तबा दोस्ती का हाथ बढ़ा दिया तो फिर चाहे दोस्त हमपर गोले क्यों न बरसाये हिमालय की आड़ से, हम गोली नहीं चलाएंगे तो नहीं चलाएंगे अपनी ओर से। अब जमाना बदल गया है। 'साहित्याचार्य' कह रहे हैं, शब्दों के अर्थ भी बदल गये हैं। (पता नहीं, अब 'पिता' शब्द का अर्थ क्या हो!) रेडियो और दूरदर्शन कह रहे हैं, हमारी प्राथमिकताएं बदल गयी हैं। इसीलिए हमारी 'प्रधानता' भी बदल गयी है। अब हमारा देश बजाए कृषि प्रधान के, स्टेटमेंट-प्रधान हो गया है।

हमारी 'प्रधानता' में यह ऐतिहासिक बदलाव आधी रात को निकले किसी अध्यादेश के द्वारा यक-ब-यक नहीं बल्कि हर प्रकार के अवमूल्यन को झेलने की आदी हमारी महान लोकतांत्रिक परंपरा का पूरी तरह पालन करते हुए बाकायदा लखनवी अंदाज में और उसी खोपड़ी पर सवार होकर आया जिसमें मनुष्यों के चिड़ियाघर (जिसे सभ्य समाज दफ़्तर या आफिस कहता है) खोलने का मौलिक विचार आया। संभव है, पहला स्टेटमेंट यही बना हो कि कितने दफ्तर खोले जाएं! उसके लिए कितने आदमी, कितनी कुर्सियाँ या तब के जमाने में कितनी दरियाँ, कितने तकिये, कितने झाड़ू आदि लगेंगे! फिर दफ्तर खुले तो स्टेटमेंट बना कि हाँ भई, खुल गये दफ्तर अमुक इतने। इनमें अमुक इतने पक्की इमारतों में, इतने बूचडख़ानों में और शेष दरख्तों के साये में लगते हैं। दरख्तों में अमुक इतने इमली के हैं और शेष आम के। और इस प्रकार चल निकला सिलसिला स्टेटमेंट मंगाने का। स्टेटमेंट

बनाने का। स्टेटमेंट बनवाने का। पहले साल-दो-साल में एकाध मर्तबा पूछताछ हो जाती थी कि क्यों भई, हमने जो दफ्तर खोला था वह है या खर्च हो गया! और खुला हुआ दफ्तर अपने जीवित होने का सबूत बा-जरिए एक स्टेटमेंट भेजकर दे दिया करता था। बड़ा दफ्तर स्टेटमेंट पाकर चकित हो जाता था कि अरे वाह, हमारा इज़ाद किया हुआ खिलौना अब भी अपने खेल दिखा रहा है! फिर बड़े दफ्तर को चकित होने का चसका लग गया। उसे यह जानने की बार-बार इच्छा होने लगी कि दफ्तर है या नहीं! अगर है तो क्या कर रहा है। अगर कुछ कर रहा है तो उसमें से कितना किया जा चुका है और कितना करना शेष है! इसलिए उसने छोटे दफ्तरों को निर्देश जारी कर दिये कि हम पूछे न पूछे, तुम हर साल लिख दिया करो कि तुम जीवित हो और कुछ कर रहे हो। और सालाना स्टेटमेंट बनने लगे। इससे तसल्ली न हुई तो हुक्म हुआ कि साल भर का वियोग बहुत लंबा होता है। इसे बर्दाश्त नहीं किया जा सकता। इसलिए हर छ: माह में सूचित किया जाए। फिर साल में चार, छह, बारह मर्तबा लिखा जाने लगा। और अब मर्ज इतना बढ़ गया है कि हर हफ्ते, हर दिन, हर पल स्टेटमेंट बन रहे हैं।

उस रोज उदासी जी को देखा। अल्स्सुबह उठकर दफ़्तर भाग रहे थे। मैंने पूछा तो कहने लगे, पार्लियामेंट में सवाल पूछा गया है कि हमने पिछले चार सालों में कितने विकलांगों को अपने यहाँ रोजगार प्रदान किया है। उदासी जी हड़बड़ी में थे और परेशान भी। वे यथाशीघ्र मुझसे पिंड छुड़ाना चाहते थे। पर मुझे उनकी परेशानी में ही अपने कई विकलांग मित्रों के उज्ज्वल भविष्य की संभावनाएं नजर आयीं। मैंने पूछा, "आपके यहाँ विकलांगों को रोजगार मिलता है! अबकी वेकेंसी निकले तो मुझे सूचित कीजिएगा।" उदासी जी कहने लगे, "नियुक्तियाँ तो विभागीय कार्यालय करता है।" मैंने कहा, "फिर आप स्टेटमेंट किस बात का भेंजेंगे? जब विभागीय कार्यालय नियुक्तियाँ करता है तो वह जानता ही होगा कि उसने कितनी नियुक्तियाँ कीं चार साल में।" उदासी जी कहने लगे, "सो तो है। पर स्टेटमेंट हर शाखा कार्यालय को ही भेजना पड़ता है। हम भेजते भी हैं, हर माह। पिछले चार सालों में अड़तालीस मर्तबा हम नियमित रूप से विभागीय कार्यालय को यह सूचित कर चुके हैं कि हमारे यहाँ कोई विकलांग नियुक्त नहीं हुआ। विभागीय कार्यालय वैसे ही स्टेटमेंट भेजता है क्षेत्रीय कार्यालय को हर माह कि कितने विकलांग नियुक्त किये गये। और क्षेत्रीय कार्यालय केन्द्रीय कार्यालय को सूचित करता है। यह सब तो नियमित रूप में चलता रहता है। स्टेटमेंट बनते हैं। भिजवाए जाते हैं। और प्राप्त होते ही फाइलों की गोद में सुला दिये जाते हैं। पार्लियामेंट में सवाल उठाते ही केन्द्रीय कार्यालय हड़बड़ाकर जागते हैं। और कागजी घुड़दौड़ आरंभ हो जाती है। ऊपर से नीचे। नीचे से ऊपर।"

मैंने उदासी जी से कहा, "इस प्रकार बेमतलब के स्टेटमेंट बनाते रहने की बजाए बड़े दफ्तरों को सूचित कर देना चाहिए कि जब तमाम आंकड़े आपकी जेब में मौजूद हैं तो शाखा

कार्यालयों से पूछने की क्या जरूरत है।" उदासी जी ने शहीदाना अंदाज में जवाब दिया, "बरखुरदार, सही सवाल मैंने आज से दस वर्ष पूर्व अपने अफसर से किया था। नतीजा यह हुआ कि अपने चार इंक्रीमैंट गंवा बैठा हूँ। वो तो करमरकर बड़े बाबू की कृपा है कि नौकरी बनी रही। करमरकर बड़े बाबू एक महान स्टेटमैंटकर्ता हैं। वे कहते हैं, 'स्टेटमेंट के साम्राज्य की बुनियाद ही इस बात पर बरकरार है कि खुद अपने घर में मत झांको। अपनी ऊँगलियों के बारे में भी स्टेटमेंट बनाना है तो भी अपने मातहत दफ्तरों से स्टेटमेंट मंगाओ। और जितने आंकडे आये, उन्हें समेकित करके चौखटे (प्रपत्र) में बिठाकर ऊपर के दफ्तर की ओर ठेल दो।

स्टेटमेंट के बारे में एक महत्वपूर्ण तथ्य यह भी है कि स्टेटमेंट में लिखी जानकारी कतई महत्वपूर्ण नहीं होती। महत्वपूर्ण होती है, स्टेटमेंट के भाल पर लिखी तिथि। दस तारीख का स्टेटमेंट चाहे बीस को भेजो। पर लिखो तारीख दस ही। कुछ जानकारी नहीं है लिखने लायक तो 'निल' स्टेटमेंट भेजो। पर भेजो अवश्य! भेज चुके हो तो प्रतिलिपि भेज दो। पुराने चले आ रहे स्टेटमेंट भले ही बाद में भेजो। पर नये साहब ने इज़ाद किये नये स्टेटमेंट पहले भेजो!

कुछ साहब जिस दिन नये दफ्तर में कार्यग्रहण करते हैं, उसी दिन अपनी पसंद के स्टेटमेंट की सूची जारी कर देते हैं। जहाँ कहीं बदलकर जाते हैं, कुछ नया करने के मुगालते में कई नये स्टेटमेंट आरंभ कर देते हैं। नये स्टेटमेंट नये साहब की अभिरुचि के परिचायक होते हैं। नये साहब द्वारा आरंभ किये गये स्टेटमेंट देखकर यह आसानी से जाना जा सकता है कि साहब की कार्यप्रणाली अठारहवीं सदी की है या इक्कीसवी सदी की। नये स्टेटमेंट दफ्तर में कई नयी आशाओं को जन्म देते हैं। कर्मचारियों की पुरानी सर्कस में कागज और कलम की करामात के कुछ नये करतब जुड़ते हैं। नये साहब द्वारा आरंभ किये गये नये स्टेटमेंट, कभी न बननेवाली वास्तु के शिलान्यास के पत्थरों की तरह होते हैं। जबतक कोई अन्य अफसर आकर उखाड़ता नहीं, बने रहते हैं और अपने शिलान्यासकर्ता का नाम रोशन करते रहते हैं। इसलिए हर अफसर जब भी एक दफ्तर से दूसरे दफ्तर स्थानांतरित होकर जाता है, अपने पीछे अपने दो चार स्टेटमेंट अवश्य छोड़ जाता है।

नतीजा यह है कि हम हर हफ्ते, हर दिन, हर पल कोई न कोई स्टेटमेंट बनाते रहते हैं। पूरे भारत वर्ष में आज शायद ही कोई ऐसा दफ्तर हो जिसमें स्टेटमेंट नहीं बनते। किसी ने (पता नहीं किसने!) कितना ठीक कहा है कि वर्तमान भारत में दो चीजे दुर्लभ हैं। एक, ऐसा अफसर जिसने अपने पूरे कार्यकाल में कोई नया स्टेटमेंट न इज़ाद किया हो और दूसरा ऐसा दफ़्तर जिसमें आजतक कभी कोई स्टेटमेंट न बना हो।

(नवभारत होली विशेषांक : 1987)

--***--

49. स्मशान-भूमि में वक्तृत्व –प्रतिभा

'प्रतिभाशाली' की मान्यता है कि उनकी वक्तृत्व –प्रतिभा अप्रतिम है।कम-अज-कम आसपास के क्षेत्र में उनका कोई सानी नहीं है। वे चाहते हैं कि उनकी इस अनूठी वक्तृत्व–प्रतिभा को अवसर मिले, अपनी करामात दिखाने का। इस उम्मीद से वे अपनी प्रतिभा के गले में मखमली रूमाल डालकर हर आयोजन में मौजूद रहते हैं। फिर बा-कायदा आयोजकों के समक्ष अपने कुछ हितैषियों से अपनी वक्तृत्व-प्रतिभा का जिक्र छेड़कर जान-बूझकर आग्रह करवाते हैं कि यह उचित अवसर है उनकी बेमिसाल वक्तृत्व-प्रतिभा को सार्वजनिक करने का। वे लौंग चबाकर गला भी साफ करने लगते हैं। भले ही, ऊपरी तौर पर यह कहते रहे कि यहाँ तो बड़ी-बड़ी प्रतिभाएं मौजूद हैं। इनके सामने मेरी नवजात-प्रतिभा तो सूरज के सामने टिमटिमाता दीपक साबित होगी! - लेकिन मन ही मन चाहते हैं कि आयोजक जरा-सी छूट दें तो वे अपनी वक्तृत्व -प्रतिभा के पूरे पट खोलकर उसे संपूर्ण आयोजन पर छा जाने के लिए खुला छोड़ दें। कार्यक्रम के प्रमुख वक्ता के रूप में न सही 'प्रास्ताविक' पढ़ने वाले अथवा किसी अतिथि का परिचय देनेवाले के रूप में ही अवसर मिल जाए तो भी उनकी वक्तृत्व-प्रतिभा को जबर्दस्त 'ब्रेक' मिल जाएगा! दो-एक कार्यक्रम में तो उन्होंने मन-मसोसकर 'आभार-प्रदर्शन' करने वाले की ही भूमिका के लिए सम्मति दे दी थी। लेकिन ऐन वक्त पर वहाँ भी आयोजकों की अपनी ही प्रतिभाएं मंच पर प्रस्तुत हो गयीं और 'प्रतिभाशाली' की वक्तृत्व-प्रतिभा द्वारा कंठस्थ सारे डायलॉग व्यर्थ चले गये। फिल्मों में 'ब्रेक' न पाकर कई अभिनेत्रियां जैसे छोटे पर्दे पर भूमिकाएं करने लगती हैं उसी प्रकार प्रतिभावान को भी जब लगा कि उनकी वक्तृत्व-प्रतिभा का पलाश अपने रंग की छटा बिखेरे बगैर ही सूख जायेगा तब उन्होंने उसे श्मशान-भूमि में अपनी चमक दिखाने की छूट दे दी। श्मशान में मृतात्मा का शरीर अग्नि के माध्यम से पंचतत्व में विलीन होने के लिए अपना समय लेता है। कपाल-क्रिया संपन्न होने तक 'मौन-उपस्थिति' शवयात्रा में शामिल व्यक्तियों की अपनी मजबूरी होती है।ऐसे में श्रद्धांजलि' के सिवा और किसी 'कार्यक्रम' के सफल होने की संभावना क्षीण होती है।(कहीं-कहीं इस अवसर पर होनेवाले 'सफल' कवि-सम्मेलन अपवाद हैं।) प्रतिभाशाली की वक्तृत्व-प्रतिभा के

प्रदर्शन के लिए इससे उपयुक्त 'मैदान' और कौन-सा हो सकता है! लिहाजा, शवयात्रा में शामिल अंतिम यात्री के श्मशान से विदा होने तक उनकी वक्तृत्व प्रतिभा 'मृतक के प्रति श्रद्धांजलि' के रूप में उन्मुक्त विचरण करती रहती है। इस 'भव्य आयोजन' की 'शानदार' न्यूज भी प्रतिभाशाली ही बनाते हैं- कुछ इस प्रकार कि उनकी वक्तृत्व-प्रतिभा को किसी 'बड़े' पर्दे पर स्थान मिले। -उन्हें दरकार है, आपकी शुभकामनाओं की!

(लोकमत समाचार: 18 जनवरी, 2005)

--***--

50. हर रिश्ता काम आ चुका है, नौकरी में

रामदयाल बाबू का भविष्य-निधि ऋण स्वीकृत होकर आ गया और मेरी नींद हराम हो गयी। नींद हराम होने का वास्तविक कारण यह नहीं है कि उनका ऋण स्वीकृत हो गया और मेरा अस्वीकृत। अपितु यह है कि मेरे पास इस्तेमाल किये जाने के लिए कोई रिश्ता शेष नहीं रहा। आवेदन मैंने उनसे पहले किया था। किन्तु ऋण उनका स्वीकृत होकर आ गया। मेरा आवेदन बाद में 'सखेद' लौटकर आ गया। मेरा आवेदन अस्वीकृत होने से, मुझ से अधिक दु:खी बड़े बाबू हैं। भुगतान वे ही करते हैं। चाहे किसी भी प्रकार का हो और हर भुगतान को 'सेलिब्रेट' करना उनकी आदत बन गई है- भुगतान पाने वाले की कीमत पर। चाहे भुगतान मरणोपरांत -अनुदान का ही क्यों न हो! घोड़ा घास से दोस्ती करेगा तो पेट कैसे भरेगा- यह उनका अपना जीवन-दर्शन है। उनका एक सेलिब्रेशन का चांस मारा गया, मेरा भविष्य निधि-ऋण अस्वीकृत होने के कारण!

बड़े बाबू सलाह दे रहे हैं कि मैं 'उपयुक्त' कारण लिखकर आवेदन फिर भेज दूँ। लेकिन मैं इस बार लाख यत्न करने पर भी उपयुक्त कारण नहीं ढूँढ पा रहा हूँ। मकान बनवाने के लिए ऋण मिलता है। लेकिन सर्वस्व न्योछावर करके एक मकान बांध लेना और जीवन सार्थक हो जाने की अनुभूति कर लेना मुझे सपने में भी रास नहीं आया। सत्यनारायण की पूजा मैंने आज तक कभी की नहीं। अगर यह कारण आवेदन-पत्र में लिख भी दूं तो हो सकता है मेरे जैसे घोर नास्तिक द्वारा सहज ऋण-प्राप्ति के लिए सत्यनारायण का उपयोग किये जाने से श्रीमान यजुर्वेदी साहब की महान धार्मिक भावना को गहरा आघात पहुँचे एवं वे खिसियाकर मेरा आवेदन फिर रद्द कर दें! रामदयाल बाबू ने लड़के के मुंडन के लिए ऋण माँगा था, सो मिल गया। मैंने बीमार बीवी के इजाज के लिए ऋण माँगा था, सो नहीं मिला। बड़े बाबू कहते हैं, बीमारी लंबी हो तो ही इलाज के लिए भविष्य-निधि से ऋण मिलता है। बीमारी की लंबाई प्रमाणित करने के लिए डाक्टर का प्रमाण-पत्र चाहिए। साधारण डाक्टर पाँच रुपये में और विशेषज्ञ पंद्रह रुपये में बीमारी को भविष्य निधि-ऋण मिलने तक की लंबाई प्रदान कर सकता है, यह मैं अच्छी तरह जानता हूँ। लेकिन मैं हूँ कि इन्हीं पैसों से बीवी के लिए कैलशियम और विटामिन- बी की गोलियां खरीदना चाहता हूँ!

एक लड़की है मुझे। लड़की ही है, यह उसके जन्म के तुरन्त बाद प्रस्तुत किये गये मेडिकल-बिल के कारण कार्यालय के रिकार्ड पर दर्ज है। और चूँकि रिकार्ड पर लड़की दर्ज है इसीलिए उसके मुंडन के लिए ऋण माँगा नहीं जा सकता। जबकि वास्तविकता यह है कि पत्नी हर साल लड़की का मुंडन करवाती है। मेरे गंजे सिर की चमकीली छाया लड़की के बालों पर न पड़े और उसके बाल किसी शैम्पू के विज्ञापन में दिखायी पड़ने वाली युवती के बालों जैसे लंबे और घने हों, इसलिए! और यह सिलसिला शायद तब तक जारी रहेगा जब तक लड़की स्कूल जाना न आरंभ कर दे!

किन्तु इस तरह के वास्तविक मुंडन के समय न कोई आयोजन होता है, न कोई बैंड-बाजा। सिवा लड़की के दिन भर के विलाप के। और आयोजन नहीं, तो ऋण कैसा! ऐसी बात नहीं कि रिकार्ड बदला नहीं जा सकता। किन्तु उसके लिए फिर बड़े बाबू से अकेले में मिलना पड़ेगा। और उपभोक्ता सूचकांक से सीधे जुड़े होने के कारण बड़े बाबू की मुलाकात का भार मेरे जैसे मात्र वैतनिक आय वाले व्यक्ति की क्रय शक्ति से परे पहुँच गया है।

इस प्रकार का संकट मेरे सामने पहली बार उपस्थित हुआ हो, यह बात नहीं है। पिछले बीस सालों से मैं ऐसे संकटों का बहादुरी से सामना करते आ रहा हूँ। सर्व प्रथम मुझे मेरी नानी याद आयी थी, तब नौकरी को बमुश्किल एक साल हुआ था और बी.ए.प्रथम वर्ष की परीक्षा में बैठने के लिए छुट्टी चाहिए थी। दरख्वास्त दफ्तर में लगी गांधी जी की तस्वीर (जिसमें बड़े-खड़े अक्षरों में 'सत्यमेव् जयते' लिखा था) के नीचे बैठकर लिखी थी, इसलिए छुट्टी का कारण सच-सच लिख दिया था। हश्र यह हुआ कि साहब ने छुट्टी 'सखेद' नामंज़ूर कर दी थी और मैं अपने चेहरे पर 'बड़े बे-आबरू होकर' वाला भाव लिए साहब की केबिन से बाहर निकला था। इस दिन पहली बार मेरे सीनिअर्स ने मेरा ध्यान 'सत्यमेव् जयते' की ओर से परावृत्त कर मेरी बेवकूफी की ओर आकर्षित किया था और नौकरी में तत्काल छुट्टी, किसी किस्म का ऋण या अन्य कोई सुविधा हासिल करने के लिए 'यत्र-तत्र सर्वत्र' इस्तेमाल किया जाने वाला अचूक मंत्र कान में फूँका था। उसी के बूते पर हर बार धड़ल्ले से छुट्टी लेता रहा और साहब को फिर कभी खेद प्रकट करने का अवसर नहीं दिया। जिस दिन छुट्टी पर जाना होता, उससे एक दिन पूर्व घर से किसी के सीरियस होने का टेलीग्राम मंगवा लेता।

तो, प्रथम वर्ष नानी सीरियस हो गई थी। दूसरे वर्ष दादी को अस्पताल में भरती करवा दिया था। तीसरे वर्ष चाचा की हालत गंभीर बता दी गई थी। इस तरह प्रत्यक्ष रूप से न सही, परोक्ष रूप से मेरे रिश्तेदारों ने नौकरी में समय-समय पर मेरी बड़ी सहायता की है।

पहले विभाग में चार साल नौकरी की। इम्तिहानों के अलावा भी कई अवसरों पर छुट्टी और ऋण लेना पड़ा। कई बार नानी, दादी, चाचा, सीरियस हुए। कई भतीजों के मुंडन हो गए। भतीजियों की शादियाँ हो गयीं। छुट्टियों का सिलसिला जारी रहा। और सही कारण जैसे 'मूड' नहीं है, क्रिकेट का मैच देखने जाना है, मैटनी-शो देखना है, बिजली-पानी का बिल जमा करना है, बहन के लिए योग्य वर तलाशना है, दोस्त की शादी में या सैर-सपाटे के लिए जाना है, या कविता लिखना है, आदि के लिए छुट्टी माँगने पर साहब को खेद होता है। इसलिए टेलीग्राम के कन्टेन्ट्स बदलते गए। सीरियस की जगह एक्स्पायर्ड लिखकर आने लगा। और आखिर एक दिन वह नौकरी छोडऩी पड़ी। नौकरी छोड़ने के कई अन्य कारणों के साथ एक महत्वपूर्ण कारण यह भी था कि उस विभाग के रिकार्ड के अनुसार मेरे अधिकाँश रिश्तेदारों का स्वर्गवास हो चुका था।

दूसरी नौकरी! फिर वही सिलसिला। लेकिन इस बार पूर्वानुभव को मद्देनजर रखते हुए एक-एक रिश्तेदार को बड़ी किफायत से इस्तेमाल किया। साल में कई बार छुट्टी लेनी पड़ती है। और इसे संयोग (या दुर्योग) ही समझिये कि जब भी छुट्टी लेनी होती है तब या तो ऑडिट होने वाला रहता है, या क्लोजिंग होता है, या विशेष सेवा-सत्र चालू रहता है, या लोकसभा- प्रश्न का जवाब देना होता है। 'ऑफिस-इक्सीजंसी' तो साहब की कलम की स्याही में ही घुली होती है। इसलिए हर बार किसी न किसी रिश्तेदार को काम आना पड़ा। चार-पाँच साल में जब इस विभाग के रिकार्ड पर भी सारे रिश्तेदार दर्ज हो चुके तब सीनिअर्स ने फिर मदद की। गंजे होते सिर की ओर हमारा ध्यान आकर्षित कर यह बताया कि अब हमारी शादी की उम्र बीती जा रही है। सेल्फ -एंगेजमेंट के लिए छुट्टी और भविष्य-निधि से ऋण, दोनों मिल सकते हैं। लेकिन इसे दुर्भाग्य (या हमारा अनाड़ीपन) ही कहना पड़ेगा कि इस गुप्त खजाने की चावी का हम अधिक बार इस्तेमाल नहीं कर सके। तीसरी ही बार ऐसे फंसे (या फाँसे गए) कि वास्तव में एंगेज हो गए। खैर, इससे भी हम लाभ उठाने से नहीं चूके। हमारी रिश्तेदारी का क्षेत्र अब दुगुना हो गया था। छुट्टियां लेने के अवसर भी दुगुने हो गए। अब हर अवसर पर 'इन- लाज' काम आने लगे। किन्तु दहेज में मिली संपत्ति का मनमाने ढंग से उपयोग किया जाना बीवी को गँवारा न हुआ और उसने हमारे मुक्त विहार में एक रुकावट पैदा कर दी। इन-लाज को कहीं इस्तेमाल करने से पूर्व बीवी की इजाजत लेना 'जरूरी' घोषित कर दिया गया। अब बीवी ने धोबी की डायरी के पिछले पृष्ठों पर बाकायदा यह हिसाब रखा है कि हमने कब और किस छुट्टी या ऋण के लिए किस 'इन-ला' का मुंडन, एंगेजमेंट, शादी या एक्सीडेंट करवाया।(जब-तब इस डायरी की धौंस दिखाकर बीवी हमसे साड़ी या अन्य मनोवाँछित फल वसूलती रहती है- यह एक

अलग और हमारा निहायत घरेलू मामला है।) अब मुश्किल यह है कि इससे अगली घटना के लिए किसी भी इन-ला को इस्तेमाल करने की इजाजत बीवी दे नहीं रही है। नाना, नानी, दादी आदि हमारे पैदा होने से पूर्व ही स्वर्ग सिधार चुके थे इसलिए हमने छुट्टी या ऋण लेने के लिए उन्हें उसी तरह अधिकारपूर्वक इस्तेमाल किया, जिस तरह उभरते साहित्यकार स्थापित और विशेषकर स्वर्ग सिधार चुके साहित्यकारों की रचनाओं को अपनी 'मौलिक' रचनाओं के रूप में इस्तेमाल करते हैं। अब हालत यह है कि बीवी खुद बीमार है और मैं परेशान हूँ कि उसके इलाज के लिए भविष्य-निधि से ऋण निकलवाने के लिए किस रिश्तेदार को काम में लाऊँ!

(नवभारत टाइम्स: 31 अगस्त, 1980)

--***--

51. हवा होना एक बुलडोजर का

किसी शरीफ इन्सान की बदनामी की खबर की तरह बुलडोजर के गुम होने की खबर फैलते देर न लगी। डाक का लिफाफा खुले पाँच मिनट भी नहीं हो पाए थे। लेकिन 'बुलडोजर शॉर्ट!' की खबर हर किसी की जुबान पर थी। खबर के इस कदर तेजी से फैलने का एक कारण यह भी था कि लिफाफे पर 'कांफिडेन्शियल' लिखा हुआ था। खबर पर, हारे और जीते हुए प्रत्याशियों के चमचों द्वारा चुनाव परिणामों पर व्यक्त की जाती प्रतिक्रियाओं की तरह मिश्रित प्रतिक्रियाएँ व्यक्त की जा रही थीं। नये बाबू खबर से आश्चर्यचकित अधिक और संजीदा कम थे। जो जितनी अधिक कुर्सियां तोड़ चुके थे, वे उतने कम आश्चर्यचकित थे। श्रीमान घाघ बाबू की प्रतिक्रिया कुछ यूँ थी- "प्यारे, इस डिपार्टमेंट में लाखों की लागत से बने बाँध और मीलों लंबी सड़कें गायब हो जाती हैं। बुलडोजर तो फिर भी चलती-फिरती चीज है।" नवीन बाबू की नौकरी मिलने की उम्र अभी बीती नहीं थी और उनके चाचा रोजगार-दफ्तर में अफसर थे। इसीलिए वे आडिटवालों को बेझिझक गालियां दिये जा रहे थे- "स्साले! यहाँ दिन भर काजू-किशमिश फाँकते रहे और वहाँ जाकर लिख दिया – 'एक बुलडोजर शॉर्ट।' ...जैसे बुलडोजर, बुलडोजर न हुआ, बच्चों का झुनझुना हो गया। गिनती करना भूल गए होंगे!" घाघ बाबू ने सुना तो उनसे न रहा गया। कहने लगे, "प्यारे, ऑडिटवाले गिनती करना कभी नहीं भूलते। ऑब्जेक्शन तत्कालीन इक्जीक्युटिव इंजीनियर से एडमिट करवा कर गये हैं। एक बुलडोजर वास्तव में शार्ट है।.... अब रहा खाने-पीने का सवाल तो एक बात तुम्हें बता दूँ ऑडिट वालों के बारे में। नमक का धर्म वे भी पालते हैं। इसीलिए नमकीन चीजों से वे उतना ही ताल्लुक रखते हैं जितना गांधी जी सिनेमा से रखते थे। जब तक दौरे पर रहते हैं, केवल मिठाई, फल, काजू, किशमिश आदि खाकर ही गुजारा करते हैं।"

नये इक्जीक्युटिव इंजीनियर डायरेक्ट-रिक्रूट थे और हाल ही में तबादले पर यहाँ आए थे। पिछले साल के ऑडिट से उनका उतना ही ताल्लुक था जितना नेता लोग चुनाव के बाद मतदाताओं से रखते हैं। उन्होंने, 'हम क्यों करे फिक्रे-जहाँ, ये जहाँ तेरा कि मेरा!'-कहकर ऑडिट-ऑब्जेक्शन से अपना नाता स्पष्ट कर दिया और मामले की जांच कर शीघ्र रिपोर्ट पेश किये जाने की बड़े दफ्तर की हिदायत पर वही रुख अख्तियार किया जो

अक्सर कर्मचारियों की गर्मी में ठण्डे पानी या खसटट्टी की माँग पर अख्तियार किया जाता है। उधर तरक्की करते-करते मामला असेम्बली-क्वेश्चन बन गया। किसी वैयक्तिक मामले में बीसियों पत्र लिखने पर भी जहाँ से जवाब की उम्मीद रखना गुस्ताखी समझा जाता है उस चीफ- इंजीनियर के दफ्तर से जाँच की रिपोर्ट के लिए टेलीग्राम की बरसात होने लगी। मामले को गंभीर रुख अख्तियार करते देख इक्जीक्युटिव इंजीनियर ने दीवानी मुकदमों के निपटारे की रफ्तार से विभागीय जाँच आरम्भ कर दी। जाँच के दौरान परत दर परत जिन लोगों के नाम उजागर होने लगे उनमें से अधिकांश इक्जीक्युटिव इंजीनियर के सी.आर. लिखने वाले खुदा बन चुके थे। कुछ इन खुदाओं के भी खुदा बन चुके थे। इक्जीक्युटिव इंजीनियर ने आग में जलती लंका में जलकर भस्म होने की बजाय छलांग लगाकर बाहर निकलना उचित समझा और तबादले के लिए प्रयत्न करने लगे। इस बीच राज्य में सरकार बदल गई और उनके भतीजे के हाथ से मंत्रीपद जाता रहा। हश्र यह हुआ कि मर्ज बढ़ता गया ज्यों-ज्यों दवा की। रिपोर्ट में देरी के कारण बुलडोजर के गुम होने में उनका हाथ होने की कुशंका को अब सच्चाई का जामा पहनाने के प्रयास किए जाने लगे। इक्जीक्युटिव इंजीनियर ने इस हरकत पर 'फिराक़' साहब के शब्दों में यूं हैरानी जाहिर की कि-

जो मुझको बदनाम करे हैं, काश वे इतना सोच सके,
मेरा परदा खोले हैं या अपना परदा खोले हैं।

-और बुलडोजर के गुम होने का मामला पुलिस के सुपुर्द कर दिया। पुलिस विभाग की इस विभाग से चली आ रही पुश्तैनी दुश्मनी भँजाने का अच्छा अवसर हाथ आया देख थानेदार ने बड़ी चुस्ती से मामले की जाँच प्रारम्भ कर दी। नतीजा यह हुआ कि तीसरे ही दिन वर्कशाप का चौकीदार मय बुलडोजर (!) के गिरफ्तार कर लिया गया।

हुआ यूँ था कि कोई पन्द्रह साल पहले जब 'सूखानाला मेजर प्रोजेक्ट' बन रहा था तब एक पूरा इलेक्ट्रिकल एवं मेकेनिकल डिविजन वहाँ कार्यरत था जिसके अन्तर्गत कई ट्रक, डम्पर, रोड रोलर, क्रेन आदि मशीनें थीं। चार बुलडोजर भी थे। रिपेअर्स के लिए मशीनरी का वर्कशाप में आना-जाना लगा रहता था। यह बदनसीब बुलडोजर भी एक दिन रिपेअरिंग के लिए वर्कशाप में लाया गया। रिपेअरिंग का इस्टिमेट काफी तगड़ा था इसलिए अनुमोदन के लिए एस.ई.को भेजा गया। अनुमोदन आते-आते जरूरत की कई चीजें बाजार से गायब हो गई एवं बढ़ी कीमतों के लेबल लगकर फिर मुहैया होने लगीं। इस बीच कई और मशीनें रिपेअरिंग के लिए वर्कशाप में आयीं। बाकायदा इस्टिमेट बनें। सामान खरीदी के वाउचर लगे। बिल पास हुए। लेकिन जितने लग सकते थे उतने पुर्जे उस बदनसीब बुलडोजर के निकालकर अन्य मशीनरी में लगाए जाते रहे। जब उसके

रिपेअरिंग का इस्टिमेट एस.ई. के दफ्तर से पास होकर आया तब उसके अधिकांश पुर्जे निकालकर दूसरी मशीनरी को आबाद कर चुके थे। अनुमोदित राशि में उसका दुरुस्त होना कानूनन तयशुदा रकम में सांसद का चुनाव जीतने का ख्वाब देखने जैसा था। इसलिए रिपेअरिंग का संशोधित इस्टिमेट बना। अबकी इस्टिमेट और भी तगड़ा था। इसलिए सी.ई. के दफ्तर भेजा गया। इधर बुलडोजर के ढाँचे का वही हाल हुआ जो किसी लावारिश लाश का मेडिकल-कॉलेज को सौंप दिए जाने के बाद होता है। अन्य बुलडोजर, रोड रोलर, डम्पर आदि आबाद होते रहे। अब जो शेष रह गया वह कोई बुलडोजर न होकर मात्र लोहा-लंगड का एक ढेर था। फिर भी, 'मरा हाथी, सवा लाख का!' पिछली बार जब वर्कशाप के तथाकथित बेकार लोहा-लंगड की कूड़े के भाव नीलामी हुई उसमें उस बुलडोजर का शेष भाग भी शामिल था। वर्कशाप वालों ने आरम्भ से अंत तक केवल एक चीज संभालकर रखी। वह थी, उस बुलडोजर की नम्बर-प्लेट। इस बीच कितने ही छोटे साहब आये और बड़े साहब बनकर चले गये। ऑडिटवाले नम्बर प्लेट देखकर खानापूर्ति करते रहे। पिछली बारिश में जब वर्कशाप के चौकीदार सलीम के क्वार्टर के टूटे रोशनदान से पानी की बौछार भीतर आने लगी तो अपढ़ सलीम ने दमा की बीमार बीवी को सर्दी से बचाने के लिए धुँधली हो चुकी नम्बर-प्लेट उठाकर रोशनदान में लगा दी।

इक्जीक्युटिव इंजीनियर की रिपोर्ट पर तहकीकात के दौरान क्वार्टर से नम्बर-प्लेट बरामद हुई इसलिए पुलिस ने सलीम को हिरासत में ले लिया है और उससे पूछताछ की जा रही है। बेजुबान बुलडोजर की तमाम हवा हुई जिंदगी का सलीम इकलौता चश्मदीद गवाह है। वह अगर चाहें तो आज भी बता सकता है कि उजड़े हुए गुलशन का कौन-सा फूल कहाँ टंका है। लेकिन वह गिरफ्तार हुआ तब से लगातार चुप है। पुलिस को उम्मीद है कि सलीम के जुबान खोलने से एक हवा हुए बुलडोजर के साथ-साथ कई गुमशुदा 'डैम' और मीलों लंबी सड़कों का भी पता चल जाएगा। इसीलिए कभी-कभी पुलिस वाले उसे दम देते हैं कि अगर वह अपनी जुबान नहीं खोलेगा तो उसे ही आई.पी.सी. की धारा ३८१ के अन्तर्गत बुलडोजर की चोरी के इल्जाम में जेल भिजवा दिया जाएगा। लेकिन धमकी सुनकर सलीम लापरवाही से हँस देता है और किसी शायर का यह शेर गुनगुनाने लगता है-

डूबेगी कश्ती तो डूबेंगे सारे,
न हम रहेंगे न दुश्मन हमारे!

(नवभारत टाइम्स: 8.6.1980)

--***--

www.ingramcontent.com/pod-product-compliance
Lightning Source LLC
LaVergne TN
LVHW100823051026
849519LV00006B/2157
* 9 7 8 9 3 5 9 2 0 0 3 5 4 *